祝仲父／著

唐庚詩百首賞析

Tanggeng Shi
Baishou Shangxi

流沙河題

四川大学出版社

责任编辑:曾　鑫
责任校对:熊　盈
封面设计:墨创文化
责任印制:王　炜

图书在版编目(CIP)数据

唐庚诗百首赏析 / 孙仲父著. —成都：四川大学
出版社，2018.6（2023.9 重印）
　ISBN 978-7-5690-1907-0

　Ⅰ.①唐… Ⅱ.①孙… Ⅲ.①宋词-诗歌欣赏
Ⅳ.①I207.22

中国版本图书馆 CIP 数据核字（2018）第 120569 号

书　名	唐庚诗百首赏析
著　　者	孙仲父
出　　版	四川大学出版社
地　　址	成都市一环路南一段 24 号 (610065)
发　　行	四川大学出版社
书　　号	ISBN 978-7-5690-1907-0
印　　刷	永清县晔盛亚胶印有限公司
成品尺寸	148 mm×210 mm
印　　张	9.75
字　　数	250 千字
版　　次	2018 年 7 月第 1 版
印　　次	2023 年 9 月第 2 次印刷
定　　价	59.00 元

◆读者邮购本书,请与本社发行科联系。
电话:(028)85408408/(028)85401670/
(028)85408023　邮政编码:610065
◆本社图书如有印装质量问题,请
寄回出版社调换。
◆网址:http://press.scu.edu.cn

序 一

刘小川

　　孙仲父先生嘱我为这本书作序，我拿不稳，却之又不恭。北宋的丹棱诗人唐庚，我听说过，未曾读过。近来陆续读了几十首，觉得他真是钱锺书先生形容的"苦吟派"，钱先生是当代古典文学泰斗，对唐庚评价不低。

　　南宋词人刘克庄称唐庚"小东坡"。

　　唐庚晚岁曾贬到岭南惠州。有五言诗《立冬后作》云："啖蔗入佳景，冬来幽兴长。瘴乡得好语，昨夜有飞霜。篱下重阳在，醅中小丢至香。西邻蕉向熟，时致一梳香。"大东坡小东坡，岭南瘴疠地，请来陶渊明。

　　三苏父子之后，眉山的本土诗人当数唐庚。

　　孙老的这本书选唐庚诗词百余首，详加注释，赏析精到，读来明白晓畅。赏析文字多是美文，显现了作者深厚的功力，独到的审美眼光，广博的人生阅历。

　　眉山境内的古代诗人，流传下来的不多，编辑成册的更少。孙仲父先生填补了一个空缺，为丹棱县，也为眉山市。眼下恰逢古代优秀文化重新登台亮相的好时光，孙老此作，可配丹棱纪念黄庭坚的大雅堂。

　　孙老自己是诗人，诗人看诗人自是不同，少了学究气，多呈生动活泼。窃以为孙老的一些诗篇足以唐庚比肩。举一首七律《游龙泉驿桃花沟》："周末倾城乘兴游，小车缓缓似蜗牛。几处山湾堆锦绣，一泓春水弄轻舟。阳坡烂漫临风笑，屋角横斜带粉差。且共韶光留晚照，满川好景镜中收。"

　　丹棱小城风光，周遭般般入画，何尝逊色于成都龙泉驿？孙老长住蓉城，常回丹棱与诗朋酒友酬唱，网上发诗篇，知音有红颜。他一再提到的河南女诗人轻寒翦翦，忘年之交，云山阻不断。轻寒翦翦读孙老，一度烧坏煮饭锅。

　　题画，写景，咏物，唱和，诗人忙得不亦乐乎。随手一划，佳句蜂拥。

　　孙老的早年有过屈辱和艰辛，举家困顿，压抑，却不乏朴素小村的浓郁诗情。一家十几口常聚于土墙小院，祖母的悠长吟诵，叔叔们的川剧拖腔、娓娓道来的中国故事外国小说，"随风潜入夜，润物细无声。"

　　丹棱城东那个叫白水碾的地方，曾经弥漫了多少诗意？激发了多少想象力、创造力？审美之眼的修炼，生活情趣的养成，对未来的坚定向往，白水碾孙家的家庭氛围播下了种子，生根，破土，绽放鲜艳花朵。

　　幼儿学童子功为什么重要？词语直入肌肤，直抵心灵，一辈子受用不尽，对身边一切美好之物保持细腻的敏感。唐庚苦吟觅佳句，孙老下笔一派天真。不是刻意学来的，是诗意绕过芳香的田野去找他，萦绕他的童年少年，浸润他的青年中年。说起祖母，含辛劳作的母亲，以及二叔、三叔、七叔，每个字都饱含深情。

古典诗词乃是古代优秀者深度生存的产物，今人与佳作的照面，越早越好。

悟得大师两三家，胜做网虫一亿年。

2017 年 8 月
于四川眉山之忘言斋

序　二

智　明

　　呈现在读者面前的，是国内第一部系统赏析唐庚诗歌的专著。

　　有宋一代，西蜀眉州可谓人文鼎盛，名家辈出。三苏名满天下，而丹棱唐庚，亦是其中的佼佼者。

　　南宋著名诗人刘克庄在《唐子西故居二首》中写道："一州两迁客，无地顿奇才。方送端明去，还迎博士来。"将唐庚与苏轼并举，可见唐庚在北宋诗坛的地位，时人称之为"小东坡"。

　　唐庚一生追踪杜甫，踵武苏轼，诗风兼有唐诗的风致韵味和宋诗的深折透辟，在江西诗派盛行的北宋诗坛，可谓独树一帜。明代大诗论家胡应麟称颂他"得杜之正，盛唐所同。"

　　孙老此书，从酝酿到成书，历时十年。作者以独到的眼光，精选唐庚各个时期的佳作百首有奇，从思想性、艺术性、风格体例等诸方面细加分析，文字晓畅，剖析透彻，其精妙之处，随处可见。读者通过孙老此书，更便于窥见唐庚诗之全豹，对于唐庚诗的推广亦大有裨益。

　　忧国忧民，感时伤事，是唐庚诗的主弦律。对最高统治者的穷奢极欲，地方官员投其所好的卑劣行径，他大加挞伐。官场的黑暗，吏治的腐败，权贵的骄横，士节的沦丧，在唐庚笔下无不穷形尽相。唐庚的诗，可谓上承风雅，下继李杜，是大雅精神的传承和发扬。这一点孙老书中有详尽论述，前人从未道及。

此外，孙老此书还对唐庚前后期诗风的演变作了尝试性探讨，对唐庚贬谪的因由，也提出了自己的观点。这也在一定程度上填补了唐庚研究的空白。

"十年一剑终磨就，掩卷萧然两鬓霜。"相信孙仲父先生这部呕心之作定当让唐庚重焕光彩。

二〇一八年三月

大雅堂书画院

前　言

一

　　丹棱乃一川西小县，方圆不足千里，人口不足二十万，乃彭端淑所谓"蜀之鄙"也。总岗山脉从雅安、名山一路逶迤而来，屏障县境西北，阻断寒流，故全县常年气候温和，鲜有霜雪。安溪河自总岗发源而东，蜿蜒奔涌，流淌至腹地，形成近百里冲积平原，境内物产丰饶，富甲一方，加之自秦汉以来，鲜有战乱，故民风淳朴，社会祥和。唐季以后，皇家李氏宗亲，即有迁来县境，以求避乱者。自古衣食足而兴礼义，建县以来，县人重教化、敦礼乐，加以山川灵气所钟，千百年来，一直人文鼎盛，名家辈出。唐末五代诗僧可朋，以诗闻名于当世，在蜀中几欲与李白、陈子昂争席[1]。北宋三苏，一代文宗，引领文坛，光耀于前；南宋七李，一门三相，《续资治通鉴长编》，史家绝唱，彪炳于后。有宋一代，"吾乡人文之盛，几甲天下"[2]。更有义士如杨素翁者，以一己之力，建大雅堂，收藏黄庭坚手书杜工部诗碑三百通，成就一代文坛盛典，享誉百代。流风所及，沾溉良多。一时之间，文人、学者、进士、良吏，前波后浪，踵武先贤，余韵连绵，不可胜举。而本书的主人翁唐庚，即生长于丹棱这一方文化沃土。

二

　　唐庚，字子西，北宋四川丹棱人。生于宋神宗熙宁四年（1071），比同乡前辈苏轼晚了三十五年。父唐淹，为一代经学名儒，潜心治学，闭门著书，龙图阁直学士陆诜荐之于朝，不赴。"自嘉祐治平间，先生已有盛名，西南学者争宗师之，授经者累数百人。"[3]有《五经微旨》《春秋讲义》传世，自号"鲁国先生"。唐庚出身于如此儒学世家，自幼饱读儒家经义，耳濡目染，潜移默化，养成丰厚的文学底蕴和忠正耿直的儒学操守。

　　唐庚幼即聪颖，七八岁开始习作诗文，年甫十四，便崭露头角。其诗《明妃曲》《戏题醉仙崖》，即以其少年老成，辞意飞扬，而为乡里称道，以至于"老师匠手见之，无不褫魄落胆"[4]。

　　元祐二年（1087），唐庚赴汴京入太学为诸生，转年，终于得见自己崇敬有加的前辈同乡苏轼，多有请益。元祐六年（1091），年仅二十的唐庚便进士及第，旋调华阳县尉。绍圣元年（1094），华阳尉任满，转调益昌通判，前后历经五年。元符元年（1098），又转任绵州学政。直到元符三年（1101）徽宗即位，始调任阆中令为一方行政长官。任内"为政清肃，公庭寂然"[5]。其间，作《箕踞轩记》《惜梅赋》，寄傲岸之情于山水之间，此为唐庚为官一生中颇为惬意的几个年头。崇宁三年（1104），调陕西凤翔教谕，位列闲曹，悠闲散澹，《游天池院》《芙蓉溪歌》，皆一时寄兴之作，又作《归欤赋》流露隐逸之情。大观元年（1107）入京为宗子博士，因《剑州道中见桃李盛开而梅花犹有存者，漫赋短歌》为张商英见赏，大观四年（1110），经张商英推荐，升任提举京畿常平。同年，张商英拜相，唐庚作《内前

行》以贺，极尽颂扬之词，深为蔡京等忌恨。年底，张商英罢
相，朝廷竟直贬唐庚至惠州安置。从此"一出湟关五见梅"，到
第六个年头，政和五年（1115）六月，终于遇赦，返京复官承议
郎。重循旧职，物是人非，当时同辈，风流云散，"白头重踏软
红尘，独立鹓行觉异伦。"[6]唐庚对官场已彻底厌倦，渐萌退意，
宣和二年（1120），终获准请祠禄（带薪退休）回四川泸南，先
后游历峨眉、青城、瓦屋等蜀中名胜，宣和三年（1121）病逝，
享年 51 岁。

三

　　总览唐庚一生，尽管少年得志，20 岁即已高中进士，为官
三十载，历经数郡，但大都位充不僚，即使后来名列京官，也仅
仅是闲曹散职而已。故其交往之辈，亦以中下层居多。心气既
高，终无施展之地，郁郁之气，发而为诗，大都感慨而深婉也。
　　唐庚与苏轼既为同乡，一生极力追踪苏轼，仕途与苏轼又极
相似；两人都在凤翔任过佐吏，更都因文字狱而坐贬安置惠州，
故时人称许唐庚为"小东坡"。但若论起作诗的风格来，两人却
迥然各异。苏轼说："某平生无快意事，惟作文章，意之所到，
则笔力曲折无不尽意，自谓世间乐事，无逾此者。"[7]而唐庚却正
好相反，他说："诗最难事也，吾于他文不致艰涩，唯作诗甚苦。
悲吟累日，仅能成篇。初读时未见可羞处，姑置之明日取读，瑕
疵百出，辄复悲吟累日，反复改正，凡此数四，方敢示人。"[8]故
当代钱锺书先生在《宋诗选注》中评论道："他和苏轼算是小同
乡，身世有点相像，可是他们两个讲起创作经验来，一个是欢天
喜地，一个是愁眉苦脸。"应该是比较客观公允的评价吧。

四

唐庚诗歌的思想性。

唐庚受父亲影响及家学熏陶，一生以儒家嫡派自居，这一点他自己在诗文中反复申说："腰金已付儿曹佩，心印还须我辈传。"[9] "老师补处吾何敢，正为宗风不敢谦。"[10] 自负之情，隐见笔端。尽管仕途困顿，沉浮下僚，壮志难伸，但其忠君恤民的情怀却矢志不渝，贯穿其一生。正如他在《自笑》中所说："已白穷经首，仍丹许国心。那能天补绽，再欲海填深。"宋徽宗穷奢极欲，各地官员则投其所好，搜奇纳贡。他在《蜜果》中"抵死输血诚"："岭南贡蜜果，海道趋彤庭。黄蜂乐受职，紫凤助扬舲。……少林宁少此，下箸安可轻。……武王嗜鲍鱼，几谏仗老成。刍荛复何有，葵藿但自倾。"对这种劳民伤财的行径大加谴责，并以周武王纳谏的典故对皇帝提出委婉批评。

而在《采藤曲效王建体》中则对地方官吏不顾百姓死活，竭泽而渔，以博取仕途上进的劣迹大加挞伐："岁调红藤百万计，此贡一作无穷时。去年采藤藤已乏，今年采藤藤转竭。入山十日脱身归，新藤出土拳如蕨。淇园取竹况有年，越山采藤输不前。今年输藤指黄犊，明年输藤波及屋。吾皇养民如养儿，凿空为此谋者谁。"红藤已尽，采无可采，而州县催迫，急如星火，乡民只能卖牛拆屋，倾家荡产了。篇末锋芒直指最高统治者，寄托对百姓的深切同情。

在《武兴谣》中，他对自然灾害中乡民的悲剧命运作了冷峻的描述："去年山中无黍稷，只有都根并橡实。……东家有钱买橡实，西家无钱唯食都。今年都尽橡食贵，山中人作寒蝉枯。"面对严峻灾害，对地方官员的冷酷和不作为进行了深刻揭露。

作为地方下级佐僚，他时刻关注民生疾苦，始终与百姓共休戚。他在《喜雨呈赵世泽》中写道："去年雨多忧水潦，今年雨少忧枯槁。都缘县政失中和，水旱年年勤父老。前时云起雨欲落，夜半风来还一扫。明朝引首望云汉，屋上朝暾仍杲杲。……计穷往诉北山神，是夕沛然偿所祷。稻畦摆稏势已活，竹里萧疏声更好。故应神意闵孤拙，苟免岁终书下考。便安杵臼伺秋成，云子满田行可捣。"

久旱不雨，他心忧如焚，以至于"计穷"而祈祷山神；甘霖普降，他喜悦之情油然而生，并进而联想到一派丰收景象。生动体现了他作为儒家良吏"以天下苍生为己任"的职分和操守。

即使是贬斥到了惠州，个人处境险恶，他仍不改初衷，心系农事。他在《壬辰九月不雨，至癸巳年三月，稼事去矣，今夕辄复沛然，喜甚，卧作此诗》中写道："春深野色忧年恶，夜半檐声觉雨甘。睡外莫听泥滑滑，想中已睹麦含含。"堪称唐庚版的《春夜喜雨》。

《城上怨》中，他借老兵之口对徽宗朝的穷兵黩武提出批评："雨似悬河风似箭，雨号风驰寒刮面。何处巡城老健儿，城上讴吟自衰怨。不知底事偏苦伤，声高声低哀思长。戍边役重畏酷法，去国多年思故乡。……传闻边警动熙河，战士连年不解戈。今夜风号雨驰处，城上哀怨知几何。"凄风苦雨中，诗人忧国忧民的叹息与戍卒白首不得归的悲歌怨曲交织在一起，读来沉痛。这是唐庚诗集中为数不多的抒写重大题材的诗作，深具凝重感。

而在《云南老人行》中，他借客居异乡的老人的诉说表达出汉夷共生共荣，和睦边境的愿景和主张，体现了他对国家大政方略的关注。

《讯囚》是唐庚诗集中颇为另类的一首诗："参军坐厅事，据案嚼齿牙。引囚到庭下，囚口争喧哗。参军气益振，声厉语更切：'自古官中财，一一民膏血。为官掌管钥，反窃以自私。……事久恶自彰，证佐日月明。推穷见毛脉，那可口舌争？'有囚奋然起，请与参军辩：'参军心如眼，有睫不自见。参军在场屋，簿簿有声称。只今作参军，几时得寨腾。无功食国禄，去窃能几何。上官乃容隐，曾不加谴诃。囚今信有罪，参军宜揣分。等是为贫计，何苦独相困？'参军嗫无语，反顾吏卒休。包裹琴与书，明日吾归休。"

唐庚是体制中人，他对官场的黑暗和吏治的腐败了如指掌，他通过所谓"讯囚"的一场闹剧，巧妙地把审判者和被审判者的位置颠倒过来，借囚犯之口揭开整个封建官场貌似庄严的帷幕，和盘托出"上官窃禄，小官窃财"，彼此彼此，狼狈为奸的社会现实。深具讽刺意味，有着强烈的社会功能，尤为难能可贵。

而在《张求》中他写道："张求一老兵，著帽如破斗。卖卜益昌市，性命寄杯酒。骑马好事久，金钱投瓮牖。一语不假借，意自有臧否。……未死且强项，那暇顾炙手。士节久凋丧，舐痔甜不呕。求岂知道者，议论无所苟。吾宁从之游，聊以激衰朽。"诗中生动地刻画了一位富有豪侠意气而又潦倒落魄的老兵形象，以老兵不畏权势的精神与士大夫舐痔吮痈的丑恶嘴脸形成鲜明对照，抒发诗人对士节沦丧的强烈愤慨。

唐庚一生以苏轼为嫡派宗师，在有宋一代的新旧党争中，他感情上明显属于旧党，与新派格格不入。这在他的诗中时有反映。《剑州道中见桃李盛开而梅花尚有存者，漫赋短歌》尤引人注目："桃花能红李能白，春深无处无颜色。不应尚有数枝梅，可是东君苦留客。向来开处当严冬，桃李未在交游中。至今已是丈人行，肯与年少争春风？"

诗以桃李喻政治新贵，指出它们只不过以自己的颜色献媚讨好，粉饰太平盛世而已；以梅花自况，抒发自己宁愿独抱幽香，甘耐寂寞，而绝不与新贵同流合污的高洁情怀。当然，唐庚因此诗而深为权贵所嫉恨是无疑的，这也为他后来的贬谪埋下了伏笔。

他在《白鹭》中对新党罗织罪名、大肆株连、打击异己的卑劣行径进行了辛辣讽刺："说与门前白鹭群，也宜从此断知闻。诸君有意除钩党，甲乙推求恐到君。"诗以寓言式的人鹤对话，看似荒诞，甲乙推求，甚而连门前的白鹭也不能幸免，其寓意可谓入木三分矣！

即使是横遭打击，投荒万里，他仍初心不改。他在《鸣鹊行》中将愤激之情发挥到极致："平生眼中抹泥涂，泛爱了不分贤愚。卒为所卖罪满躯，放逐南越烹蟾蜍。……鸡肋曾足安拳余，至今畏客如於菟。岂唯避谤谢往还，次日谁肯窥吾庐。杜门却扫也不恶，何但忘客兼忘吾。喧喧鸣鹊汝过矣，何不往噪权门朱。"借与喜鹊的对话，一吐胸中之愤懑，真有点"虽九死其犹无悔"的况味。

此外，唐庚诗集中对权贵们顺手牵羊的嘲讽和戏谑更是随处可见。如《渡沔》中的"唯有沙虫今好在，往来休并水边行"，《次泊头》中的"近前端有得，丞相未宜嗔"，《赠谭微之》中的"只知黄鹂矜嘴爪，不识乌虞识生草"，《即事三首》之一的"正是尧朝犹落此，当时湘浦亦宜哉"。恰似匕首投枪，锋机立见，发人深省。

《张曲江铁像诗》则体现诗人对国事的隐忧："开元太平久，错处非一拍。就令乏贤人，何至相仙客。直道既凋丧，曲江遂疏斥。汲黯困后薪，贾生罢前席。金鉴束高阁，铁胎空数尺。……摩挲许国姿，尚想立朝色。同时反弃置，异代长叹息。"对唐玄宗弃用贤才而最终导致安史之乱深表叹息，联系到稍后的"靖康之变"而导致北宋王朝的覆灭，不能不说是唐庚的先见之明。

综上所述，可以看出，唐庚一生虽始终在下层沉浮，却心存汉阙，其忠君爱国、忧国忧民的情怀一直是贯穿其诗文的主线。与从《诗经·国风》到以屈原、李白、杜甫为代表的中国诗歌的主旋律是一脉相承的，是大雅精神的直接体现。唐庚虽缺乏李白一样的天才，也没有杜甫、苏轼的气魄和胸襟，然就其诗歌所表达的思想深度和社会功能来说，在人才济济的北宋诗坛，应该占有重要的一席之地。和秦观、贺铸等北宋名家比起来，唐庚天赋或许稍逊，但其诗歌的关注民生，伤时忧事则明显胜出一筹，这一点前人从未道及，故尤须予以肯定。

五

下面先从唐庚诗风的演变谈起。

唐庚少年得志，"春风得意马蹄疾"，满腔抱负，故诗风明快而俊朗。如《结客少年场》的"饮酒邯郸市，膝上横秋霜"，《击剑歌》中的"三尺光芒耀霜雪，……会须东海斩长鲸"，豪情万丈而胆气高张。

再看《戏题醉仙崖》："五湖一吸聊解醒，江妃丧魄鳌失灵。上帝震怒呵出庭，酖然影落秋山青。行人几见霜叶零，醉仙醉去不复醒。何须荷锸随刘伶，河沙填劫归冥冥。"

豪放似太白，奇诡直追长吉。

"牛羊村落晚晴处，烟火楼台日暮时。茅屋横吹一笛风，野店携归半瓶月"，[11]画面生动而趣味横生；"巴江滟滟巴山空，十里五里蕉花红。少年锐意立功业，破烟一棹轻如风"[12]，则神采飞扬而挥洒自如。

这一时段即使是写景状物亦呈现鲜亮明丽之色彩。如："近水远山皆可人，踊跃来供搜句眼。小池中有江湖春，孤洲便可呼白𬞟。"[13]"人间八月秋霜严，芙蓉溪上香酣酣。"[14]"落枕不知莺树晓，野意新便白葛巾。"[15]

总之，前期的诗，整体呈现积极进取、乐观向上的格调。

后期则因世途蹇仄，壮志难伸，晚年更因横遭打击，贬斥荒蛮，风格为之一变，深沉内敛，往往寄感慨于婉曲之中。

如："何处不堪老，浮山倾盖亲。砚田无恶岁，酒国有长春。"[16]纵情诗酒，以求解脱。

"身谋嗟翠羽，人事叹榕根。……岭南霜日薄，何得鬓边繁。"[17]嗟谋身之乏术，伤岁月之摧迫。

"黄花空岁月，白首尚关河。"[18]"故都回首三寒食，新岁经心两湿衣。"[19]抚今思昔，黯然神伤。

有时虽故作旷达语，但细读之，则更见沉痛。如："未诛绮语犹轻典，更赐罗浮却有功。"[20]"细思寂寂门罗雀，犹胜累累冢卧麟。"[21]

综上所述，唐庚诗歌前后风格迥异，演变之分野便是南迁。政治上的打击对唐庚身心来说是够残酷的，但反过来说，打击又成就了唐庚的诗歌，清人赵翼《瓯北诗话》云："国家不幸诗人幸，话到沧桑语便工。"信然！

六

下面，试就唐庚诗的艺术特点作具体分析。

唐诗重气象，强调意境；宋诗重理趣，强调精深。唐诗以韵胜，如登高望远，浑然无涯；宋诗以意胜，若曲径深幽，冷峭瘦劲。宋人论诗，抑李而扬杜，奉杜甫为诗坛正宗，顶礼膜拜，无以复加。黄庭坚倡导于前，陈师道呼应于后，而唐庚却独辟蹊径，选取了与江西诗派不同的方向，成为兼有唐诗的风致韵味和宋诗的深折透辟的少有的另类。

（一）刻意学杜，得杜之正

唐庚一生追踪杜甫，以苏轼的继承者自居。他曾说："三百五篇之后，便是杜子美……作诗当学杜子美。"[22] 又云："过岳阳楼观杜子美诗，不过四十字，气象宏大，涵蓄深远，殆与洞庭争雄，所谓富哉言乎者。太白退之辈率为大篇，极其笔力，终不逮也。杜诗虽小而大，余诗虽大而小。"[23] "子美诗云：'天欲今朝雨，山归万古春。'盖绝唱也。余惠州诗亦云：'雨在时时黑，春归处处青。''片云明外暗，斜日雨边晴。山转秋光曲，川长暝色横。'皆闲中所得句也。"[24] 对于唐庚刻意学杜，前人早有论及。明代诗论家胡应麟独具只眼，一语中的。他在《诗薮》中评论道："宋五言律之近杜者。'关河先垄远，天地小臣孤。'此得杜之正，盛唐所同也。"所谓"得杜之正"，指继承了杜诗沉郁悲壮的风格和忧国忧民的精神；所谓"盛唐所同"，指兼有盛唐诗歌的宏大气象和意境，足见评价之高也。

唐庚律诗中，类似这样深得杜诗精神风骨的诗句还很多。如"国计中宵切，家书隔岁通"[25] "黄花空岁月，白首尚关河"[26] "登高知地近，引满觉天旋"[27]，可谓举不胜举也。

点化杜诗而不露痕迹也是唐庚学杜的又一特点。如：

"虾菜贱时皆丙穴，茅柴美处即郫筒。"[28] 直接脱胎于杜诗的"鱼知丙穴由来美，酒忆郫筒不用沽。"[29] "近前端有得，丞相未宜嗔。"[30] 明显从杜诗《丽人行》中的"慎莫近前丞相嗔"化出。"此间吾所乐，便拟卜林塘"[31] 则直接借用杜诗《卜居》中的"浣花溪水水西头，主人为卜林塘居"之诗意。《黎城酒》："夜来细雨落檐花，对客唯有尝春茶。明朝踏月趁早衙，免使路中逢釉车。"更是巧妙地将工部《醉时歌》与《酒中八仙歌》的意境融入其中，若水中渗盐，了然无迹。

《杂咏二十首》更是学杜的集大成者。如：

"屏迹舍人巷，灌园居士桥。花开不旋踵，草薙复齐腰。蛤吠明朝雨，鸡鸣暗夜潮，未能全独乐，邻里去招邀。"（之一）

"兀坐且如此，出门安所之。手香桔熟后，发脱草枯时。精

力看书觉，情怀举盏知。炎州无过雁，二子在天涯。"（之五）

"小市江分破，连萍水倦翻。到今佛迹在，千古鹤峰尊。浮峤来何处，丰湖入数村。登临有何好，秋至数消魂。"（十三）

"水过渔村湿，沙宽牧野平。片云明外暗，斜日雨边晴。山转秋光曲，川长暝色横。瘴乡人自乐，耕钓各余生。"（十八）

首联即用对仗，句法、结构完全取法杜诗，可谓深得唐人五律之余绪也。

杜甫喜欢将颜色置于句首，以凸显视觉予人之冲击，如"青惜峰峦过，黄知橘柚来"[32]。"红入桃花嫩，青归柳叶新。"[33]唐庚亦刻意模仿，如"绿尝冬至酒，红拥夜深炉"[34]"黄披终日卷，青对十年衿"[35]，可谓语新句工，深得杜工部之髓味也。

（二）兼备唐风宋韵

先看他的代表作《春日郊外》：

"城中未省有春光，城外榆槐已半黄。山好更宜余积雪，水生看欲倒垂杨。莺边日暖如人语，草际风来作药香。疑此江头有佳句，为君寻取却茫茫。"

通篇不用一典，纯用白描，清新之气扑面而来，而辞意之流畅，形象之鲜明，一扫宋人枯涩冷峭，偏重理趣之弊端。"山好""水生"一联，意境尤为高妙，令人遐想。

再看他的另一首代表作《醉眠》：

"山静似太古，日长如小年。余花犹可醉，好鸟不妨眠。世味门常掩，时光簟已便。梦中频得句，拈笔又忘筌。"

叙事、写景、抒情融为一体，浑然无迹，语淡而意远。颔联工丽华美，令人想起孟浩然的《春晓》；颈联寓理于景，寄意深折，而又含蓄蕴藉，有宋诗之味而无宋诗之涩。"山静似太古，日长如小年。"则凝炼高古，宋人罗大经在《鹤林玉露》中将之演绎成一篇几百字的抒情小品，可见此诗在当时的影响。

唐庚的《春日杂兴七首》，风格极似唐人绝句，如：

11

"茸茸小雨弄春晴，已有狂花未见莺。便使一年惆怅在，小窗寒梦别轻盈。"（之三）

"故人不见空凝睇，过雁全疏只断魂。犹有野梅临水在，一枝无语伴黄昏。"（之七）

情景交融，隽永有味，置诸唐人集中，毫不逊色。

再看他的《春日谪居书事》：

"四十淄成素，清明绿胜红。形容千虑后，门馆一贫中。白日时时别，青芜处处同。此生唇舌里，啼鸟莫春风。"

首联以春景之繁盛对自身之衰颓，颔联转写自身境况，拓宽意境，颈联更深入一层，状谪居之百无聊赖，尾联以暮色苍茫中的啼鸟反衬心情的落寞，全诗理胜于词，深折透辟，而又不落空泛板滞，是典型的宋诗风调。

《双榕》则完全是另外一种风格：

"水东双榕间，有叟时出游。清风衣履古，白雪须鬓虬。吟哦明月夕，簸弄寒江秋。惊传里中儿，不泊岸下舟。君看魑魅中，有此风味不。"

平铺直叙，直白如口语，但平而有味，淡而有致。与苏轼的五言古体诗别无二致。

这在江西诗派盛行的北宋诗坛，唐庚的诗可谓异军突起，别树一帜也。

（三）刻意锻炼，工于属对

唐庚写诗，属于苦吟派。他自己就标榜过："诗在与人商讨，深求其疵而去之，等闲一字放过，则不可。殆近法家，难以言恕也。东坡云：'敢将诗律斗深严。'予亦云：'诗律深严近寡思。'"[36]如果换用朱熹的话来说就是"看文字如酷吏治狱，真是推勘到底，决不恕他，用法深刻，都没人情"。唐庚作诗，往往悲吟累日，字斟句酌，如此数四，方敢示人。可见创作态度之严谨。故其诗字工句佳，多为后人称道。

先看他的《九日怀舍弟》：

"重阳陶令节，单阏贾生年。秋色苍梧外，衰颜紫菊前。登高知地尽，引满觉天旋。去岁京城雨，茱萸对惠连。"

宋代的方回在《瀛奎律髓》中评论道："唐子西诗无往不工。此政和辛卯年谪居惠州时，用'单阏贾生'对'重阳陶令'，工矣。'苍梧''紫菊'又工。'登高''引满''地尽''天旋'之联，又愈工。末句用'茱萸'思弟事，尤工也。"

连用四个"工"，真不吝笔墨也，可见方回对此诗的激赏。

细加考究，全诗四联对仗却又各有特点。"重阳陶令""单阏贾生"是节令、人名对，而贾生也曾被贬斥到长沙，这里诗人以贾谊自况，另有深意焉。"苍梧""紫菊"，是颜色、名物对，但此处苍梧为地名，又属于借对。"登高""引满"换用动补对，暗点重阳节例行活动，正面切题。尾联"茱萸对惠连"为句内自对，以去年兄弟之间的欢会反衬此刻自身的形只影单与心情的落寞，用强烈的反差深化主题，可谓曲尽其妙矣。

稍后于唐庚的刘克庄也曾云："'砚田无恶岁，酒国有长春。草木疑灵药，渔樵或异人。''团扇侵时令，方书遣昼长。''问学兼儒释，交游半士农。''国计中宵切，家书隔岁通。''关河先垄远，天地小臣孤。'皆唐子西惠州诗也。七言如'身杂蜑中谁似我，食除蛇外总随乡。''骥子解吟青玉案，木兰堪战黑山头。'亦甚工。[37]"

胡仔在《苕溪渔隐丛话》中也曾称许道："子西诗多佳句，如'儿馁嗔郎罢，妻寒怨槁砧。''十年驹局促，万事燕差池。''脱使真能送穷鬼，自量无以致钱神。'此用事对属精切者。……子西尤工对属，佳句不可尽举，姑言其大概如此。"

说到用事，不能不提到他的《悯雨》诗：

"老楚能令畏垒丰，此身翻作越人穷。至今无奈曾孙稼，几度虚占少女风。兹事会须星有好，他时曾厌雨其濛。山中自有茱

13

粮足，不向诸侯托寓公。"

"曾孙稼""少女风""星有好""雨其濛"，连用四事，层层相续，又层层深入，流畅自然，绝无凑泊之感。故方回称赞道："如此加以斡旋为句，而委曲妥帖，不止工而已也。尾句尤高妙。"

当然，用事太多，则读来艰涩，如雾里看花，终是一隔。这也是宋诗之一弊，唐庚也不例外。

善于借对，也是唐庚对仗的一个特点。如：

"扁舟应夏口，此日数秋毫。"[38]"夏""秋"看似季节对，实则以"夏口"（地名）对"秋毫"（物名）。

"客去通星汉，僧来自月支。"[39]"星"对"月"，看似天象对，实则"月支"为西域古国名，可见构思之巧。

"好语忽从天上落，行人直向海边回。"[40]"天上""海边"看似方位对，而此处"天上"代指皇上，是为借对。

"睡外莫听泥滑滑，想中已睹麦含含。"[41]"泥滑滑""麦含含"，看似名物叠词对，实则泥滑滑乃竹鸡鸣叫之拟声词，这是以象声词对麦苗含苞欲放之情态，令人叫绝！

唐庚不仅对仗工稳妥帖，且往往独辟蹊径，给人以耳目一新之感觉。如：

"别后耳根无正始，向来纸尾有黄初。"[42]"正始""黄初"，皆魏晋年号，以古代帝王年号对，极为新颖。此处谓勾景山之诗文深具魏晋风骨也，堪称妙喻！

再如："此去只堪犀首饮，向来都是虎头痴。"[43]

"犀首""虎头"看似兽名对，极为得当，实则"犀首"为古代官名，"虎头"则是画圣顾恺之字号，将二者巧妙粘合，令人拍案。而此处诗人更是以"虎头"自况，喻自己痴绝似顾恺之，寓深意焉。

"见说胸中卷云梦，莫将皮里贮阳秋。"[44]以"云梦"对"阳秋"，上句以云梦大泽之翻腾汹涌喻胸中之愤激不平，下句则将成语"皮里阳秋"具象化，读来鲜活可感，可谓别出心裁。

宋人张邦基在《墨庄漫录》中评论道："子西诗多新意，不沿袭前人。"所谓"多新意"，即语新意工也；"不沿袭前人"，独具一格，自成一家也。张氏此言，可谓深知唐庚者也。

七

唐庚写诗虽属苦吟派，但其诗作无论从内容到风格都绝无穷愁怨抑之态。即使晚年横遭打击，身处逆境，他却胸怀旷达，总能怡然自乐，随遇而安。往往借南国景物，谱写出崭新的生命之歌。这在他的惠州诗中可以说是俯首拾来，比比皆是。如：

"杨梅溪上柳初黄，荆竹岗头日正长。独木小舟轻似纸，一尊促席稳如床。树从坡去无人识，水出山来带药香。应有居民解秦语，为言昭代好还乡。"[45]

抒写春日乘兴出游，语调轻快而风格清新，衬托出诗人的闲淡容与之情。

"细细敲门细细应，老翁方曲昼眠肱。鱼陂旧种千头鲙，桑径新窠十亩缯。菜足尚宜分地主，米余翻欲供邻僧。平生雅有乘槎意，咫尺天涯去未能。"[46]

把闲居生活写得悠然自得，充实而惬意。

"啖蔗入佳境，冬来悠兴长。瘴乡得好语，咋夜有飞霜。篱下重阳在，醅中小至香。西邻蕉向熟，时致一梳黄。"[47]

胸中自有书卷之气，瘴疠其奈我何？左邻右舍，其乐融融，刚得了佳句，邻居又送鲜果，快哉！

在诗人眼中，惠州景物皆著我之色彩而风光无限，别具美感：

"东风定何物，所至辄苍然。小市花间合，孤城柳外圆。"[48]

"水过渔村湿，沙宽牧野平。片云明外暗，斜日雨边晴。山转秋光曲，川长暝色横。"[49]

即使写登临，亦浑成而宁静，绝无苍凉萧瑟之感：

"至今佛迹在，千古鹤峰尊。浮峤来何处，丰湖入数村。"[50]

时而以陶渊明自况：

"屏迹舍人巷，灌园居士桥。花开不旋踵，草薙复齐腰。"[51]

时而又效屈原以寄傲：

"花缦聊傲世，白袷亦随乡。团扇侵时令，方书遣昼长。此间吾所乐，便拟卜林塘。"[52]

诗人不仅不视荒蛮之地为畏途，反而随缘自适，自得其乐，并作终老惠州之打算，这哪里还看得到一丝一毫贬谪之臣的悲苦呢？故刘克庄称誉道："（子西惠州诗）曲尽南州景物，略无迁谪悲酸之语。"[53]可谓至论矣。

八

唐庚诗的地位及其影响。

唐庚作为北宋诗坛大家，在当世即为学者所看重。著名诗人刘克庄在《唐子西故居二首》中写道："一州两迁客，无地顿奇才。方送端明去，还迎博士来。"诗中的"端明"指曾任端明殿学士的苏轼，"博士"则指宗子博士唐庚。将唐庚与苏轼并举，可见评价之高。他又说："子西诸文皆高，不独诗也。其出稍晚，使及坡门，当不在秦晁之下。"[54]南宋重臣，曾任参加政事的雁湖居士李壁曾云："唐子西文采风流，人谓之'小东坡'。"刘望之也认为："唐子西善学东坡，量力从事，自成一家。其诗工于属对，缘起遂无古意。"吴之振则评价更高："刘潜夫谓其出稍晚，使及坡门，当不在秦晁之下。今观其结束精悍，体正出奇，芒焰在简淡之中，神韵在声律之外，虽云后出，固当胜尔。"[55]第一位编写唐庚诗文集的郑总在序文中写到："其文实与道俱……属意遣词必存药石之道，或以箴世，或以自明。体高而妙，词严以精。……以予观之，正如万顷之澜，浩然东下，奔腾曲折，尽水之变。……谪官七年，其诗文益多而工。……惟太学之士得其文甲乙相传，爱而录之。"当代大家钱锺书在《宋诗选注》中也认为："在当时不属苏门而又不入江西诗派的诗人里，他和贺铸算得是艺术造诣最高的两个。"

关于唐庚诗歌对后世的影响，元人吴师道有一段精当的评论："世称宋诗人，句律流丽，必曰陈简斋，对偶工切，必曰陆放翁。今子西所作，流布自然，用故事故语，融化深稳，前乎二公已有若人矣。"[56]强调唐庚诗风兼有工丽和对仗工稳的特色，实开陈与义与陆游之先导。

然而，这样一位杰出的诗坛大家，自清代以来，却渐次淡出文苑，几近湮没。中华人民共和国成立的前三十年，仅刘大杰《中国文学发展史》有寥寥一行字介绍，其他名家文学史籍均无一字涉及，更不要提作品分析了。这不能不说是文学界极大的遗憾！

当今中国，国运昌隆，方兴未艾，文艺复兴，风起云涌。而史上唯一的大雅堂也已恢复性重建。拂去历史尘埃，让唐庚诗文重焕光彩，此其时矣。籍属丹棱，忝列后学，深感责无旁贷。故不以浅陋，谨从唐庚诗作四百余篇中精选出一百首，酌加赏析，以一孔之见，就教于大方之家。抛砖引玉，若能从这一潭深水中溅起些许微澜，则吾愿足矣！

二〇一七年五月

孙仲父谨记于听雨轩

注释：

[1] 明代大儒杨升庵云"唐代诗人，彰明李白、射洪陈子昂、丹
棱可朋，不相上下"。

[2] 彭端淑《大雅堂记》。

[3] 《宋史·文苑传》。

[4] 唐庚弟唐庚《眉山唐先生集序》。

[5] 见《保宁府志·职官·政绩》。

[6] 《次韵幼安留别》。

[7] 何远《春渚纪闻》卷六。

[8] 《唐子西文录》。

[9] 《次勾景山见寄韵》。

[10] 《初到惠州》。

[11] 《云南老人行》。

[12] 《别永叔》。

[13] 《游天池院》。

[14] 《芙蓉溪歌》。

[15] 《书新堂》。

[16] 《次泊头》。

[17] 《杂咏二十首》之二。

[18] 《九日独酌》。

[19] 《大观四年春，吾与友人任景初、会北端孺自蜀来京师……
因命舍弟同赋》。

[20] 《南迁》。

[21] 《次韵强幼安留别》。

[22] 《唐子西文录·二》。

[23] 《唐子西文录·三十一》。

[24] 《唐子西文录·七》。

［25］《杂咏二十首》十九。

［26］《九日独酌》。

［27］《九日怀舍弟》。

［28］《南迁》。

［29］杜甫《赴成都草堂有作先寄严郑公》。

［30］《次泊头》。

［31］《杂咏二十首》之七。

［32］杜甫《放船》。

［33］杜甫《奉酬李都督表丈早春作》。

［34］《雪意二首》之二。

［35］《直舍书怀》。

［36］《遣兴二首》之二。

［37］《后村诗话》。

［38］《夜坐怀舍弟》。

［39］《送客之五羊》其二。

［40］《有感示舍弟端孺并外甥郭圣俞》。

［41］《壬辰九月不雨……》。

［42］《闻勾景山补螫屋丞仍学道有得，以诗调之，发万里一笑》。

［43］《遣兴二首》之一。

［44］《收景初贬所书》。

［45］《乙未正月丁丑，与舍弟楫小舟穷西溪至愁绝处……》。

［46］《闲居二首》之二。

［47］《立冬后作》。

［48］《春归》。

［49］《杂咏二十首》之十八。

［50］《杂咏二十首》之十三。

［51］《杂咏二十首》之一。

［52］《杂咏二十首》之七。

［53］《后村诗话》。

［54］《后村诗话》。

［55］《宋诗钞·眉山诗钞》。

［56］《吴礼部诗话》。

目　录

1

疏注部分

春日郊外

城中未省有春光，城外榆槐已半黄。
山好更宜余积雪，水生看欲倒垂杨。
莺边日暖如人语，草际风来作药香。
疑此江头有佳句，为君寻取却茫茫。

赏析：

唐庚的诗，论者大多以《醉眠》（"山静似太古，日长为小年"）为代表作，而我却对《春日郊外》情有独钟，故凭此一己之爱，置于卷首。

这是一首七言律诗，描写初春郊外的景象，作于惠州贬所，却无一毫贬谪者萎靡之气。

首句"省"音"醒"，是"省察、领悟"之意。"黄"，鹅黄色，指榆树、槐树新芽的娇嫩。

早春二月，乍暖还寒，当城里人还为春寒料峭所困，不知领略春光的时候，而郊外却早已是榆槐吐嫩，春色满原了。

早春，最先透露春消息的不是桃红李白，而是溪边阳坡上榆槐枝头的鹅黄初绽。这一联不仅立意新，又足见诗人敏锐的感察力。"春光""榆槐"，高度概括，点明题意，并领起下文。

颔联"山好更宜余积雪，水生看欲倒垂杨"，全篇警句，紧承"春光"二字展开形象化描写。上句写远景：远山泛绿，依稀尚见斑斑积雪，色彩鲜明，更衬远山之葱翠。唯"积雪"方显"山好"。下句写近景：春雨淅沥，溪流渐涨，不再枯涩，故生意盎然；两岸垂杨，日渐染绿，倒映水中，摇曳生姿，画面生动。唯"垂杨"方显"水生"。此句与东坡"溪柳自摇沙水清"可谓异曲同工，堪称化笔！"生""欲"二字下得极妙，前者摹写风生水起的情状，后者传递垂杨日渐苍翠之态势，极为传神！凸显了早春的生气勃勃，透露出诗人的欣喜之情。

颈联"莺边日暖如人语，草际风来作药香"，则又变换句式，调整描写角度，从听觉和味觉方面来写春郊之景象。本来这两句按正常语序应是"日暖莺声如人语，风来草际送药香"，这样写，也是好句。但诗人却别开生面，以莺、草为主，以日、风为宾，以倒装之句式来突出花底莺声因日暖而悦耳动听，草际药香因清风而浓郁远播，让人自然联想到阳春三月，莺飞草长，丽日融和，百花争艳的无限春光。如此另辟蹊径，方不落俗套。"如人语""作药香"用拟人手法，以情笔写景，读来亲切，达到了情景交融、诗意盎然的艺术效果。

颔、颈二联，对仗极其工稳，遣词极为精当，足见诗人功力之深厚，推敲锤炼之严谨。

尾联"疑此江头有佳句，为君寻取却茫茫"，春光满眼，稍纵即逝；欲寻佳句，顿觉茫茫。其立意，与诗人另一名篇《醉眠》结句"梦中频得句，拈笔又忘筌"颇为相似。只不过后者宁静平淡，而本诗则在极尽春光烂漫之后，笔锋陡然一转，用一"疑"字引出：此中似有佳句，正欲纵笔撷取时，却又如雪泥鸿爪，难觅其踪了，空留下一片茫然，徒增惆怅。而这一怅然的感触，不仅深切道出忽有所悟，落笔忘筌的诗家甘苦；更让人倍增良辰美景赏心乐事自古难全之慨。写法上暗合东坡"作诗火急追亡逋，清景一失后难摹"的造意，而余味过之。恰如音乐之戛然而止，而留给听众以无限之悬想，以收言有尽而意无穷之效果。

统观全诗，通篇不用一典，纯以平常语描摹人们熟知之景象，清新之气，扑面而来；而辞意之流畅，形象之鲜明，一扫宋诗枯涩冷峭、偏重理趣之弊，堪称精品。

稍后于唐庚的刘克庄，在《后村诗话》中这样评价他说："子西诗文皆高，不独诗也。其出稍晚，使及坡门，当不在秦晁之下。"《宋诗钞》谓其"芒焰在简淡之中，神韵寄声律之外"。《四库全书·总目》称誉他"其诗简练精悍，工於属对……且多新意，不沿袭前人"。信哉斯言矣！

醉　眠

山静似太古[1]，　　日长如小年。
余花犹可醉，　　好鸟不妨眠。
世味门常掩，　　时光簟已便[2]。
梦中频得句，　　拈笔又忘筌[3]。

注释：

〔1〕太古，指远古时代。

〔2〕簟，竹凉席。便，便当、适宜。苏轼《和子由寒食》："绕城骏马谁能借，到处名园意已便"。

〔3〕忘筌，筌，竹制的捕鱼工具。忘筌，即"得鱼忘筌"，语出《庄子·外物》："筌者所以在鱼，得鱼而忘筌。"意为捕捉到鱼便忘了捕鱼的工具。此处用比喻义，忘筌即是忘言。

赏析：

此诗为唐庚贬居惠州时所作，明写醉眠，实则抒发自己政治上遭受打击后的苦涩心情。此诗在当时即颇为著名，宋人多有论述。"山静似太古，日长如小年"更作为名联流布甚广，是唐庚诗的代表作之一。

"山静似太古"首句点明居所之环境。四围山林环抱，诗人幽居其中，块然独处，与世隔绝，恍若置身远古时代，远离尘世的喧嚣。"日长如小年"，夏日天长，时间也仿佛凝固、静止了，显得格外漫长。这一联看似平和，实则反映了诗人投荒万里，离群索居，寂寞难耐之心理感受，堪称名句。

"余花犹可醉，好鸟不妨眠"。颔联抒写户外景象，紧扣诗题的"醉"字。春意阑珊，花事将尽，枝上只剩残红点点，但这也足以让人陶醉，诗人免不了多喝几杯。窗外声声鸟语，宛转动听，仿佛催眠曲曲，酒酣耳热之间，睡意也悄然袭来。

此联工丽华美，画面生动。"好鸟"一句从孟浩然"春眠不觉晓，处处闻啼鸟"化出，而赋予其新意，自然领起下文，转入对"眠"的摹写。

"世味门常掩，时光簟已便"五六句笔触转入室内，"世味"二字为全篇诗眼。时诗人谪居惠州，处境微妙，达官贵人避之唯恐不及，故"门虽设而常关"也。"门常掩"即当时的真实写照，看似轻描淡写，实则饱含辛酸。世态之炎凉，人情之冷暖，尽在"世味"二字中矣！

值得注意的是"世味门常掩"按正常语序应为"门掩知世味"，而诗人有意将"世味"前置，不仅是为了协调声律，更是强调其内心之感慨。联想到他在《寄傲斋记》中，设想归隐故乡后，会将居室之门命名为"常关之门"，足见贬居惠州的几年，在诗人心底曾留下多么铭心刻骨的伤痛。

"时光簟已便"下句自我安慰，好在竹凉席是现成的，既舒适，又方便，正好借此打发时光。这一句看似调侃，实则隐见愤激。

尾联写由眠到醒的过程。"梦中频得句，拈笔又忘筌"。只有在睡梦中，诗人才暂时忘却尘世的烦恼，思绪也信马由缰，纵横驰骋，于是佳句亦奔涌而来。然而好景不长，正当诗人沉醉于这美好的梦境，却"恍惊起而长嗟"，想提起笔来，将梦中频得之佳句写下来时，却又只剩下片鳞只爪，不知从何写起了。真是"作诗火急追亡逋，清景一失后难摹"。大凡诗人，都有这种提笔忘言的体会。

这一联借梦境与现实的强烈落差，抒发乍得复失的惆怅之情，幽默中见苦涩，平淡中见蕴藉，很值得玩味。

此诗叙事、写景、抒情融为一体，浑然无迹，语淡意深，"余花""好鸟"一联，尤为工致，颇为人称道。

附录：关于此诗最后一句"拈笔又忘筌"，当代大家钱锺书在他的《宋诗选注》中解释为"提起笔来写又忘掉怎么说了"。"筌"借作"诠"，当"诠释"讲，乍一看，似也讲得通。但把

"筌"解释为"诠"则彻彻底底地错了!《现代汉语大词典》对"筌"的注释是"用竹或草编的捕鱼工具"。而查遍《康熙字典》《辞源》《辞海》《说文》均找不到"筌"可以作"诠"的假借义或转注义。其实"忘筌"一词源于《庄子·外物》:"筌者所以在鱼,得鱼而忘筌;蹄者所以在兔,得兔而忘蹄;……言者所以在意,得意而忘言。"历代诗人用此典甚多,如晋·嵇康《赠秀才从军》:"嘉彼钓叟,得鱼忘筌。"陶渊明《饮酒》:"此中有真意,欲辨已忘言。"唐·骆宾王《秋日山行简梁大官》:"得性虚游刃,忘言已弃筌。"张正元《临川羡鱼》:"结网非无力,忘筌自有心。"白居易《李澧州题韦开州经诗》:"观指非知月,忘筌是得鱼。"贯休《渔家》:"但得忘筌心自乐,肯羡前贤钓清渭。"现代郭沫若在《新旧文字之争》中也说:"我们读书的目的要在得意而忘言,得鱼而忘筌。"

综上所述,可见唐庚《醉眠》诗中"拈笔又忘筌"也是用了庄子这个典故。全句意思是:提起笔来想写又忘掉该写些什么了。"忘筌"即是"忘言"。

由此可见,做学问来不得半点马虎和侥幸,否则,即使像钱锺书这样著作等身的大家,也难免出现这样的谬误了。

明妃曲

生男禁多才, 长沙伴湘纍[1];
生女禁太美, 阴山嫁胡儿[2]。
长沙虽归如不归[3], 阴山亦复归无期。
绛灌通侯延寿死[4], 琵琶休怨汉天子。

注释:

〔1〕长沙，指西汉贾谊。曾作长沙王太傅，故后世称"贾长沙。"湘纍，指屈原。《汉书·杨雄传》反《离骚》："因江潭而往祀兮，钦吊楚之湘纍。"注："李奇曰，诸不以罪死曰纍，屈原赴湘死，故曰湘纍也。"

〔2〕阴山嫁胡儿，指王昭君下嫁匈奴。

〔3〕据《史记·屈贾列传》，贾谊为长沙王太傅数年，汉文帝闻其才，特予召见，但只问鬼神之事。故曰归如不归。

〔4〕绛灌，指西汉开国功臣绛侯周勃和懿侯灌婴。二人追随刘邦逐鹿中原，屡立战功，刘邦死后，因平定诸吕拥立文帝而先后为相。

赏析:

明妃，即王昭君，西汉元帝的宫女，名嫱，字昭君，公元前三十三年，奉元帝和亲之令下嫁于匈奴单于呼韩邪。西晋时，为避晋太祖司马昭之讳，改称明君，史称"明妃"。乐府诗题有《昭君怨》。历代咏昭君诗甚多，唐庚此诗即仿乐府辞，借昭君悲剧以抒发"大才难为用"的主题。

"生男禁多才，长沙伴湘纍。"禁，禁忌，忌讳；长沙，湘纍，代指贾谊、屈原。首二句直击主题，谓生男忌讳多才，自古树大招风，大才易为帝王嫉妒，不仅不被重用，命运更极为悲惨，贾谊和屈原就是极好的例子。

"生女禁太美，阴山嫁胡儿。"三四句直接点出明妃，说明即使貌美如王昭君，最终仍不免远嫁异域，终老胡尘。"胡儿"指匈奴单于，由此引出一段千古传颂的凄美故事。

据说汉元帝后宫甚丰，帝应接不暇，乃令画工毛延寿逐一以画像进呈，诸宫女皆纷纷向毛延寿行贿，以求画图娇美，独王昭君自恃貌美而拒绝行贿。延寿遂故意丑画之，故昭君居后宫六年，终无缘为元帝亲近。及匈奴单于呼韩邪向汉室求婚，元帝以昭君允之，临行接见，大悔，遂诛杀毛延寿。

前四句以生男生女并举，更以屈原、贾谊及昭君三位千古定评的人物为例证，阐释"自古才大难为用"及红颜命薄的道理，深具说服力。

五六句紧承贾谊、昭君进一步展开。"长沙虽归如不归"，再举贾谊故事：史载，西汉贾谊因涉罪皇室而贬为长沙王太傅，多年滞留不归。久之，文帝闻其才，特宣召进京并单独接见。席间文帝一句不问军国大事，反而详细咨询起神仙鬼神及长寿之事，令贾谊大失所望。唐代诗人杜牧就曾因之写下"可怜夜半虚前席，不问苍生问鬼神"的诗句予以讽刺。故唐庚以"虽归如不归"以揭示其悲剧。下句"阴山亦复归无期"，则进一步叙写昭君悲剧。昭君下嫁呼韩邪，三年老单于死，上书汉廷求归，汉成帝敕令"从胡俗"，竟令昭君复嫁于呼韩邪长子复株累单于，终死异域。落得个"独留青冢向黄昏"（杜甫《咏怀古迹》）。

一个"虽归如不归"，一个"独留青冢向黄昏"。殊途而同归，皆缘于才大、貌美也，故诗人深为之不平。

以上六句，分写两面，逐层申说，逐一探究，将悲情推向高潮，更将悲剧的根源留给读者思考。

"绛灌通侯延寿死。"宕开一笔，反面举例：绛侯周勃、懿侯灌婴皆一介武夫，竟然位列王侯，谁听说他们有什么过人的才识呢？而毛延寿收受贿赂，丑化昭君，最终被诛杀也是罪有应得，总算让昭君长舒一口怨气吧。

"琵琶休怨汉天子"，结句再现昭君出塞的画面，以貌似宽慰的口吻结束全诗，自古红颜皆命薄，况且毛延寿已然诛杀，你何必一路弹奏琵琶，诉说心中无尽的哀怨呢。其实结句弦外有音，堂堂大汉，雄兵百万，最终却要靠一位弱女子和亲来保障边境的安宁。从此"西出阳关无故人",关山万重,"何日是归程"?焉得不怨?"琵琶休怨汉天子",正话反说也。看似平和,实则远胜于金刚怒目,寄托对昭君的深切同情,更增悲情色彩。

此诗为唐庚诗集中现存最早的一首,为唐庚少年之作。虽属乐府旧题,但寄意深沉,将贾谊与昭君并举,不仅拓宽了主题,而且揭示出悲剧的普遍意义。结尾皮里阳秋,耐人寻味,可谓少年老成。

当然,由于诗人的年少稚嫩,将绛侯周勃作为反面例证是不妥的。司马迁在《史记》中称颂"周勃厚重少文,然安刘氏者必勃也"。不过,白璧微瑕,我们也大可不必去苛责一位十三四岁的少年。

戏题醉仙崖〔1〕

谁家翠岭高亭亭〔2〕,	白崖隐起仙人形。
仙人昔尝为酒星〔3〕,	乘兴痛饮乾北溟〔4〕。
五湖一吸聊解酲〔5〕,	江妃丧魄鳌失灵〔6〕。
上帝震怒呵出庭,	酕然影落秋山青。
行人几见霜叶零,	醉仙醉去不复醒。
何须荷锸随刘伶〔7〕,	河沙劫填归冥冥〔8〕。

注释:

〔1〕醉仙崖,据《方舆胜览》,醉仙崖在天水县连凤山,少年唐庚足迹是否达此史无记载。据诗中"酕然影落"看,或指丹棱县北之赤崖山。据《嘉庆重修一统志》卷四十《眉州·丹棱

9

县》载："赤崖山，在丹棱县北二十里，其山高峻，色赤脊棱状，如飞旗拱翼县治，县以此名。"若此说成立，诗中"白崖"或为赤崖之笔误。

〔2〕亭亭，高耸直立貌。苏轼《虎跑泉》："亭亭石塔东峰上，此老初来百神仰。"

〔3〕酒星，传说中天界的酒曲星君。唐·皮日休《七爱诗·李翰林白》："吾爱李太白，身是酒星魂。"

〔4〕北溟，北方大海。《庄子·逍遥游》："北溟有鱼，其名为鲲，鲲之大，不知其几千里也。"

〔5〕解酲，酲，醉酒神智不清貌；解酲，消除酒病。《世说新语·任诞》："天生刘伶，以酒为名；一饮一斛，五斗解酲。"

〔6〕江妃，神话传说中的神女。汉·刘向《刘仙传》："江妃二女者，……出游于江汉之湄。"

〔7〕锸，铁锹；荷锸，用晋代刘伶典。刘伶，晋代沛国人，字伯伦，与阮籍等并称"竹林七贤"。纵酒放诞，常乘鹿车，携酒一壶，使人荷锸相随，曰"死便埋我"。自称"唯酒是务，焉知其余"。后世以刘伶为纵酒傲世、逃避世俗的代表。

〔8〕河沙填劫，佛家语。指无限的时间流逝。冥冥，本指天色不明亮。《楚辞·涉江》："深林杳以冥冥。"宋·范仲淹《岳阳楼记》："薄暮冥冥，虎啸猿蹄。"此处代指迷茫的自然界。

赏析：

此诗就醉仙崖而展开联想，因醉仙仅属传说，故诗题曰"戏题"也。诗属七言歌行体，全诗分为三层。首二句为第一层，摹写醉仙崖之态势；三至十句为第二层，叙写醉仙崖之成因；末两句第三层，抒发人生有限而时空无穷之喟叹。

先看第一层：

"谁家翠岭高亭亭，白崖隐起仙人形。""谁家"二字突兀而起，领起全篇，读来亲切。翠岭，见其苍翠葱茏；高亭亭，拔地而起，俊秀挺拔也。首句将醉仙崖立体式地呈现在读者面前，极有气势。白崖（疑为赤崖）隐起，远远观之，赤崖隐隐凸起，若仙人傲然卓立于翠岭之上，翩然欲举，栩栩如生。

首二句正面点题，由翠岭而赤崖，再由赤崖而联想到醉仙，全诗由此生发。

"仙人昔尝为酒星，乘兴痛饮乾北溟。五湖一吸聊解酲，江妃丧魄鳌失灵。"这四句抒写醉仙饮酒之豪。尝，曾经。明言醉仙曾是天上酒曲星君，其酒量之大，自非常人可比。一旦开怀畅饮，瞬间可吸干北方的大海，即便聊解酒渴之瘾，也可吸尽五湖之水，以至于使巡游于江汉水域的江妃丧魂落魄，水宫的大鳌也因为搁浅而失去它往日的威灵。

以上四句描摹醉仙豪饮之场景，语极夸张。其气势之豪迈，景象之磅礴，直追太白；想象之奇诡，画面之神异，又酷似长吉。可见唐庚之少年意气！

接下来四句叙写醉仙因放纵而贬落凡尘的传说。"上帝震怒呵出庭，酡然影落秋山青"。"上帝震怒"，叙酒仙遭贬之原因；"呵出庭"，状震怒之场景；"酡然影落"，喻醉仙微醺而飘然欲倒之情态，以照应"赤崖"；"秋山青"，与酡然影落相映成趣。"行人几见霜叶零，醉仙醉去不复醒。""枫叶零"，枫叶不知红了好多遍。妙化李贺《梦天》中名句："王母桃花千遍红，彭祖巫咸几回死。"而不露痕迹，以喻时间之久远。醉仙最终化为崖石，并从此长眠不醒。

这四句摹写醉仙崖的成因，极富神话色彩，兼以拟人手法的运用，使人如见其景，读来有声有色，生动传神。

以上为第二层。

"何须荷锸随刘伶，河沙劫填归冥冥。"醉仙最终化为崖石，何况我辈？故末句用河沙填劫之佛家语以抒发浩叹：在无限的时空面前，人类是何等渺小，无论是旷达似刘伶，还是豪饮如醉仙，都将与恒河的泥沙一样，同归于冥茫的大自然中。

末两句为第三层，由醉仙而联想到刘伶，以时空的永恒而反衬个人的渺小，尤耐人寻味。

唐庚作此诗时，年方十四五岁，而辞气之豪壮，寄意之深邃，笔调之流畅，都与其年龄极不相符。无怪乎"老师匠手见之，无不褫胆落魄（唐庚《眉山唐先生文集·序》）"，今天看来，确为唐庚早期佳作，没有之一矣。

云南老人行

云南老人老无力，　　藜杖枝腰陇头立[1]。
道逢蜀客话平生，　　时复仰天长叹息。
自言贯属泸水湄[2]，　　泸水边徼滨獠夷[3]。
夷之性情类蛇豕，　　频肆毒螫为疮痍[4]。
十五年前多盗寇，　　一境骚然不相保。
民禾收刈虏人家，　　戎马偷衔汶江草[5]。
近来风俗多变移，　　卷却旌旗换酒旗。
牛羊村落晚晴处，　　烟火楼台日暮时。
两眼昏花两鬓雪，　　喜见升平好时节。
茅屋横吹一笛风，　　野店携归半瓶月。
问翁致此何因缘，　　道是江阳太守贤[6]。
鼓琴弦歌不生事，　　十年静治安吾边。
郑国国侨去已久[7]，　　谁信人间准前有。
异日刊为德政碑[8]，　　请问云南陇头叟。

注释：

〔1〕陇头，指边塞。南朝·宋·陆凯《赠范晔》："摘梅逢驿使，寄与陇头人。"

〔2〕泸水，即金沙江。

〔3〕边徼，即边境。唐·李峤《城》：何辞一万里，边徼捍匈奴。獠夷，古代汉民族对少数民族的侮辱性称呼，唐庚也不例外。

〔4〕疮痍，比喻人民遭受的战祸、疾苦。《史记·季布栾布列传》："于今疮痍未瘳，呰又面谀，欲摇动天下。"

〔5〕汶江，大渡河支流，在四川省境内。

〔6〕江阳，今四川省泸州市。

〔7〕国侨，即子产。春秋郑国人，名侨，字子产。自郑简公时执政，历定、献、声公三朝。时晋楚争霸，郑国周旋于两强之间，子产不卑不亢，保持无事。司马迁曾称誉"子产治郑，民不敢欺。"

〔8〕刊，雕刻。东汉·蔡邕《陈寔传》："刊石作铭。"

赏析：

此诗叙诗人在泸南的见闻，体现出少年唐庚对国事民生的关注，寓治乱系乎县宰之主旨，时间大致在元祐初年。

全诗分三段：

首四句为第一段。叙诗人与云南老人的邂逅相逢。"云南老人老无力，藜杖枝腰陇头立。"首二句正面点题，两个"老"字，凸显老人的年迈体衰，"藜杖枝腰"，状其老态龙钟。"道逢蜀客话平生，时复仰天长叹息。"如此老态龙钟，孤苦伶仃，还流落到异乡（四川），故一旦打开话匣子，自然是一言难尽了。"话平生"三字，全诗之纲，由此引出老人的一番肺腑之言。

"自言贯属泸水湄"以下二十句为第二段，叙云南老人向诗人吐露心声。这一段又可分为两层："自言贯属泸水湄"至"戎马偷衔汶江草"八句为第一层，叙往昔汉夷之间的纷扰与离乱。"獠夷""蛇豕""毒螫"，体现出汉人对少数民族的偏见。而正因为这种偏见，导致了多年来纷争不断，盗寇丛生，以至于稼禾不保，一境骚然，疮痍遍野。"戎马偷衔汶江草"战乱不仅遍布云南全境，甚至蔓延到四川汶水一带，百姓因之流离失所，老人也只得背井离乡，流落川南了。

这一层明写"獠夷"的骚乱，实则谴责地方官员的歧视性政策，暗示乱局的根源，为下文蓄势。

"近来风俗多变移"到"十年静治安吾边"为第二层，叙写新太守到任后边境的崭新气象，"卷却旌旗换酒旗"，一"卷"一"换"，形象地反映出化干戈为玉帛，化敌视为共荣的社会现实。"牛羊村落晚晴处，烟火楼台日暮时。"更是生动勾勒出人民安居乐业，安定祥和之升平景象。而"茅屋横吹一笛风，野店携归半瓶月"，则把百姓精神生活的充实与惬意表现得淋漓尽致，神采飞扬。末两句"鼓琴弦歌不生事，十年静治安吾边"则既是对新任太守重视教化，和睦汉夷的充分肯定和高度颂扬，亦可见诗人对边事的理解和主张。

这一段以前后截然不同景象反映云南今昔的变化，意在引起读者思索，有深意焉。叙述中多用描写，"牛羊村落""烟火楼台""茅屋横吹一笛风，野店携归半瓶月"，意象丰满，诗意盎然。深具唐人风韵，堪称妙笔！

"郑国国侨去已久，谁信人间准前有。异日刊为德政碑，请问云南陇头叟。"末四句为第三段，将新太守治理云南的功绩提升到子产治郑的高度，以喟叹之语气作结，不仅与开头浑然融为一体，更深化了主题，体现了诗人渴望和睦边境，让百姓在和平环境中休养生息的愿望。如此深度的力作，竟出自一位十四五岁的少年之手，不能不令人叹服。

　　此诗体裁属七言古，平仄交替换韵，风格明快，语言流畅而音韵铿锵，与唐庚的少年意气极为吻合，是诗人早期七言歌行体的佳作。

结客少年场

结客少年场，　　　男儿尚气须激昂。
朝从鲁朱家[1]，　　暮过秦武阳[2]。
饮酒邯郸市，　　　膝上横秋霜[3]。
明年从军入敦煌，金印紫绶辉路旁[4]。
贫中知己慎莫忘[5]。

注释：

〔1〕鲁朱家，朱家，汉初大游侠，鲁人，故称"鲁朱家"。《史记·游侠列传》："鲁朱家者，与高祖同时。鲁人皆以儒教，而朱家用侠闻。所藏活豪士以百数，……然终不伐其能……自关以东，莫不延颈愿交焉。"

〔2〕秦武阳，亦称秦舞阳。刺客，曾参与荆轲刺秦王。

〔3〕秋霜，指佩剑。李白《白马篇》："秋霜切玉剑，落日明珠袍。"

〔4〕金印绶带，秦汉时丞相与二品大员所佩印绶。此处泛指军政要员。

〔5〕慎莫忘，即莫相忘。《史记·陈涉世家》："陈涉少时，尝与人佣耕，辍耕之陇上，怅恨久之，曰：'苟富贵，无相忘。'

庸者笑而应曰：'若为佣耕，何富贵也？'陈涉叹息曰：'嗟乎，
燕雀安知鸿鹄之志哉？'"

赏析：

"结客少年场"，属古乐府歌辞，原题为"结客少年场行"。
主旨为轻生重义，慷慨以立功业。历代多有仿作。唐庚作此诗
时，年仅十五六，字里行间，尽渗少年意气及建功立业之抱负。

"结客少年场，男儿尚气须激昂。"首句点题，开宗明义，明
言人在少年时应交结任侠之客，尚气，崇尚义气。谓男子汉更须
当行侠、崇尚义气。慷慨激昂，勿作儿女之态。此为全诗之纲。

接下来两句叙写交游侠客之概况。"朝从鲁朱定，暮过秦武
阳。"清晨还在追随鲁国的大游侠朱家，傍晚又专程专拜访秦武
阳。其实此处的"朝""暮""朱家""秦武阳"皆泛指，以见交
游之广与过从之密。能整天与朱家、秦武阳在一起，可见绝非泛
泛之辈也。

如果说这两句重点强调"结客"的话，以下两句则重点突出
"尚气"："饮酒邯郸市，膝上横秋霜。"邯郸，战国时赵国首都。
此处泛指大都会。全句言整日与侠客豪饮于闹市，慷慨激昂，旁
若无人；三尺青锋，横陈膝上，凛凛光芒，如同秋日之霜，令人
顿生寒意。

通过以上四句的描述，一位少年侠客顿时栩栩如生，跃然纸
上矣。

"明年从军入敦煌，金印紫绶辉路旁。"则推进一层为遥想之
辞，抒写建功立业也。敦煌，指边塞要地。少年满怀豪情壮志，
直赴敦煌，毅然从军，生死置之度外。一个"入"字，状其义无
反顾，万死不辞之情状。"金印紫绶"形容其功业辉煌，"辉路
旁"则摹写衣锦还乡之盛况，令人遐想。

这两句辞意跳跃极大，语简意丰，从"从军入敦煌"到"金

印紫绶"应是一漫长的过程，中间省略了许多笔墨。让人想到侠客冲锋陷阵，斩将拔旗的宏伟场面，应为全诗高潮所在。"金印紫绶辉路旁"一句，色彩鲜明，如在目前。

"贫中知己慎莫忘。"结尾用陈涉故事，单独成句，急剧收束，形同豹尾，简洁有力。

此诗语言酣畅淋漓，格调高昂，豪情万丈，看来唐庚的"少年梦"还是很值得褒扬的。

醉后怒书

灰寒火冷灯微明，　　虚檐泻雨为倾瓶。
酒酣耳热身体轻[1]，　　抚膺大吼黄钟声[2]。
怒目直视如流星，　　拔剑击柱旁人惊[3]。
丈夫宁可五鼎烹[4]，　　安能容此吞舟鲸[5]。

注释：

[1] 酒酣耳热，狂喝豪饮，酒后耳热，形容酒喝到极高兴时。魏·曹丕《与吴质书》："酒酣耳热，仰而赋诗，当此之时，忽然不自知乐也。"

[2] 膺，胸部。成语"义愤填膺"。黄钟，古乐十二律之始，声调洪大响亮。《周礼·春官·大司乐》："乃奏黄钟，歌大吕，舞云门以祀六神。"

[3] 拔剑击柱，语出南朝·宋·鲍照《拟行路难》之五："对案不能食，拔剑击柱长叹息"。形容心情极度愤懑不平。

[4] 五鼎烹，古代的一种酷刑，用鼎镬烹煮罪人。见《史

17

记·卷一一二主父偃传》："丈夫生不五鼎食，死则五鼎烹耳。"

〔5〕吞舟鲸，即吞舟之鱼。语出韩愈《海水》"海有吞舟鲸，邓有垂天鹏"，指法网宽疏而使重大的犯罪行为得以逃脱。

赏析：

此诗作于少年时，具体年份不详。借醉酒而抒发胸中的愤激，见其少年意气也。

"灰寒火冷灯微明"，"灰寒火冷"火盆里的炭火熄灭殆尽，灰烬已然冷却，令人顿生寒意，可见夜已深了。对此长夜，唯有一盏昏灯陪伴诗人自己。起句蓄意营造凄冷孤寂的氛围，为全诗定调。

"虚檐泻雨为倾瓶。"此时，一场大雨又突如其来，又急又猛，从屋檐直泻而下，势若倾盆。（不曰倾盆而曰"倾瓶"，为押韵也。）

寒夜更兼骤雨，诗人更难入睡，只好狂饮以求一醉了。

首二句写背景，为全诗蓄势。

接下来四句摹写醉后之情状。

"酒酣耳热"酣畅淋漓，状其剧饮也；"身体轻"，谓身体飘忽，不能自持也。"抚膺大吼"一吐胸中郁积也；"黄钟声"形容声音之慷慨激昂也。

只有"酒酣耳热"之际，诗人才得以纵情发泄心中的块垒，可见在诗人心中，对于当时的时政已有一肚子的牢骚与郁积。

然"举杯销愁愁更愁"，诗人的情怀一旦放纵，便一发而不可收，接下来的两句更是惊世骇俗。"怒目直视如流星"，怒目金刚，若流星闪烁，历历如在目前；"拔剑击柱旁人惊"，则兼有鲍照"拔剑击柱长叹息"与太白"拔剑击柱心茫然"之意，其愤懑与不平终于像火山一样爆发，与高檐倾盆而下的骤雨勾织成壮丽的乐章。大有"黄河落天走东海"和"四弦一声如裂帛"的气势。

全诗至此达到高潮。

唐庚此时还值青春年少，风华正茂，何以胸中有如此的郁积。末两句顺理成章，揭开悬念。

"丈夫宁可五鼎烹，安能容此吞舟鲸。"全句谓大丈夫为了国家事业，不惜捐弃生命，但怎么能容忍那些个逍遥法外的"吞舟之鲸"呢！

联系北宋政坛新旧派争的激烈与反复，而唐庚对苏轼极度崇拜。在情感上似乎也更加倾向于旧党。故此处的"吞舟鲸"似乎不仅仅指代某位大贪，而更似苏洵《辩奸论》中隐射之大奸。

此诗与《击剑歌》可互为参看，和《击剑歌》的激昂慷慨相比，此诗更显愤激悲凉也。

击剑歌

三尺光芒耀霜雪，　　长安使气为任侠[1]。
间对要离壮泪垂[2]，　　醉叱荆轲怒眦裂[3]。
天下承平猛士闲，　　夜半无人自弹铗[4]。
会须东海斩长鲸[5]，　　归来倒沥腥臊血。

注释：

〔1〕使气任侠，又称"尚气任侠"。以侠义自任，重然诺、讲义气、轻生死。

〔2〕间，偶尔、间或。岑参《尚书念旧，赠绯袍，率题绝句献上，以申感》："富贵情还在，相逢岂间然。"要离，春秋时著

19

名刺客。奉吴王阖闾之命刺杀庆忌，为取得庆忌信任，不惜自残身体以接近庆忌。刺杀失败，庆忌感其义而释之。但最终要离自愧有负吴王而自杀。

〔3〕荆轲，战国时刺客。感燕太子丹义气，入秦刺杀秦王嬴政，事败被杀。事见《史记·刺客列传》。眦，上下眼睑结合处，泛指眼睛。眦裂，形容愤怒到极点。《史记·项羽本纪》："头发上指，目眦尽裂。"

〔4〕弹铗，铗，长剑；弹铗，即以手弹击剑。战国时，冯谖为齐国孟尝君门客，初不得意，常弹铗而歌之曰："长铗归来乎，食无鱼。"事见《战国策·齐策·冯谖客孟尝君》，后世遂以弹铗为发牢骚之代名词。

〔5〕会须，应当、正应该。李白《将进酒》："烹羊宰牛且为乐，会须一饮三百杯。"

赏析：

此诗为唐庚少年时之诗作，全诗借歌颂一位义侠之士以抒发自己的少年意气和热血情怀。与《醉后怒书》堪称姐妹篇。

游侠之风始于战国，盛于西汉。司马迁在《史记·游侠列传》就曾对游侠有很公允的评述："今游侠，其行虽不轨乎正义，然其言必信，行必果，已诺必诚，不爱其躯，赴士之困厄，既已存之生死矣。而不矜其能，羞伐其德，盖亦有足多者焉。"本诗即塑造了这样一位义侠之士的形象。

"三尺光芒耀霜雪。"未见其人，先描其剑：三尺青锋，光芒四射；寒光熠熠，如霜雪闪耀。

首句先声夺人，为剑客的登场铺垫。

"长安使气为任侠。"长安，西汉首都，此指北宋京师开封。次句谓此位剑客仗剑横行天下，尚气任侠，名满京师。这一句正面点明侠客身份，为下文蓄势。

"间对要离壮泪垂，醉叱荆轲怒眦裂。"颔联连用二典，要离、荆轲皆古代著名刺客，但都未刺杀成功，留下无尽遗憾。故间或有人谈起要离时，剑客会为他功败垂成，抱憾自杀而热泪纵横，嗟叹不已；而荆轲刺秦王失败，则直接导致了暴秦统一六国，故一旦提到荆轲，他会立马怒发冲冠，眼眶尽裂。

这两句以要离、荆轲刺杀未果的事例，反衬这位剑客以行侠为己任，不辞生死的雄心侠胆。暗示他不出手则已，一出手必不留遗憾。

"天下承平猛士闲"，笔锋一顿，谓当今天子偃武修文，国家承平已久，故猛士空有一腔抱负而无用武之地，终被闲置。长夜寂寥，只好对剑悲歌："长剑呀长剑，出门没有车，我们还是回去了吧；长剑呀长剑，饭桌没有鱼，我们还是回去了吧。"借此聊以排解胸中之块垒。

这一联诗人故设跌宕，转入对天下承平，剑客无所事事的喟叹。刻意为尾联造成强烈落差。

"会须东海斩长鲸，归来倒沥腥臊血"，但真正的猛士，热血是不会冷却的！终有一天，他一定会手提三尺剑，直蹈东海，怒斩长鲸。奏凯归来，但见他临风独立，剑面倒悬，碧血淅沥，腥臊犹存。

结尾以高昂的格调，宏大的特写镜头，浓墨重彩，将剑客的形象立体化地呈现在读者面前，读来酣畅淋漓，精神为之一振，让人眼睛一亮。

闻东坡贬惠州

元气脱形数[1]，　　运动天地内。

东坡未离人，　　岂比元气大。

天地不能容，　　伸舒辄有碍[2]。

低头不能仰，　　闭口焉敢咳。

东坡坦率老，　　局促应难耐[3]。

何当与道俱[4]，　　逍遥天地外。

注释：

〔1〕元气，指万物未形成前的混沌状态。无形无色，无处不在；其大无外，其小无内，为天地万物之母。此处指人的精、气、神。《后汉书·赵咨传》："夫亡者，元气去体，贞魂游散，反素复始，归于无端。"形数，人们可以把握之状态，即有形之物。犹言气数、命运。

〔2〕伸舒，伸展、舒展。唐·权德舆《大言》："抟鹏作腊巨鳌鲙，伸舒逸出元气外。"

〔3〕局促，狭窄，不宽敞。杜甫《梦李白》："告归常局促，苦道来不易。"喻处境险恶，言行不得舒展。

〔4〕道，中国古代的哲学概念，意思比较抽象，指宇宙万物的本源、本体。老子《道德经》："道可道，非常道；名可名，非常名"。

赏析：

唐庚与苏轼为眉州同乡，年岁比苏轼晚一辈。其一生对苏轼十分景仰，但诗中涉及苏轼者，唯此一首。全诗充塞对这位前辈不幸遭遇的同情与不平，情感真挚而深沉。也许是对东坡太过崇拜，有点放不开，故运笔生涩，读来略显板滞。

绍圣元年（1094），哲宗渐复熙宁新法，起用新党，贬斥元祐旧臣。苏轼因"语涉讥讪"之谤罢端明殿学士兼翰林学士，旋又因"语讥先朝"之罪而贬惠州安置，不得签署公事。时唐庚在华阳尉任上，闻此消息，海天遥隔，百感交集，发而成章，以抒发对这位乡贤前辈的担忧与牵挂。

诗为五言古体诗，全诗可分为三层。

"元气脱形数，运动天地内。"起首二句，先从道家理念出发，谓茫茫宇宙间，唯有元气能超脱形体万物，自由自在，徜徉于天地之内，随心所欲而不受任何阻碍。这两句诗人明显化用、浓缩庄子《逍遥游》的意境，以元气的逍遥自得、无拘无束与苏轼的编管惠州，限制居所相对照，形成强烈对比，从而急浪推舟，引出下面的议论。

"东坡未离人，岂比元气大。"三四句拉回正题，谓东坡虽然生性旷达，笑看荣辱得失，风云变幻，但终究未脱离"人类"这种有形的物态，哪能和充塞宇宙、无往不在的元气相比呢？言下之意，面对这突如其来，投荒万里，远离中原的蛮瘴之乡，即使是东坡这样的英伟人士，又如何受得了呢？这两句颇似魔术师的障眼法，委婉而曲折地表达诗人对东坡横遭打击的不满。以上为第一层。

"天地不能容"到"局促应难耐"。以下六句为第二层。"天地"极言宽广无涯，可竟然没有东坡的安身之处。"伸舒辄有碍。"辄，总是，即使是随意伸展一下身体也会处处受到阻碍。"低头不能仰，闭口焉敢咳。"更推进一步，对"天地不能容"具体展开：整日价头也不敢抬，三缄其口，几乎到了连咳嗽一声也可能遭来祸害的地步，可见监管之严苛。这几句语带夸张，实则化用韩愈《进学解》中"踬前跋后，动辄得咎"来形容东坡处境的险恶，是对"局促"的形象化描写。客观上揭露新党四处布置眼线，肆意罗织罪名的恶劣手段，造成政敌伸舒有碍，开口触讳的严峻社会现实。"东坡坦率老，局促应难耐"，则为东坡设身处地着想。"坦率"，本义是坦诚直率，此处侧重于口无遮拦，设想面对如此严峻的现实，而东坡又生性率真，口无遮拦，其处境更是局促不堪了，能不叫人担心！

这一层揣想东坡面临的险境，字里行间，处处流露出对前辈的担忧与牵挂，看似夸张的细节描写，更隐见讽刺。"坦率老"既中肯地点破致祸的根源，也是对东坡秉性的颂扬和赞许。诚如东坡所言"九死蛮荒吾不恨，兹游奇绝冠平生"也！

"何当与道俱，逍遥天地外。"末两句为第三层。何当，何时才能，此为诗人之期待。与道俱，与天道、自然合为一体。全句希望东坡能与天道自然融为一体，逍遥自在。"凭虚御空，纵一苇之所为，凌万顷之茫然。"遨游于天地之外，从此不再受世间小人的困扰。景仰之情，溢于笔端，以此收束，首尾如环，恰到好处。

纵观此诗，可谓深得《春秋》皮里阳秋的笔法，有深意焉。《四库提要》称"（唐庚）集中'闻东坡贬惠州'诗深著微词，似有所讽"。实一语中的也！

赴益昌〔1〕（其一）

岂有登台衮衮〔2〕，谩令去国迟迟〔3〕。
南国缨方欲请〔4〕，北山文莫相疑〔5〕。

注释：

〔1〕益昌，据《大清一统志·保宁府》，今昭化县治，东北至利州四十五里，后周改为益昌。故址在今四川广元市昭化镇。

〔2〕登台衮衮，汉代称尚书、御史、谒者为"三台"（后又称"三公"），后因称登上三公之位为"登台"。衮衮，谓相继不绝。杜甫《醉时歌》："诸公衮衮登台省，广文先生官独冷。"谩令，谩，通"漫"，徒然；令，使。"谩令"即徒然使得。唐庚诗中常用。如《筹笔铺》："谩令邺下痴儿女，骇汗惊惶欲渡河。"杜甫《宾至》："漫劳车马驻江干。"

〔3〕去国，离开故乡。苏轼《胜相院经藏记》："有一居士，其先蜀人，去国流浪，在江淮间。"唐庚此前任华阳尉，离故乡很近，今调赴益昌，离故乡更远。故曰"去国"。

〔4〕缨方欲请，即"请缨"。《汉书·终军传》："南越与汉和亲，乃遣（终）军使南越，说其王，欲令入朝，比内诸侯。军自请：'愿受长缨，必羁南越王而致阙下。'军遂往说越王，越王听许，请举国内属。"后世遂以"请缨"为请求报国立功的机会。

〔5〕北山，即钟山，位于江苏南京市东。此句化用南朝·宋·孔稚珪《北山移文》，讽刺那些伪装隐居以求利禄之人。莫相疑，谓出来做官与向往隐居并不矛盾。

赏析：

哲宗绍圣元年，唐庚华阳尉任满，改调益州通判，此诗即作于赴任之际，抒发自己少年气盛，欲图建功立业的抱负，原诗共两首，今选其一。

"岂有登台衮衮"首句突兀而起，直述心声，谓此番赴益昌任职，绝非像衮衮诸公一样，离居台省，顿时身价百倍。岂有，哪有这回事，语带调侃，盖有所针对焉。

"谩令去国迟迟"次句紧承上意，反倒是觉得离故乡愈来愈远了，自然生出几分依恋，故迟迟不肯动身。

首二句正面点题，本来平平常常的调任，通过"岂有""谩令"两个副词的点染，便显得平中见奇、波澜横生，从而引起下文。

第三句笔锋陡转，"南国缨方欲清"，方、欲，见期盼之急切。谓自己满腔抱负，正期待着像终军一样，主动许身报国，以成就一番事业。

这一句以终军自许，凸显诗人的自信和对未来的期望。

末句"北山文莫相疑"，则设想功成名就之后，定当归隐林下，绝不会像周颙之辈那样，伪装隐士，以求利禄。

此诗短短四句，既有对衮衮诸公饱食终日，无所建树的讽刺，更有对未来事业的期许，末句更申明素志，将建功立业和归隐林泉这两种看似矛盾的取向捏合在一起，更彰显诗人对待进退出处的儒者情怀。三四句连用二典，既拓宽了诗句的容量，又含蓄地表明心迹，读来蕴藉而有味。

全诗采用通篇对仗的方式而又富于变化。"岂有""谩令"（虚词对），"登台""去国"（动宾对），"衮衮""迟迟"（叠词对），"南越""北山"（方位对），无一不的当，无一不工稳，这在唐庚诗集中仅有的几首六言诗中并不多见。

城上怨

雨似悬河风似箭，　　雨号风驰寒刮面。

何处巡城老健儿，　　城上讴吟自哀怨。

不知底事偏苦伤[1]，　　声高声低哀思长。

戍边役重畏酷法，　　去国多年思故乡[2]。

城上歌时夜方半，　　正是孤斋醉魂断。

和风和雨两三声，　　推枕投衾坐长叹。

传闻边警动熙河[3]，　　战士连年不解戈。

今夜风号雨驰处，　　城上哀怨知儿何。

注释：

〔1〕底事，唐宋时口语，即何事。赵翼《陔余丛考·底》：
"江南俗语，问何物曰底物，何事曰底事。唐以来已入诗词中。"

〔2〕去国，国指故乡，去国即谓离开故乡。见《赵益昌》注
释〔3〕。

〔3〕熙河，熙州与河州的合称，今甘肃临洮一带。宋时西临
吐蕃，战事频繁。

赏析：

此诗作于益昌通判任上，盖借戍卒之怨以寄对国事民生之关
注和对戍卒的深切同情。

北宋以来，西北一带战事不断，徽宗即位，益盛。连年讨伐
西北羌族部落，造成徭役繁重，民生凋敝。军人生计极端恶劣，

27

怨声载道，士兵逃亡事件屡屡发生。尽管朝廷惩治逃亡法令严苛，亦难以奏效。此诗即借戍卒之怨再现这段史实。诗采七言歌行体，便于抒发感情，全诗分三层。

首四句为第一层，直叙风雨交加之夜，守城老卒之哀怨。

"雨似悬河风似箭"，雨似悬河，状雨势之狂骤；风似箭，喻风势之迅猛。"雨号风驰寒刮面"，形容风雨交加声势浩大，阴风怒号，浊浪排空，让人有面如刀割之感。

诗一发端，戍卒尚未登场，诗人先为之创设一凄厉之背景。狂风暴雨，寒气逼人，大有"黑云压城城欲摧"之势。"号""驰""寒"，写尽边地环境之恶劣，可谓极尽渲染。若大战一触即发前之金鼓齐鸣，荡人心魄；又似大戏开幕前之急管繁弦，先声夺人。非如此，不足以为戍卒的登场蓄势。

"何处巡城老健儿，城上讴歌自哀怨。"三四句写戍卒正式登场。何处，不知家在何方；老健儿，年龄老大也，颇有点少年从军，白首未归的况味。巡城，可见地处边境也。年老体衰，当此风雨如晦之寒夜，仍须轮值巡城，可见边城之警急，又焉能不怨？

"城上讴吟自哀怨。"如此寒夜，更兼雨横风狂，独自巡城，发而为歌，其声自哀。正面点题，全诗由此生发。

这一层押仄韵，"箭""面""怨"，音节急促，与疾风骤雨映衬，更显紧迫。

"不知底事"以下八句为第二层，具体铺写戍卒歌吟的悲苦及其缘由。

"不知底事偏苦伤，声高声低哀思长。"不知底事，故设悬念，偏苦伤，形容歌声凄苦而哀伤，可见心中郁积之深也。漫漫寒夜中，戍卒的歌声时而高亢，时而低沉，如泣如诉，与狂风暴雨交织在一起，显得格外凄楚而悠长。

这两句具体摹写戍卒心中之怨，"声高声低哀思长"，传递悲怨之声在边城旷野中回荡而久久不绝之情状，极具震撼。

"戍边役重畏酷法，去国多年思故乡。"揭示哀怨的根源：宋制，戍边部队战时守边保境，平时垦荒自给，劳役繁重，士卒不堪其苦，往往冒险逃亡，然军法严酷，一经抓获，非死即因。而此位巡城老健儿的命运正是边城所有士兵的缩影。"铁衣久戍辛勤久，玉箸应啼别离后。"乡关万里，何日是归年？当此长夜，更兼雨横风狂，不由悲从中来，发而为歌，能不动人心魄么？

这两句借戍卒之口，揭露当时兵役的繁重和士兵的悲惨命运，字里行间，浸透对戍卒的深切同情，读来心酸。

这一层转平声韵，"伤""长""乡"，音韵铿锵而悠长，与戍卒的哀歌融为一体，更增悲情色彩。

"城上歌时夜方半，正是孤斋醉魂断。和风和雨两三声，推枕投衾坐长叹。"则又变换角度，画面拉回到诗人自身。夜半时分，戍卒的悲吟怨曲，挟裹着萧瑟的风雨之声，传递到清冷孤寂的斋衙。深深撞击着诗人心扉，以致魂惊魄散，难以入寐，只好推枕拥衾，坐而长叹。

这四句极写戍卒歌声的穿透力，"和风和雨两三声"天地似乎也为之动容，为之哭泣，何况诗人。

这四句再转仄韵，"半""断""叹"，音节短促而压抑，能不令人肝肠寸断？

"传闻"以下四句为第三层。

"传闻边警动熙河，战士连年不解戈。"传闻，道听途说也，看似不经意，却透露出当时边事之警急。据《宋史》载："崇宁四年十月，熙河一路逃亡者几十万，将副坐视而不禁……纵而不问。"以致边关震动，战士衣不解甲，以备不虞也。

这两句以"传闻"二字带出一段重大史实，"动熙河"，明言影响之大，"连年不解戈"可见边事之警急，这就将戍卒的哀怨放置于时代的大背景下，从而更具典型性。

"今夜风号雨驰处，城上哀怨知几何。"结尾以"风号雨驰"呼应开头，将戍卒的命运推而广之到整个边城。"知几何"问而不答，发人深思，如此收束，不仅深化了主题，亦增添了悲情色彩。

此诗摹拟汉乐府，笔法以写实为主，融叙事、描摹、议论于一炉，凄风苦雨中，诗人忧国忧民的浩叹与戍卒的悲歌怨曲交织在一起，读来沉痛。音韵上平仄交错，抑扬顿挫，极具感染，是唐庚七言歌行体的力作。

病鹤行

鹤兮鹤兮何处来，　秋江静兮芦花开。
波痕浸月白皑皑，　千声万声鸣哀哀。
不飞不翔不饮啄，　骨瘠棱棱瘦如削。
冰姿玉质仅生存，　雪羽霜毛半零落。

鹤兮鹤兮何郁郁，　我知尔是冲天物[1]。
芝田养就孤高情[2]，　瑶池洗出神仙骨。
传闻仙岛冥冥中，　水晶甃作蓬莱宫[3]。
祥烟瑞露常濛濛，　好将六翮抟天风[4]。

注释：

〔1〕冲天物，语出司马迁《史记·滑稽列传》："此鸟不鸣则已，一鸣惊人；不飞则已，一飞冲天。"王维《和圣制幸玉真公主山庄》："庭养冲天鹤，溪流上汉槎。"此处形容鹤搏击长空，

志存高远之情态。

〔2〕芝田，芝，灵芝；芝田指仙人种植仙草的地方。曹植《洛神赋》："尔乃税驾乎蘅皋，秣驷乎芝田。"

〔3〕甃，砌、垒。白居易《官舍内新凿小池》："中底铺白沙，四隅甃青石。"

〔4〕六翮，鸟类双翅中的正羽，代指鸟之双翼。苏轼《与胡祠部游法华山》："君犹鸾鹤偶飘堕，六翮如云岂长铩。"

赏析：

此诗托病鹤以寄怀，抒发诗人怀才不遇之情。全诗共分两节，均以"鹤兮鹤兮"呼唤语开头，自成片段。

先看第一节：

"鹤兮鹤兮何处来？秋江静兮芦花开。波痕浸月白皑皑，千声万声鸣哀哀。"首句呼唤语开头，"鹤兮鹤兮"叠用，意在加强语气，引起读者注意。"何处来"，设问，自然引起下文。接下来两句则正面描写病鹤栖息的环境。深秋的夜晚，寂静的江面上芦苇浓密，芦花盛开。江水茫茫，轻风微拂，江面清波浅漾。天空一轮寒月沉浸于江心，淡淡的月光映照着两岸的芦花，整个江面呈现出白皑皑的一片，更显寥廓而冷寂。正是在这寂寥的寒夜里，病鹤的哀鸣便显得格外的凄楚，更不要说"千声万声"了。

这几句未见其影，先闻其声，把病鹤栖息的环境渲染得淋漓尽致，为全诗营造出一种悲情色彩。"秋江静""芦花开"，画面唯美；"波痕浸月"，摹写风之轻柔，波纹之细腻，江水之澄明；"白皑皑"则生动传递出月光与芦花浑然一体之情态，凸显环境的静谧。如此细密的刻画，意在为病鹤的亮相涂抹出一幅凄美清寂的背景，接下来该是病鹤正式登场了。

"不飞不翔不饮啄，骨瘠棱棱瘦如削。冰姿玉质仅生存，雪羽霜毛半零落。""不飞不翔"，见其精神萎靡，步履维艰也；"骨瘠棱棱”，状其体态瘦如刀削，弱不禁风也；“冰姿玉质”，显其品格之超凡脱俗也。“仅生存”，唯有一息尚存也；“雪羽霜毛”，展现其洁白无瑕也；“半零落”，言其风采不再也。以上四句以细腻的笔触，分别从精神、体态、气质、毛羽等多方面刻画病鹤，即便病得令人揪心，但落魄的凤凰远胜鸡，其“冰姿玉质”“雪羽霜毛”远非凡鸟可比。明写病鹤，尽显对鹤的喜爱和溢美，实则以鹤喻人，“冰姿玉质”“雪羽霜毛”隐喻人之高洁操守也，为第二节对鹤的直接褒扬作铺垫。

再看第二节：

“鹤兮鹤兮何郁郁，我知尔是冲天物。”“鹤兮鹤兮”再次叠用，表示另起一层。何郁郁，为何如此忧伤呀？问而不答，自然领起下文。“我知尔是冲天物”则紧承首句，揭示病鹤忧伤的原因。“鹤鸣九皋，声闻于天。”白鹤本来是悠游九霄，志存高远的，可如今却一息仅存，羸弱不堪。徒然怅望长天，却有心无力，有翅难飞，怎能不郁郁于心，哀鸣不绝呢？这一问一答，寓意深刻，既有对病鹤不能高飞远举的深深惋惜，又暗寓诗人怀才不遇，空有满腔抱负而不得施展的嗟怨。“冲天物”全篇诗眼，领起以下六句。

“芝田养就孤高情，瑶池洗出神仙骨”，芝田、瑶池，尽显天庭之美好。而白鹤以灵芝为食，故品格孤高，清雅绝俗，瑶池清水，更洗涤出仙心道骨，以至于冰姿玉质，雪羽霜毛，纤尘不染。

这两句抒写白鹤居处的环境，联想极为丰富，其意境之优美，令人遐想，堪称全篇精警。

“传闻仙岛冥冥中，水晶鳌作蓬莱宫。”诗人想象之翅继续驰骋，为读者展现出一幅海上仙山的美妙景象：水晶装饰的蓬莱宫，华美异常；仙岛云烟溟溟，五光十色，更显缥缈迷蒙。

这两句以传说中的海岛仙山，反衬白鹤的高贵脱俗，为白鹤的居所涂抹出一层神秘的色彩，令人神往。

"祥烟瑞露常濛濛，好将六翮抟天风。""祥烟瑞露"，再现仙宫之美景，更寓好运也。由此转入对病鹤的无限期待。盼望她能再次振翅高飞，抟击九天，重返仙岛。

后六句浓墨重彩，意象丰满，借病鹤的沉疴再起，抟击天风，抒发自己最终将脱颖而出，成就一番事业的雄心壮志。

此诗前后两节，既各自成章，又互相呼应，浑然一体。首节写实境，意在渲染悲情，刻画病鹤形象，生动传神，重在写实。第二节则写虚境，纯属诗人主观想象，意在烘云托月，以彰显鹤之不同凡鸟，整节充满浪漫色彩。篇末以鹤振翮高飞作结，更给人以振奋，体现了唐庚早期诗歌乐观向上的特点。

书新堂

叠茅重苇一堂新[1]，　　设榻聊安簿领身[2]。
落枕不知莺树晓，　　污书常苦燕泥春。
狱官何预青苗事[3]，　　野意新便白葛巾[4]。
能向此间时得趣，　　何须分外拜车尘[5]。

注释：

〔1〕叠茅重苇，把茅草、芦苇铲除并堆叠起来。

〔2〕簿领身，泛指官府中最低层吏员。《资治通鉴·唐代宗·大历六年》："浑为人廉勤，精于簿领。"

〔3〕狱官，时唐庚任益州判司，主管狱讼，故自称狱官。青苗，指北宋王安石创立的青苗法。当农民青黄不接时，由政府发

放贷款，春贷而秋还，纳利二分。民间称青苗钱。本为便民之事，但地方官为趋二分利息，变自愿为摊派，反成扰民之举。曰"何预"，隐见牢骚也。

〔4〕便，便当、适宜。白葛巾，白色夏布做的便装。苏轼《病中游祖塔院》："紫李黄瓜村路香，乌沙白葛道心凉。"

〔5〕拜车尘，语出《晋书·潘岳传》："岳性轻躁，趋势利，与石崇等诌事贾谧，每候其出，与崇望尘而拜。"此处指拜谒长官。

赏析：

此诗作于益昌通判任上，是唐庚早期诗作之一。全诗借新堂落成抒发自己乐天知命，不愿摧眉折腰诌事权贵的操守与志趣。

"叠茅重苇一堂新，设榻聊安簿领身。"首句直接点题，谓铲除杂草，堆叠起重茅，一间堂屋便焕然一新地呈现在眼前了。

次句化用陶潜的"倚南窗以寄傲，审容膝之易安"，谓自己作为通判这样的最基层官员，只要有一间小小的屋子可以容膝安身，便心满意足了。

这一联写新堂落成，喜悦之情，溢于言表。

三四句抒写新堂周遭环境，"落枕不知莺树晓"，落枕酣然入梦，一觉醒来，但闻窗外莺啼绿树，好不惬意！这一句令人想起孟浩然"春眠不觉晓，处处闻啼鸟"的名句。下句"污书常苦燕泥春"，写春天燕子频来光顾，筑巢梁间，燕泥偶落，时不时污损了书卷，让人哭笑不得。

这一联写绿树环绕，莺声燕语，画面生动优美，读来兴味盎然，堪称全篇精警。

五六句"狱官何预青苗事，野意新便白葛中"。何预，何必参与；野意，野外之趣也。笔锋一转，全句谓自己身为狱官，像青苗钱这样的州县政事，自有长官筹措，不必也不需要我这样的小吏参与过问。偶有闲暇，换上适宜的便装，乘兴郊游，野趣良多，饱览山色，感受田园风情，岂不快哉。

这两句弦外有音，隐隐透露对新法扰民的不满。

末两句"能向此间时得趣，何须分外拜车尘"。分外，刻意也，谓自己安于职分，自得其乐，用不着像潘岳那样，刻意在路旁迎候、拜谒长官，以求仕进。

此诗写法上属即景抒情，从诗中可以看出，唐庚作为深受儒教影响的学者、诗人，政治操守是有的，虽然喊不出李白"安能摧眉折腰事权贵，使我不得开心颜"那样的时代最强音，但能洁身自好，不羡荣势，已经算是难能可贵的了。

不曰"莺啼树"而曰"莺树晓"，不曰"燕落泥"而曰"燕泥春"，不仅内涵更为丰富，具语带新生，不落俗套，可见诗人对词句的锤炼。

中秋遇雨，感怀呈世泽彦直〔1〕

初游东都年二十，　　清欢趁得中秋及。
高阳会中酒徒集〔2〕，　惠和坊里绣鞍入〔3〕。
蟹螯尝新左手执〔4〕，　鸡头未老搓玉粒〔5〕。
杯行到手不待揖，　　明月清风供一吸。
缠头不惜倾箱给〔7〕，　依赖决科如俯拾〔8〕。
谁知得官反拘执，　　此景此欢哪复缉。
今岁中秋雨如泣，　　穷山牢落秋光湿〔9〕。
孤灯瑛荧照书笈〔10〕，　屈指数年如箭急。

注释：

〔1〕世泽，即赵彦直，字世泽，曾任翰林侍读学士。

〔2〕高阳会，高阳，地名，在今河南省杞县境内。晋代山简曾在此聚名士饮酒，后世遂称才人雅士聚会畅饮为高阳会。唐·王维《过崔驸马山池》："闻道高阳会，愚公谷正愚。"李白《梁甫吟》："君不见高阳酒徒起草中，长揖山东隆准公。"

〔3〕惠和坊，据杨鸿年《隋唐两京坊里谱》："乃洛阳定鼎门街之东第四街街东自南向北之第七坊。"此处为泛指，盖指当时北宋首都之繁华酒肆。

〔4〕蟹螯尝新左手执，用典。《晋书·毕卓传》："得酒数万斛船，思时甘味置两头，右手执酒杯，左手执蟹螯，拍浮酒船中，便足了一生矣。"此处形容饮酒时之酣畅淋漓。

〔5〕鸡头，芡芡之根块，状如鸡头。《方言·三》："芡芡，鸡头也。北燕谓之芡，青徐淮泗之间谓之芡，南楚江湘之间谓之鸡头。"口感较芋头更为细腻，其实白而富含淀粉。"搓玉粒"，指用手剥食鸡头。

〔7〕缠头，古代歌妓以锦缠头，歌舞毕，观者亦以锦赠，谓之缠头。后泛指赠予歌妓之钱物。白居易《琵琶行》："五陵年少争缠头，一曲红绡不知数。"

〔8〕决科，指参加科举考试。唐·柳宗元《唐故衡州刺史东平君集》："决科联中，休问用张。"

〔9〕牢落，零落荒芜貌。汉·司马相如《上林赋》："牢落陆离，烂漫远迁。"唐·罗邺《仆射陂远望》："田园牢落东归晚，道路辛勤北去长。"

〔10〕瑛，《说文》："瑛，玉光也。"此处同"映"。书笈，书箱。唐·李贺《送沈亚之歌》："白藤交穿织书笈，短策齐裁如梵夹。"

赏析：

唐庚年甫二十，即高中进士，瞻念前途，信心满满，正处于"南越缨方欲请"跃跃欲试的年龄段。谁知益昌通判任上一待就是四年，官卑人微，无所事事，故心情郁郁寡欢。此诗即作于此时。明写中秋，实则借此以抒发心中之块垒。诗属七言歌行体，全诗分两层。前十句回忆当年在京师欢度中秋的情景，文笔挥洒自如；后六句为第二层，极写眼下之境况，尽显冷寂。同是中秋，迥然各异，两相对照，立意顿见。

先来看第一层：

"初游东都年二十，清欢趁得中秋及。高阳会中酒徒集，惠和坊里绣鞍入。"首二句点明时间、地点。唐庚当年年届二十，初游京师，准备应试。少年气盛，春风得意，适逢中秋，花好月圆，岂肯辜负？"清欢趁得中秋及。"正是当时心境之写照。三四句则极写饮宴规格之高和场面之盛大，一时之间达官贵人，雅士云集，宝马雕鞍，联翩而至，气势非凡。这两句中"高阳会""惠和坊"皆为泛指，意在渲染饮宴的环境与氛围；"酒徒集""绣鞍入"，则极力彰显与会者身份之高贵。而诗人年纪轻轻，却有幸置身其中，说明当时已小有名气，为京师名流认可接纳。

"蟹螯尝新左手执，鸡头未老搓玉粒。杯行到手不待揖，明月清风供一吸。"这四句具体摹写欢宴的场面，但见与会者皆左手拿起肥美的蟹螯，右手剥开洁白如玉的鸡头，举盏传杯，开怀畅饮，酒酣耳热，得意忘形，哪里还顾得上揖让之礼。直欲把那当空之明月，拂面之清风，一齐吸入肺腑，好不惬意！

这四句写豪饮，场面极为浓烈。"杯行到手不待揖，明月清风供一吸。"更是酣畅淋漓，生动传神，使人如见其形，如闻其声，从而将饮宴推到高潮。

九十句落脚到自身。"缠头不惜倾箱给"，写一曲终了，自己不惜倾囊相赠，表现其慷慨豪侠之气。"依赖决科如俯拾"，谓自己此番考试，志在必得，功名富贵，如俯首拾来，唾手可得，可见其少年气盛，对未来充满信心。

以上十句为第一层，极写初游东都的欢畅与豪放，纵笔潇洒奔放，刻意为下文蓄势。

"谁知"以下六句为第二层，转写当下之境况。

"谁知得官反拘执，此景此欢哪复缉。"情势急转直下，"拘执"，谓官卑人微，寄人篱下，处处须看上司脸色行事，能不拘束？而当年那种使气任性、纵情欢乐的场景再也找不回来了。郁结之情，溢于言表。

这两句承上启下，为全诗过渡。

"今岁中秋雨如泣，穷山牢落秋光湿。孤灯荧荧照书笈，屈指数年如箭急。"同是中秋，境况却不可同日而语，更兼秋雨绵绵，如泣如诉，能不伤怀？举目四望，四野荒凉，一派萧瑟，枯坐书斋，孤灯掩映，唯剩一堵书笈相伴，当年繁盛，历历如在目前，然转眼之间，几年的时光就这样飞逝了，怎不让人黯然神伤！

这四句侧重环境氛围的描写，"雨如泣""穷山牢落""秋光湿""孤灯荧荧"则极尽渲染，借以衬托心情之落寞。"屈指数年如箭急"，隐含"时光飞逝，事业无成"之慨。

此诗第一层写初游京师的盛况，浓墨重彩；第二层叙眼前境况，冷寂萧条，形成强烈落差，营造出两种截然不同的意境，折射出诗人不安其位但又无可奈何的微妙心态。全诗用仄韵，读来急促压抑，给人一种急切而又郁结难伸的感觉，这就更增强了诗的感染力。

黎城酒

黎城酒贵如金汁[1]，　　　解尽寒衣方一吸。
狱曹参军穷到骨，　　　　簿书吻燥何由湿[2]。
夜来细雨落檐花，　　　　对客唯有尝春茶。
明朝踏月趁早衙，　　　　免使路中逢秥车[3]。

注释：

〔1〕黎城酒，黎城，今山西省黎城县，宋代其白酒享誉全国。

〔2〕簿书，本指官署中的文书簿册，此处代指管理簿册的官员。吻燥，吻，口也；吻燥，即唇干舌燥。宋·王迈《蔡实甫能酒而道中无可口者见其吻燥为长篇戏》："唇干吻燥甚背痒，安得玉壶泻金波。"

〔3〕免使句，杜甫《酒中八仙歌》："道逢秥车口流涎，恨不移封向酒泉。"此处反用其意，秥车，押运秥酒之车。

赏析：

本诗作于益昌通判任上，明写黎城酒之美，隐见官卑人微之怨。

首联开门见山，直陈黎城酒之昂贵，历来形容美酒，爱用"金杯玉液""琥珀流波"，而本诗则直以"如金汁"喻之，不仅点明价格之昂，更见其流光溢彩。首句先声夺人，为全诗纲领。"解尽寒衣"，解，典当也；寒衣，寒，言著衣人身份低贱（如寒门、寒士等），非谓寒冷也，"解尽寒衣方一吸"，谓对于一般士子而言，几乎要当尽全身衣衫，方可纵情一醉。"解尽寒衣""方可一吸"，可见黎城酒之诱惑，是对"如金汁"的延伸和补充，全诗由此生发。

三四两句则紧承首联，"狱曹参军""簿书"，皆指下级佐僚，自然也包括诗人自己。"穷到骨"语带夸张，形容穷到极点。这是化用杜工部"已诉征求贫到骨"的笔法。"吻燥何由湿"，形容因喝不到黎城酒而饥渴难忍。

这两句变换角度，以狱曹参军们即使"穷到骨"仍渴望一饮解馋来侧面烘托黎城酒的金贵与诱人。如此运笔，方见灵活变化。

前四句一气贯通，相互关联，互为补充，辅以仄韵"汁""吸""湿"更见急促，与"狱曹参军穷到骨"相映照，隐隐透露出对官卑人微的不满。

"夜来细雨落檐花，对客唯有尝春茶。"五六句宕开一笔，转写春宵细雨，友人造访，新茶对饮，啜茗清谈，静看檐前落花，何等诗意！不言情而情已尽在其中矣！为末两句蓄势。

尾联"明朝踏月趁早衙，免使路中逢秫车"，为悬想之辞，品罢春茶，意犹未尽，何不趁着月色，一早赶赴官衙，以免道逢运酒之车，害得我酒瘾大发，口角流涎。"免使路口逢秫车"化工部"道逢秫车口流涎"，反其意而用之，戏谑中带幽默，更加凸显黎城酒的魅力，堪称全诗点睛之笔。

后四句一气呵成，"细雨落檐花""对客尝春茶""踏月趁早衙"，画面生动唯美，以轻快的笔触收束全篇，读来饶有兴味。"花""茶""衙""车"，音韵由仄转平，语调舒缓圆润，与诗意化的语言融为一体，更见谐美。看似与黎城酒无涉，实则为其铺垫，反衬黎城酒之美妙无穷也。

喜雨呈赵世泽〔1〕

去年雨多忧水潦，　　今年雨少忧枯槁。
都缘县政失中和〔2〕，　水旱年年勤父老〔3〕。
前时云起雨欲落，　　夜半风来还一扫。
明朝引首望云汉，　　屋上晨暾仍杲杲〔4〕。
赋输百万未破白〔5〕，　簿脚何缘得勾倒〔6〕。
上书自骇欲归去，　　老妇挽衣旁夺稿。
计穷往诉北山神，　　是夕沛然偿新祷〔7〕。
稻畦摆稏势已活〔8〕，　竹里萧疏声更好。
故应神意闵孤拙〔9〕，　苟免岁终书下考〔10〕。
便安杵臼伺秋成〔11〕，　云子满田行可捣〔12〕。

注释：

〔1〕赵世泽，见《中秋遇雨呈世泽彦直》注释〔1〕。

〔2〕中和，中正平和，中庸之道的主要内涵。儒家认为，能"致中和"则天地万物皆能各得其所，达于和谐境界。

〔3〕勤父老，勤，使动用法；使父老辛勤劳作。

〔4〕晨暾，朝阳。宋·朱熹《寄题咸清精舍清晖堂》："千岚蔽夕阴，百嶂明晨暾。"杲杲，状日出之形态。《诗经·卫风·伯兮》："其雨其雨，杲杲日出。"

〔5〕赋输，即输赋，缴纳赋税，南朝·梁·沈约《酬荆雍义士召》："输赋罄产，同致厥诚。"

〔6〕勾倒，成语"一笔勾倒"的省语，指赋税全部完成。

〔7〕沛然，形容雨势盛大。《孟子·梁惠王》："天油然作云，沛然下雨，则苗渤然兴之矣。"

〔8〕摆稏，形容稻苗随风摆动的姿态。唐·韦庄《稻田》："绿波喜浪满前陂，极目连云摆稏肥。"

〔9〕孤拙，孤僻迂拙，谦辞。宋·欧阳修《和太傅杜相公宠示之作》："平生孤拙荷公知，敢向公前自炫诗。"

〔10〕下考，古代上级考察下级时所划等级，下考为最差等级。

〔11〕杵臼，古代舂米之器具。秋成，收获、收成。唐·杜牧《八月十二日得替后移居霅溪馆因题长句四韵》："万家相庆喜秋成，处处楼台歌板声。"

〔12〕云子，指米饭。杜甫有"饭抄云子白"之句，此处指稻谷。

赏析：

此诗抒写久旱降甘霖的喜悦，体现了诗人对农事的关心。诗作于益昌任上，属七言歌行体。全诗分两层，前十二句为第一层，写久旱及盼雨之急切；后八句为第二层，抒写雨后的喜悦及由此而产生之联想。

先看第一层：

"去年雨多忧水潦，今年雨少忧枯槁。"去年雨多，今年雨少，可见灾害频繁。雨多则水潦，伤农；雨少则禾苗枯槁，更伤农。两个"忧"字，感同身受，充分体现诗人对农事的关注和对农民的同情。

首二句由去年的雨多成潦写到今年的雨少大旱，总起一笔，领起下文。

三四句由"都缘"引出对灾害频繁原因的探讨。古人认为，人失政，则天失和。"都缘县政失中和"，诗人将水旱频繁归结于县政失和，故天人感应以示惩戒，以致"水旱年年勤父老"。即使父老乡人日夜辛劳，也收成不保也。一个"勤"字，语带怜惜，谓枉自白白辛勤，徒劳无功也。

"前时云起雨欲落，夜半风来还一扫。明朝引首望云汉，屋上晨暾仍杲杲。"写盼雨之急切。"前时云起"，预示雨势将成；"夜半风来"，不仅吹散了乌云，更吹灭了希望。"引首望云汉"，引首，翘首也，状盼雨之殷切；"晨暾仍杲杲"，显旱象之严峻。

以上四句，摹写生动，将旱情具象化。"前时云起""夜半风来"，凸显诗人心境之急剧变化。"引首"则充分展现诗人对旱象的忧心和对雨之切盼，极力为下文铺垫。

"赋输百万未破白，簿脚何缘得勾倒。上书自骇欲归去，老妇挽衣旁夺槁。"未破白，尚无纳税之纪录；簿脚，纳税册籍之存根；勾倒，一笔勾销；自骇，引咎请辞；老妇，妻子。前两句写诗人作为主管官员对粮赋难以征收的担忧，后两句叙欲引咎自辞而家人苦苦挽留。透露出诗人对职分的尽心与内心之纠结，体现出"以天下苍生为己任"的儒者的担当。

"计穷"以下八句为第二层。

"计穷往诉北山神，是夕沛然偿新祷"，全诗过渡。计穷，谓一切措施已然穷尽，所谓"黔驴计穷"矣；往诉，姑妄信之，无奈之举也；沛然，状雨势之浩大。

这两句叙无可如何之际，姑且求助于北山之神，不料上天终为赤诚所感，当晚果降大雨，愿望终得所偿。诗人的焦虑、阴霾也随着这"沛然"的雨势一洗而空。以下转入对喜雨的描写。

"稻畦摆稘势已活，竹里萧疏声更好。"诗人因雨而浮想联翩，眼前顿时涌现出一幅生机勃勃的景象：秧苗因雨的滋润而枝肥叶茂，英姿滴翠，摇摆迎风；整个稻田更是一派葱茏，长势喜人。耳边厢，听雨点敲打在萧疏的竹叶上，簌簌飒飒，若急管繁弦，荡人心魄，十分悦耳。

43

这一联上句形诸视觉，景象生于联想；下句诉诸听觉，乐感缘于心声。全联意象丰满，画面鲜活，有声有色，历历如在目前。字里行间，满渗诗人对突降甘霖的喜悦。景由心生，"稻畦摆稬""竹里萧疏"，人人皆可意会，几人笔下能描？全篇因之而生色不少。

好雨带来好心情，诗人思绪因之而恣意展开："故应神意闵孤拙，苟免岁终书下考。"闵，怜悯；苟，侥幸。应该是上苍怜悯我这个孤拙之身，因之喜播甘霖，看来今年的赋税总算有了着落，面对年终考核，我也许会侥幸免于名列下等的尴尬吧。

这两句看似悬想之辞，其实是诗人的内心独白，由喜雨而想到神灵垂爱，并推而远之到赋税的征收，再归结到年终考核，看似信马由缰，纵横驰骋，却又紧紧围绕"喜雨"这个主题。

诗人的思绪并未停止，全诗最终定格于对丰收景象的描述。

"便安杵臼伺秋成，云子满田行可撬。"请看，家家户户都在整治收割工具，等待着收获，过不了多久，那金灿灿的稻谷都将铺满田头，丰收指日可待了。

"云子满田行可撬"，形象鲜明，呼之欲出，以此作结，给人以无尽的联想，丰收的场面，诗人之欣喜，尽在其中矣！

全诗通篇用仄韵，一韵到底，以韵脚的急促反衬盼雨之急切，构思上颇为讲究。全篇由忧旱而自然引出盼雨，由盼雨到喜雨，最后由雨势的沛然而联想到丰收；以雨为线索而贯彻始终，脉络分明而一以贯之，深得歌行体之精妙。全诗摹写生动，意象鲜明，状旱象则"夜半风来还一扫""屋上晨曦仍杲杲"。描雨势则"稻畦罢稬势已活，竹里萧疏声更好"。绘丰收则"云子满田行可撬"，纯以景象胜而字字如在目前。喜雨以下，情感酣畅淋漓，读来为之一快。

张 求

张求一老兵，　　　著帽如破斗。

卖卜益昌市〔1〕，　　性命寄杯酒。

骑马好事人，　　　金钱投瓮牖〔2〕。

一语不假借〔3〕，　　意自有臧否〔4〕。

鸡肋巧安拳，　　　未省怕嗔殴〔5〕。

坐此益寒酸〔6〕，　　饿理将入口。

未死且强项〔7〕，　　那暇顾炙手〔8〕。

士节久凋丧，　　　舐痔甜不呕〔9〕。

求岂知道者〔10〕，　　议论无所苟〔11〕。

吾宁从之游，　　　聊以激衰朽〔12〕。

注释：

〔1〕卖卜，即"卜卦谋生"。

〔2〕瓮牖，即"蓬户瓮牖"，用蓬草编门，用破瓮做窗。指贫苦人家。语出《礼记·儒行》。

〔3〕假借，宽容、原谅。《战国策·燕策·荆轲刺秦王》："愿大王少假借之，使毕使于前。"

〔4〕臧否，褒贬。《晋书·阮籍传》："籍虽不拘礼教，然发言玄远，口不臧否人物。"

〔5〕嗔殴，嗔，嗔怒；殴，斗殴；即生气斗殴。

〔6〕坐此，坐，介词，因为、由于。唐杜牧《山行》："停车坐爱枫林晚，霜叶红于二月花。"坐此即因此。

〔7〕强项，挺直脖子，谓刚正而不为威武所屈。《后汉书·杨震传》；"（桓）帝不悦，曰'卿强项，真杨震子孙'。"

〔8〕炙手，即"炙手可热"，比喻权势大，气焰盛。杜甫《丽人行》："炙手可热势绝伦，慎莫近前丞相嗔。"

〔9〕舐痔，以舌舔痔。语出《庄子·列御寇》："秦王有病如医，舐痔者得车五乘。"后以之比喻谄媚附势的卑劣行为。

〔10〕知道，道，指儒家道义；知道，即通晓道义。

〔11〕苟，苟且。

〔12〕衰朽，年迈体衰，形同朽木，此处为谦辞，指诗人自己。

赏析：

此诗作于益昌通判任上，是唐庚早年诗作。

这是一首五言古体诗，全诗生动地刻画出一位富有豪侠之气而又潦倒落魄的老兵形象。以他不畏权势的"强项"精神与士大夫舐痔吮痈的丑恶嘴脸相映照，抒发了诗人对士风日下，士节沦丧的强烈愤慨。

"张求一老兵，著帽如破斗。"开门见山，点明张求身份，寥寥十字，活画出老兵形象，常年一顶破斗篷，一副寒伧相。

既然是一退伍老兵，自然是毫无薪俸可言了。唯一的生计便是在益昌的集市上以卖卜糊口，其生活之窘迫与处境之艰难是可想而知了。但即使如此，这老兵也绝非集市上以酒买醉的碌碌之辈可比，而是将生命寄托于杯酒之间，颇有点太白所谓"三杯重然诺，五岳倒为倾"的气概。他不仅善骑马，又好生事，更兼仗义疏财。"金钱投瓮牖"，一个"投"字，生动表现出张求视金钱如粪土的豪侠之气，只要有一点钱，他会毫不吝惜地周济那些"以蓬草编门，以破瓮做窗"的贫困人家。这对于一位自身尚且潦倒窘迫的老兵来说，该是何等的难能可贵！

　　"一语不假借"以下八句称颂张求的耿介正直，做人处事，自有原则。褒贬人物，自有标准；扬善惩恶，泾渭分明。别看他瘦得像排骨架子，但对于那些无理取闹，寻衅斗殴者，他却毫不畏缩，总能巧妙地以拳头自卫。正因为他"不假借"，"意自有臧否"，再加上他下九流的身份，其侠义之气自然为当地所不容，故老兵的日子也越来越寒酸，挨饿受冻便是家常便饭，不足为奇的了。"未死且强项，那暇顾炙手"，笔锋一转，谓即便如此，只要一天不死，他便会挺着脖子做人，绝不趋炎附势，向权贵低头。

　　这一段连用两个典故，"鸡肋巧安拳"反用刘伶"鸡肋难安尊拳"之典，以瘦弱如鸡肋反衬其刚强的骨气。"强项"借东汉董宣不畏强权的事迹突出其倔强的性格。至此，老兵张求的精神、气格也彰显无遗，人物更呈立体化。

　　接下来"士节久凋丧，舐痔甜不呕。"则宕开一笔，慨叹当世士节凋丧已久，文人无行，鲜廉寡耻，巴结权贵无所不用其极。即使是舐痔吮痈也不仅不知恶心，反觉甘之如饴。

　　这两句用笔洗练，语带夸张而意极沉痛。以文士的卑劣无耻反衬张求的磊落仗义，为结尾铺垫。

　　"求岂知道者"以下两句，欲扬先抑，谓张求这样的老兵并不是一个通晓道义的人，他尚能做到坚持原则，议论人事不包容、不苟且，言外之意，反倒是那些熟读经书，深明"道义"的士子只知终日蝇营狗苟、阿谀奉承，毫无是非曲直可言了。两相比较，诗人的倾向、爱憎，便不言而喻了。

　　"吾宁从之游，聊以激衰朽。"旗帜鲜明，直抒胸臆：我宁可追随像张求这样所谓"不懂道义"的俗人，并以他来激励我这样的衰朽之身，也决不与那些污浊士子同流合污。卒章显志，收束全诗。

　　此诗对人物的刻画颇为讲究，外形上仅以破帽如斗，瘦如鸡

肋稍加勾勒，便见鲜活。而对其精神品格的摹写则不吝笔墨，颇为传神。语言上亦很有特色，既有汉乐府的俗俚，而"怕嗔殴""甜不呕""顾炙手""饿理将入口"等语句则读来生硬拗口，滞涩不畅，体现了宋诗"宁生勿熟"之意趣。此皆诗人刻意锻炼，力求在硬语怪句中求古意，形成豪放中带苦涩的风格，使之与老兵侠义而寒窘的情境相协调。

纵观唐庚此诗，颇有点汉魏及初唐游侠诗的味道。诗人刻意从市井小民身上体现他自己所追求的正气与侠义，并以此反衬当时士大夫的道德沦丧，旗帜鲜明地表明自己的立场和爱憎，作为身在官场的一员，这在当时确是难能可贵的。此诗的新意也正在此。

讯 囚

参军坐厅事[1]， 据案嚼齿牙[2]。
引囚到庭下， 囚口争喧哗。
参军气益振， 声厉语更切。
自古官中财， ——民膏血。
为吏掌管钥[3]， 反窃以自私[4]。
人不汝谁何[5]， 如摘颔下髭[6]。
事老恶自张[7]， 证佐日月明。
推穷到毛脉[8]， 那可口舌争？
有囚奋然起， 请与参军辩。
参军心如眼， 有睫不自见[9]。
参军在场屋[10]， 薄薄有声称[11]。
只今作参军， 几时得骞腾？
无功食国禄， 去窃能几何[12]？
上官乃容隐[13]， 曾不加谴呵。
囚今信有罪[14]， 参军宜揣分[15]。
等是为贫计[16]， 何苦独相困！
参军嗫无语， 反顾吏卒羞。
包裹琴与书， 明日吾归休。

注释：

〔1〕参军，宋时为州府属官，掌文书、纠察等事，但它又是

唐宋时颇为流行的参军戏中的专名，往往亦官亦伶，属于滑稽角色。

〔2〕嚼齿牙，咬文嚼字，逞其口才。

〔3〕钥，府库钥匙。

〔4〕自私，据为私有，即监守自盗。

〔5〕汝谁何，"谁何汝"之倒装，即"谁也奈何不了你。"

〔6〕如摘颔下髭，髭，嘴边上的胡须；如同扯自己嘴边上的胡须，形容极为容易。韩愈《寄崔立之》："若摘颔底髭。"

〔7〕老，时间久。

〔8〕推穷到毛脉，推，推究；穷，穷尽；毛脉，细微末节。把细微末节都弄清楚。

〔9〕有睫不自见，语出《韩非子·喻老》："智为目也，能见百步之外而不能自见其睫。"喻见远不见近。杜牧《登池州九峰楼寄张祜》："睫在眼前长不见，道非身外更何求？"

〔10〕场屋，科举考试的地方，即科场。宋王禹偁《谪居感事》："空拳入场屋，拭目看京师。"此处指参军未做官前。

〔11〕声称，好名声。

〔12〕去，距离。清·彭端淑《为学》："西蜀之去南海，不知几千里也。"

〔13〕容隐，容忍，包庇。

〔14〕信，的确。

〔15〕揣分，估量、忖度。

〔16〕等，同、同是。《史记·陈涉世家》："等死，死国可乎？"唐无名氏《杂诗》："等是有家归未得，杜鹃休向耳边啼。"

赏析：

这是一首叙事诗，属于古风体。借参军审讯囚犯的一场闹剧，揭露官场的黑暗和吏治的腐败。从题材来看颇为别致，明为

"讯囚"，实则旁敲侧击，通过主审被告的相互攻讦，揭露出小吏窃财，上官窃禄，彼此彼此的官场内幕。

　　根据故事的情节，全诗可分为三层。前四句为第一层，写参军高坐庭上，准备审囚。中间二十八句（"参军气益振"到"何苦独相困"）为第二层，叙讯囚过程。最后四句为第三层，写闹剧收场，讯囚不成，反被其羞。

　　首二句"参军坐厅事，据案嚼齿牙。"刻画参军形象：正襟危坐，装腔作势，振振有词。"嚼齿牙"，生动传神。三四句写囚犯被带至庭上，"争喧哗"，表现囚犯不仅不认罪，反而极力为自己辩白，为下文伏笔。

　　"参军气益振"以下十句为参军对囚犯的控词。"气益振""语更切"表现参军不仅理直气壮，更是声色俱厉，官腔十足，口若悬河："官中财物，一分一毫都是民脂民膏，你这个为吏的，自掌府库锁钥，竟然监守自盗，把官中财物据为私有，简直就像摘你嘴上胡须一样轻松容易，似乎谁也奈何不了你。孰料天网恢恢，疏而不漏，如今你罪行败露，证据确凿，如日月昭彰。任你巧舌如簧，谅你也无从抵赖！"参军这一番训词不仅"义正辞严"，且逻辑严密，滴水不漏。看来参军不愧是审讯高手。

　　行文至此，似乎一切都波平浪静，接下来顺理成章，囚犯应该认罪伏法了吧。

　　"有囚奋然起"以下十八句为犯吏的抗辩。"奋然起"，顿生波澜，表现犯吏不仅不认罪，反而针锋相对，奋起反击："你这个参军呀，看起来聪明绝顶，但你却照远不照近，竟然看不到自己的问题。你未做官以前身居乡里，还有点小小的名声。如今飞黄腾达了，做到了参军的位上。但你无功食禄，行为与盗窃又有什么两样？只不过是上司包庇，你才免于处分。我诚然有罪，你心里有数，也该掂量掂量。大家都是千里为官只为财，你又何苦非要跟我过不去呢！"

　　小吏的一番抗辩，巧妙地回避了自身的犯罪事实，反而以其人之道还治其人之身。直指参军尸位素餐，无功受禄，而整个官场也是上下包庇，相忍为官的现状。这就一下直击要害，让参军哑口无言。形势急转直下，一场审讯以闹剧收场，还真有点宋代参军戏的味道。

　　"参军嗫无语"以下四句为第三层。"嗫无语"，有口难辩，羞愧难当也。"反顾吏卒羞"，似乎良心有所发现也。"包裹琴与书，明日吾归休。"参军心理独白也。审讯无法进行下去了，只好草草收场。

　　唐庚这首《讯囚》虽是一首叙事诗，但无论场面的描写，参军和小吏的形象刻画，都历历如在目前。对话更是声情并茂。尤其是小吏的反客为主，把主审和被告的位置颠倒过来，一语中的，揭开封建官场貌似庄严的帷幕，极具讽刺意味，收到了强烈的喜剧效果。此诗从题材上看在宋诗中也是绝无仅有，是唐庚诗集中思想性较强的且颇具特色的佳作，今天读来，仍有强烈的现实意义。

客　至

山头竹万箇[1]，　　　　风来玉相嘎[2]。
下有数间屋，　　　　萧然如佛刹[3]。
门无车马喧，　　　　幽径芳草苗。
隔窗识君声，　　　　遽起投书扎。
黄鸡未啄粒[4]，　　　　环堵无可杀[5]。
园蔬煮淡泊，　　　　山泉啜甘滑。
何以乐嘉宾，　　　　春禽日嘲哳[6]。

注释：

〔1〕万箇，犹言万竿。

〔2〕玉相戛：形容竹子互相撞击而发出清脆的声音。白居易《秋池》："露荷珠自倾，风竹玉相戛。"

〔3〕萧然，萧条而冷寂的样子。宋·范仲淹《岳阳楼记》："满目萧然，感激而悲者也。"

〔4〕黄鸡句，反用李白《南陵别儿童入京》："白酒新熟山中归，黄鸡啄粒秋正肥"之意，全句谓无家禽款待客人。

〔5〕环堵，堵，土墙，郑玄注："五版为堵，五堵为雉。"谓四周环着土墙。晋·陶潜《五柳先生传》："环堵萧然，不蔽风雨。"

〔6〕嘲哳，形容鸟鸣声嘈杂纷乱。白居易《琵琶行》："岂无山歌与丝竹，呕哑嘲哳难为听。"

赏析：

此诗作于益昌通判任上，诗人借客至以抒发安于清贫，甘守淡泊的情怀。

前六句具体抒写居所之环境。

魏晋以来，士大夫都爱竹。王子猷曾云"何可一日无此君！"苏轼也说"可使食无肉，不可使居无竹。"唐庚也不例外。"山头竹万箇，风来玉相戛。"起首二句，即正面描写居所的清雅。山头，可见傍山而居；万箇，极言竹林之茂密。清风徐来，竹竿戛然作响，清脆激越，声如玉石，该是何等诗意！

"竹万箇""玉相戛"，有色有声，透露出诗人对竹的喜爱，也衬托出诗人冰清玉洁的情操。

"下有数间屋，萧然如佛刹"三四句笔锋一转，直写居室的清冷。萧然，状其萧条冷寂，家徒四壁；佛刹，寺庙，状其冷落

53

破败，以此衬托居室主人的清贫。

唯其清冷，故平日里绝少朋友往来，当然也就免却了车马的喧嚣，门前的小径也因为鲜有客人到访而荒草丛生，日见苗茂了。"门无车马喧，幽径芳草苗"，描绘的便是这番景象。这两句诗人明显化用陶诗的"结庐在人境，而无车马喧"及"三径就荒，松菊犹存"之意境，明白地传递出诗人渴求远离世俗，淡泊自守的情趣和追求。

"隔窗"以下八句正面写客至。

"隔窗识君声，遽起投笔扎。"未见其人，先闻其声。这两句抒写客人到访时的惊喜。隔窗便识君声，可见来客非常熟悉，唯其熟悉，故迅疾起身相迎也。投笔扎，将正在书写之公文案卷扔在一旁；"遽起""投"，动态十足，如见其形，生动！

"黄鸡未啄粒，环堵无可杀"。这两句照应前面的"萧然如佛刹"，状其穷也。环堵萧然，空余四壁；房前屋后，更无啄食的黄鸡。这两句反用太白诗句，信手拈来，浑然无迹。看来，家里实在拿不出像样的食材来款待老友了。

不过还好，且看后园："园蔬煮淡泊，山泉啜甘滑。何以乐嘉宾，春禽日嘲哳。"好在自家菜园里，尚有新鲜的蔬甲，就着屋脚下的清泉，煮成一锅，啜吸着甘美的清泉，好不惬意！兼之天朗气清，屋后禽鸟也纷纷助兴，鸟语莺啼，错杂纷呈，给居室平添一道风景。

"园蔬煮淡泊，山泉啜甘滑"，生动鲜活，诗意盎然，全篇精警。"淡泊"而能"煮"，真真奇思妙想，化精神为实物，化腐朽为神奇，将诗人自得之情淋漓尽致地表现出来，堪称妙笔！

此诗抒写闲居生活，笔调清新明快，富于情趣，语言流畅自然，读之如沐清风，如饮甘泉，学陶而能自成一格，读来快意。

夜坐感怀

声断钟楼月[1]，　　文书对坐时。
破窗灯焰走，　　　冻砚笔锋迟。
名利发将鹤[2]，　　风霜手欲龟[3]。
何当一蓑雨，　　　披晓剪莼丝[4]。

注释：

〔1〕声断，即声尽。王勃《滕王阁序》："雁阵惊寒，声断衡阳之浦。"

〔2〕发将鹤，指头发斑白，所谓"鹤发苍颜"是也。

〔3〕龟，龟裂；指皮肤皲裂。手欲龟，指手上皮肤快要皲裂了。

〔4〕莼丝，即莼菜。每年生水草，其茎、叶可入菜。苏轼《送刘攽卒海陵》："秋风昨夜入庭树，莼丝未老君先去。"

赏析：

此诗作于益昌通判任上，是唐庚早期诗作之一。

"声断钟楼月"，一轮寒月已爬上钟楼，寂寥的钟声愈传愈远，仿佛被月光所遮断。

首句营造氛围，表明夜色已深。

"文书对坐时"，如此深夜，诗人却仍面对一摞摞厚厚的文件，伏案辛劳。这一句正面点题，不曰"坐对文书"而曰"文书对坐"，宾语前置，意在凸显文书之多，衬托政务之繁忙。

"破窗灯焰走，冻砚笔锋迟"，破窗，可见居室简陋，惟其窗破，故灯焰飘忽，若明若暗；天气奇寒，兼之陋室漏风，墨汁几欲冻凝，故书写起来，极为不畅。

这一联紧承"文书"句，透过两个细节，抒写其环境之窘恶，一如诗人在《客至》中所描绘的"下有数间房，萧然如佛刹"。意在渲染其生活的清苦。

"灯焰走"、"笔锋迟"，静中有动，活而不凝，若再现当时情景。

以上四句正面点题，凸显其夙夜操劳，勤于政务，为下文蓄势。

"名利发将鹤"，颈联上句宕开一笔，谓为了一点微薄的俸禄，不得不劳心竭虑，以至于一头青丝，渐渐染成白发。这一句语带无奈，让人想起李壁的"薄宦驱人成老大"，但较之李诗来，则更显凝练。不曰"发渐白"而曰"发将鹤"，则更见奇警。下句"风霜手欲龟"则思绪重新拉回眼前：霜风凛冽，直从破窗中袭来，一双手已渐渐皲裂，苦不堪言。

这一联叙写自身情状，语调苦涩而灰暗。"发将鹤""手欲龟"，写实中见心境。

以上六句由环境的烘托再到对细节的描写，进而转写自身之感慨，层层推进，章法分明，极尽基层小吏的清苦。

尾联笔锋陡转，"何当一蓑雨，披晓剪莼丝"，何当，何时才能。诗人由此转入联想，什么时候才能趁着春雨，披着蓑衣，踏着拂晓的晨光，剪下后园那葱翠欲滴的莼丝，和一二好友慢慢分享呢！

这两句化用杜工部《赠卫八处士》中"夜雨剪春韭，新炊间黄粱"之意境，以极为抒情的笔调结尾。一扫之前的灰暗与沉闷，恍若在干涸的荒漠突然注入一股清泉，清新之气扑面而来，读后为之一快。

此诗在选语上处处学杜，"文书对坐时"，"名利发将鹤"，皆刻意求新生，甚至可见黄庭坚峭拗的影响。虽然读来略显生硬，但不失为一种风格，于此可见唐庚锤炼之苦。

剑州道中见桃李盛开而梅花犹有存者，漫赋短歌

桃花能红李能白，　　春深无处无颜色。
不应尚有数枝梅，　　可是东君苦留客[1]。
向来开处当严冬，　　桃李未在交游中。
即今已是丈人行[2]，　　肯与年少争春风？

注释：

〔1〕东君，屈原笔下的太阳神，亦司花之神。宋·刘克庄《落梅》："东君谬掌花柄权，却忌孤高不主张。"

〔2〕丈人行，语出《史记·匈奴列传》："汉天子，我丈人行也。"原义是父辈或长辈，后泛指长辈。唐·崔峒《薛仲方归扬州》："惭为丈人行，怯见后生才。"

赏析：

绍圣五年，唐庚益昌任满，转任绵州学官，此诗即作于赴任途中。时任宰辅的张商英读后大加赞赏，荐之于徽宗，遂升任提举京师常平仓。

张商英罢相，株连到唐庚，此诗又成为唐庚讥议朝政，反对新党之罪证。真是"成也萧何，败也萧何"也。

要真正读懂这首诗，须先了解唐庚生活时代的政治大环境：北宋政坛，自王安石变法后，所谓的改革派和保守派（其实保守派也并非一概反对新法，而是反对新法中过分扰民的内容，比如苏轼）之间的新旧党人之争就一直没有停止过。王安石罢相，保守派首领司马光执政，尽废新法。王安石再度出山，新党再度得势，保守派（即元祐党人）则悉遭贬斥。徽宗朝自蔡京执柄朝政后，改革与保守则早已出离本质，演变成为新旧党人争权夺利、打击异己的政治斗争。唐庚因地缘关系（与苏轼是同乡，对苏极为崇敬）故感情上应该更加倾向于旧党。此番他奉召由益昌赴绵途中目睹桃梅竞放这一奇观时自然会有一番感慨，故借此抒发自己胸中复杂之心情。

下面具体分析这首诗

首联"桃花能红李能白，春深无处无颜色。"概述桃李盛开的景象：春天一到，桃红李白，交相辉映；而待到烟花三月，春深如海，桃李会更加繁茂，触目所及，无处不见它们绚丽的身影。这一联中，两个"能"字看似重复却颇具匠心，足见诗人对词字的苦心经营。意味桃李只不过能以自己的色彩来粉饰、点缀春天，仅此而已，暗含贬义。两个"无"字，凸显其无处不在，唯其如此，也就太普遍，不足为奇了。

首二句诗人一反前人窠臼，刻意矮化桃花，为梅花的出场铺垫。颇似京剧里元帅即将登台亮相，先遣一队小卒出来暖场以烘托气氛。细细推敲，此联看似平平而起，实则寓意深刻。桃花暗喻那些红极一时的新贵们，他们只会在皇帝面前巧言令色，粉饰升平；无时无刻不似蝇蚊一般围裹在皇帝周围献媚讨好，致使正直之士远离。

按常理，接下来该浓墨重彩，抒写梅花了罢。但诗人却只用"不应尚有数枝梅"淡淡点出。"不应"，按节令不该有也；"尚有"，竟然有，意想不到也。这一句写行进途中意外发现几树梅花竟然在阳春三月与红桃竞相开放时的惊诧，隐隐透露喜悦。下句"可是"，揣测之辞也。诗人由梅花不按律令开放而产生联想：这大概是司花之神苦苦挽留，梅花才如此眷恋枝头，迟迟不肯归去吧。

这一联由叙转议，正面写梅花，只用了"数枝梅"三字，然万紫千红中，犹有数枝梅花，傲然绽放，亦足见其尊贵与气韵不凡。

颈联"向来开处当严冬"，指出梅花从来都是严冬腊月，"凌寒独自开"。一个"当'字，充分显示梅花不畏严寒，迎霜斗雪的精神品格，遣词极为精当。下句"桃李未在交游中"，赋梅花以人格化，语意双关，"桃李"暗喻政治新贵。指出梅花唯其"开处当严冬"，故与那些只有在春暖阳回才出来凑热闹的桃李之辈是素不相识，断无交往的。这一句寄意深婉，实则诗人以梅花自许，暗寓自己操守冰雪，宁可独抱幽香，甘耐寂寞，决不会与那些趋炎附势的新贵们沆瀣一气，同流合污。

这一联实为全诗精警所在，"交游中"蕴意极为丰富，耐人寻味。故深为张商英赏识也。

尾联"即今已是丈人行，肯与年少争春风?"这里的"丈人行"语出《史记·匈奴列传》，此处泛指长辈。其实唐庚此时才三十出头，曰"丈人行"，语含自负也。"肯"，此处是"岂肯"之意，表反问。"争春风"生动鲜明而又意味深长。明是说"像桃李一样在春风中争奇斗艳"，实则暗喻为蜗名微利而争相缠斗以期崭露头角。全联谓自己年事已高，早已淡于仕途，岂肯与那些后生年少辈追名逐利，以争一时之逞呢？末句卒章显志，直截了当，态度鲜明。其蕴意令人想起李商隐《安定城楼》中的名句"不知腐鼠成滋味，猜意鹓雏竟未休。"但李诗更沉郁深婉些。

纵观全诗，以议论为主，借咏梅以抒发自己坚守操节，不向权贵低眉折腰的高洁志趣。而唐庚因此诗而深为权贵嫉恨，并最终贬斥岭南，也就不难理解了。

芙蓉溪歌

人间八月秋霜严，　　芙蓉溪上香酣酣[1]。

二南变后鲁叟笔[2]，　　七国战处邹轲谈[3]。

人间三月春光好，　　溪上芙蓉亦如扫。

周家盛处伯夷枯[4]，　　汉室隆时贾生老[5]。

小儿造化谁能穷[6]，　　几回枯卉还芳丛。

只因年老不复少，　　有酒且发衰颜红。

注释：

〔1〕芙蓉溪，据《方舆胜览》，在绵州郡北官道旁，一名蚌溪，下流至东津，与涪水汇。《省志》云："沿自彰明县境，……迤逦百里至州城东北，入涪水。夹岸多芙蓉，故名。"

〔2〕二南，指《诗经》中的"周南"和"召南"，儒者多以之为国风之正。鲁叟，即孔子。因孔子是鲁国人，故称之为鲁叟，曾删诗三千为今之三百又五首。

〔3〕邹轲，即孟子。孟子名轲，鲁国邹人，故又称邹轲。

〔4〕周家，指周王朝。伯夷，据《史记·伯夷列传》载，伯夷、叔齐，孤竹国君之子，以相互推让王位共往西伯文王。文王卒，武王伐纣，二人扣马而谏，不听。纣王即平，天下宗周，伯夷、叔齐耻食周粟，逃隐首阳山，作歌曰："登彼西山兮，采其薇矣。以暴易暴兮，不知其非也。"遂饿死，故曰"枯"。

〔5〕贾生，即贾谊（前201－前169），西汉文帝时人。年二十，为博士，以善议对升任太中大夫。后贬长沙王太傅，抑郁而

卒，年仅三十三岁。

〔6〕小儿造化，即造化小儿。造化，指命运，又指造物主；小儿，小子，轻蔑的称呼。此处是对命运的风趣说法。《新唐书》卷二十一《艺文上·杜审言》："初，审言病甚，宋之问、武平一等省问如何。答曰：'甚为造化小儿相苦，尚何言？'"

赏析：

本诗抒写时光飞逝，韶华难再的自然规律，寄寓诗人对人世沧桑的深沉感慨，也透露出冷眼看待现实的人生态度。

"人间八月秋霜严，芙蓉溪上香酣酣。"首二句托芙蓉而起兴，"八月"，此处代深秋；"香酣酣"，状芙蓉怒放之情态。全句谓深秋时节，金风萧瑟，雾重霜浓，但芙蓉溪两岸，迤逦百里，木芙蓉却花势繁茂，酣畅淋漓，十分惹眼。

诗一发端，即着力渲染芙蓉竞相开放的盛况，按一般写法，接下来应紧承"香酣酣"而展开进一步刻画，可诗人却别出心裁，撇开芙蓉不表，径直转到"二南变后鲁叟笔，七国战处邹轲谈。"说春秋之际，诗歌芜杂，凭借鲁国老叟孔丘的大笔，始删定《诗经》三百篇，使诗风归于雅正；战国七雄争霸，邹人孟轲以雄辩之才驰骋于一时。这两句，诗人将风马牛不相及的人事紧置于芙蓉花之后，而且又似乎只说了半句，简直让人摸不住头脑。

五六句笔意再转回芙蓉。本来，阳春三月，正是春光骀荡，百花争艳的季节，可溪上芙蓉却凋零殆尽，难觅其踪了。从"香酣酣"到"迹如扫"，曾几何时，竟繁华不再，可知此处的"八月""三月"皆为泛指，极言时间的短暂也。暗含岁月无情，青春易逝的喟叹。花木如此，人何以堪！读到此，"鲁叟""邹轲"一联，终于有了答案。孔子、孟轲作为一代大儒，都曾引领一个时代，而置诸浩渺的历史长河中，他们顶多不过是一颗流星，而今安在？诗人在这里如此狂放地直呼孔孟这两位大儒之名，也就不难理解了。

"周家盛处伯夷枯，汉室隆时贾生老。"诗人再次撇开对芙蓉的描写，而将时光拉回到周、汉两代；周朝极盛时，伯夷、叔齐竟不安其位，双双饿死首阳山；西汉文景堪称治世，而像贾谊这样的大才竟贬窜长沙，郁郁以终。后一句化用唐王勃《滕王阁》中的"屈贾谊于长沙，非无圣主；窜梁鸿于海曲，岂乏明时"，说明治世尚且如此埋没人才，遑论当今奸佞当道了。寓意婉曲，耐人咀嚼。不说死而曰"枯"，不言埋没而曰"老"，语意蕴藉而灵动。

"小儿造化谁能穷，几回枯卉还芳丛"，全篇诗眼，将造物主之无穷变化直呼为"小儿造化"，再作狂放语。而枯萎的花卉转眼间竟变成苍翠的枝条，而且还"几回"，可见"芳丛"亦倏尔零落成为"枯卉"，真乃人生有限，时空无穷，沧海桑田，循环往复也。这两句诗人仿佛跳出现实而矗立于时空的制高点，以审视的目光淡看长河奔涌，时光飞逝。立意超脱而用语冷峻。

这两句明显化用李贺《天上谣》中的"王母桃花千遍红，彭祖巫咸几回死"，却又能不落窠臼，自铸新词，寄人世沧桑于轻描淡写之中，尤见深沉。"枯卉""芳丛"鲜明生动，如在目前。

结尾两句由"只因"领起，明谓既然人生苦短，青春不再，那何不对酒当歌，及时行乐呢？其实不然，唐庚由阆中令而转授绵州教谕时年不到四十，何来"年老"？只不过由实职而迁闲曹，心理落差甚大，心中郁结无以排遣，故作旷达豪放之语以抒慨也。

此诗体裁上属于七言歌行体，韵脚上平仄交错，富于变化，造成一种既参差错落而又整饬严密的节奏，读来音韵铿锵，流畅自然。全诗明写芙蓉花，实则借物寄怀（借芙蓉花以起兴）。描写中夹以议论，议论中隐见抒情，语意跳脱，挥洒自如。风格上刻意学习李贺，是唐庚早期歌行体中颇具特色的佳作。

此诗的另一显著特点是句子的排列突破了常规，刻意错落以形成一波三折，迂回盘旋之势，以收恣肆奇横，跌宕起伏之妙。而语言的狂放和笔力的劲健又似乎令人想起太白，这在唐庚诗集中，颇不多见。

游天池院〔1〕

上方细路蟠如绾〔2〕，　　下有晴川平似坂〔3〕。
近水远山皆可人〔4〕，　　踊跃来供搜句眼〔5〕。
小池中有江湖春，　　孤洲便可呼白萍。
团团倚槛看清澈〔6〕，　　不敢洗耳山僧嗔〔7〕。

注释：

〔1〕天池院，据民国《绵州县志》："在治东五十里，池在山巅，水四时不竭。养鳞千尾，山门外有三春柳，濯濯如新妆。"

〔2〕蟠如绾，蟠，盘曲；绾，系结。形容山路盘曲环绕。唐·刘禹锡《杨柳枝词》："长安陌上千行柳，唯有垂杨绾别离。"

〔3〕坂，《广韵》："音反，坡坂也。一曰泽障，二曰山胁。"此处指平旷的坡地。

〔4〕可人，称人心意。宋·黄庭坚《次韵师厚食蟹》："趋跄虽人笑，风味极可人。"

〔5〕搜句，搜求佳句。苏轼《秀州报本禅院乡们文长老方丈》："师已忘言兵有道，我除搜句百无功。"

〔6〕团团，围绕貌。唐·顾云《筑城篇》："画阁团团真铁

瓮，堵阔巉岩齐石壁。"苏轼《送安节》："应笑谋生拙，团团如磨驴。"此处是绕池一周之意。槛，水池四周的栏干。唐·王勃《滕王阁序》："槛外长江空自流。"

〔7〕洗耳句，据《高士传·许由》记载，尧欲让天下于许由，许由恶其污耳，即于颍水之滨洗耳。下游有饮牛者，亦恶其污了流水，不让牛饮其水。后人遂以不愿过问世事为洗耳。唐庚用此典，是说在像天池院这样的清静之地，不宜妄言忘怀世事，以免惹恼山僧生气。嗔，嗔怒，生气。

赏析：

此诗与《将家游治平院》《游仙云宫》《富乐山》等篇目皆作于绵州学官任上。诗人平日闲暇甚多，游冶之间，颇为悠闲自得，眼中景物皆具强烈的主观色彩，往往出语清新，色彩俊朗。此诗即这一时期之代表作，为唐庚早期写景诗不可多得的佳作。

首二句写登临天池院极目远眺之景象。"上方细路蟠如缟"，上方，写仰视，但见山路蜿蜒曲折，上下盘绕，宛如细线将山巅紧紧系结。"下有晴川平似坂"，写俯瞰，目之所及，晴空万里，川原平旷，一望无垠。

这两句对天池院周遭景象作全景式勾勒，一如电影中的长焦镜头，层层推进，显得开阔而宏大，从而反衬天池院之高峻。

"近水远山皆可人，踊跃来供搜句眼。"三四句变换角度，抒写景物予人之感受。可人，称人心意，令人赏心悦目；踊跃来供，化静为动，见其应接不暇也。近处的水，波光潋滟，远处的山，妩媚生姿，都格外的惹人怜爱；此时此刻，仿佛都一齐奔涌而来，撞击眼球，似乎在为我提供清新的诗句。

这一联明显从苏舜钦《过苏州》中的"绿杨白鹭俱自得，近水远山皆有情"化出，苏诗妙在色彩鲜明，情韵生动，呈现一种静态的美。唐庚此联妙在赋山水以生命，使之人格化；只字不言其美，而让山川景物主动踊跃奔来眼底，荡人心目，令人心旷神怡而顿生怜爱。构思上别具匠心，意境上明显高出苏诗一筹。"搜句眼"三字，造句新奇，别具魅力。

五六句视线收回院内，正面抒写天池。"小池中有江湖春，孤洲便可呼白萍。"上句写池虽小，却丘壑纵横，曲尽其妙，荡舟池中，恍若置身江河湖港，尽览无限春光。下句写对岸的绿洲，远远观之，唯见蘅芷青青，白萍田田，十分惹眼，随着小舟的逼近，白萍仿佛招之即来。

这一联写天池秀色，碧波、画舫、曲廊、锦阁、花木等均不著一字，而仅以"江湖春"三字概括，可谓惜墨如金！然此三字却予读者以无尽之想象空间，以少胜多，堪称绝妙。下句白萍本为静物，诗人不言舟行之速而曰白萍须臾呈现眼前，而著一"呼"字，以凸显白萍之善解人意，招之即来。如此化静态为动态，化无情为有情，画面顿时鲜活，读来生趣盎然。

颔颈二联，"踊跃来供搜句眼"，"孤洲便可呼白萍"。别具只眼，自铸新词，道前人所未道，极为警策。诗人刻意锻炼之功，不得不令人叹服。

面对如此"可人"之春色，诗人能不迷恋？故顺理成章，自然引出结尾两句。

"团团倚槛看清澈，不敢洗耳山僧嗔。""团团倚槛"状其流连不舍也；"看清澈"形容诗人沉浸于池水的深碧澄净而几达忘我之境也。唯其忘我，故生隐逸心也。然身在官场，情非得已。若言归隐，岂非矫情？故末句以"不敢洗耳山僧嗔"，绾结全诗，语带调侃，耐人寻味。

纵观唐庚此诗，写景状物，怡情寄兴，不落俗套，通篇皆具自我之色彩，读来清劲隽永。尤其中间四句，"近水远山皆可人，踊跃来供搜句眼。""小池中有江湖春，孤洲便可呼白萍。"纵情挥洒而又极具意境，即便在唐庚整部诗集中，也不多见。

武兴谣[1]

去年山中无黍稷[2]，　　只有都根并橡实[3]。
都根作面如食蜜，　　橡实作饭如食栗。
东家有钱食橡实，　　西家无钱唯食都。
今年都尽橡实贵，　　山中人作寒蝉枯[4]。

注释：

〔1〕武兴，据《方舆胜览》，即沔州郡名，址在武都郡之沮县。明刻本卷六列此诗于"绵州旧作"，可知此诗作于绵州任上，武兴应属绵州。

〔2〕稷，中国古代的一种粮食作物，指粟或黍类。又说指高粱（《广雅疏证》："稷，今人谓之高粱。"）此处泛指农作物。

〔3〕都根，结合诗看，似应为一种根状植物，其根块晒干磨面可入食。大约与野山芋比较接近吧。下面两句的"都"皆指都根。橡实，栎木果实，味苦涩，可充饥。

〔4〕寒蝉枯，本意是指寒冬季节，蝉无食可觅，枯槁而死。此处喻山民因饥饿而坐毙。

赏析：

这是唐庚诗集中唯一的悯农诗，体裁属七言古。

"去年山中无黍稷"，首句直陈一场自然灾害之严重。"无黍稷"说明农作物已绝收，凸显灾害程度之烈。此三字为一篇之纲，贯彻始终。

山民们失去了赖以生存的基本食物，靠什么来苟延残喘呢？第二句"只有都根和橡实"顺势一接。"只有"，说明野菜早已挖尽，即使想"时挑野菜和根煮"皆已成奢望，仅剩下靠都根和橡实这类既无营养又难以下咽的野生根果来勉强充饥了。"只有"二字，看似平平道来，却可见形势之严峻。至于究竟是什么样的自然灾害，诗人并不明言，这就节省了许多笔墨，为诗歌中常见。

三四句紧承都根、橡实进一步展开。"都根作面如食蜜，橡实作饭如食栗。"这两句不吝笔墨，对都根、橡实的制作和属性作具体介绍：都根晒干磨成面，如吃蜜糖，甘之如饴；橡食煮熟，权当作饭，香脆可口，与栗子无异。"如食蜜""如食栗"皆正话反说，其实二者皆既苦又涩，哪能跟蜜糖和栗子相比，只不过大难当头，能有这些根果充腹也是够幸运的了，两个"如"，凸显其弥足珍贵也。

"东家有钱买橡实，西家无钱唯食都。"五六句更推进一层，写由于黍稷绝收，即使是橡实、都根这样的野根果，都成了抢手货，奇货可居了。东家、西家为泛指，谓稍有积蓄的农家，还可以买点橡实，勉强度日；而那些赤贫如洗的山民，只好漫山遍野，挖掘都根，一天天倍受煎熬了。

以上四句铺叙大灾临头，山民们的苦痛与挣扎，看似平静的叙述，实则语带悲酸，字里行间，满渗对灾民的深切同情。

由于去年粮食绝收，山民们今年自然是无种可续，无粮可获了。"今年都尽橡实贵，山中人作寒蝉枯。"灾情还在进一步蔓延、加剧，都根早已挖尽，橡实也因稀缺而更加昂贵，可怜那些灾民们，只能眼睁睁地忍受饥饿的吞噬，坐以待毙，如同寒蝉一样，枯竭而死了。不说饿死而曰"寒蝉枯"，取譬生动，活画出饥民骨瘦如柴，形容枯槁之情状，尤具感染。

全诗以"今年都尽橡实贵，山中人作寒蝉枯"，急遽收束，将更多悬念留给读者想象，收以约胜繁之妙，可谓结而未结，余味无穷。至于说到面对如此大灾，作为地方政府，究竟有何赈济措施，诗人却只字未曾道及，是视而不见，还是漠然置之，诗人隐忍不言，其深意也就可想而知了，而这一点恰恰是本诗精华之所在。

此诗题目曰"武兴谣"，故通篇纯采民谣风调。语言平实通俗，直白如口语，纯用写实而不著一典，风格与白居易新乐府极为相似。叙灾情全取客观报道，冷峻中透露同情和隐忧。末句"山中人作寒蝉枯"尤其值得咀嚼。

苏君俞通判愚斋二首

一

人间争以智相高，底事纷纷祇自劳[1]。
顿觉昧愚真有味，莫将佳处语儿曹。

二

三年消遣琴书在， 一室清虚杖履凉[2]。
却怪斋名浑未尽[3]， 迩来愚智已兼忘[4]。

注释：

〔1〕底事，何事。宋·张元幹《送胡邦衡待制赴新州》："底事昆仑倾砥柱，九地黄流乱注。"衹，通"只"。

〔2〕清虚，清静而虚无，喻居室主人的清心淡泊，无欲无求。

〔3〕浑，全。成语"浑然一体"即用此义。

〔4〕迩来，犹言近来，唐·韩愈《寒食日出游》："迩来又见桃与梨，交开红白如争竞。"

赏析：

据唐庚《愚斋记》"元符三年，洛阳苏公守南隆，治书室于厅事之东偏，名之曰'愚斋'"，时唐庚为阆中令，诗作于是时。

中国古代文人大都儒道兼修，信守外愚内智，抱朴守拙。仕途得意时积极进取，成就一番事业，以利天下苍生；仕途失意时则激流勇退，修身养性，以待时机。此即儒家所谓"用之则行，舍之则藏"的处事准则。苏轼在《贺欧阳公致仕启》更将之上升为"大智若愚，大勇若怯"。唐庚受父亲唐淹及同乡前辈苏轼的影响，其心灵深处，亦烙下明显的道家印记。苏君俞"愚斋"自然会引起他强烈共鸣，故借此而抒发一番感慨。

先看第一首。

"人间争以智相高"，人间，人世间，指当下也；智相高，以聪明才智炫耀，处处出风头，抬高自己。争以，可见为当时的普遍现象。劈头一句，诗人即以冷峻的目光俯视世间人事，直斥当时士大夫阶层普遍存在的靠卖弄聪明以求一逞的现象。

"底事纷纷祇自劳"。底事，究竟为了何事。此处含有探究的意味，语带轻蔑。纷纷，极言其多。祇自劳，祇，只不过，徒然；自劳，自卖自夸，劳而无功。

次句针对这种以智相炫的现象作进一步的剖析与批判。祇自劳，一针见血，谓这些人争相炫智，枉自烦劳，到头来只能是竹篮打水一场空，聪明反被聪明误。

前两句从"以智相高"说起，最终归结到"祇自劳"，如高屋建瓴，先声夺人。"祇自劳"三字，鞭辟入里。如此一抑，苏君俞"愚斋"的高明之处显露无遗。

经过前两句的铺垫，若水到渠成，第三句正面点题，拈出"昧愚"一词，对苏君俞愚斋大加颂扬。

"顿觉昧愚真有味"，顿觉，豁然顿悟也。昧愚，愚昧的倒装。当然，这里所谓的愚昧绝非真正意义上的愚昧，而是大智若愚，大巧若拙，是有意将锋芒内敛，以愚钝笨拙的表象以示人，以收以愚胜智、以柔克刚之功效。唯其大智若愚，故其中况味，唯我自知。

这一句正面颂扬苏君俞的愚斋，对于"愚昧"的内涵，诗人并不明示，而以"真有味"大加点赞，一抑一扬，褒贬自见。"顿觉昧愚真有味"，全诗关眼。

末句"莫将佳处语儿曹"，则紧承"真有味"，以调侃语气作结，谓其中的精微奥义：您苏君大可不必告诉后辈儿曹，还是留给他们慢慢去体味吧！

全诗纯以议论，以众人的"以智相高"反衬苏君俞的大智若愚，笔触轻松幽默，读来有味。

第二首由苏君俞拉回到自身景况。

"三年消遣琴书在"，三年，泛指；消遣琴书，即以琴书消

70

遣。全句言自己常年以琴书为伴，自娱自乐，与世无争。

"一室清虚杖履凉。"一室清虚，室内清静，身无长物，暗示居室主人清心寡欲，远离尘俗。杖履凉，杖指手杖，履本指布鞋，此处指步履。连拄杖行走都透着一股清凉的气息，居室主人的清雅超逸便可想而知了。这一句不直接写人，而以居室环境渲染，烘云而托月，所谓"不著一字，尽得风流"也。

起首两句，一实一虚，运笔洒脱、灵动，"一室清虚"一句构思新颖而蕴含丰富。至此，一位风流儒雅，清远澹泊的地方官员形象跃然纸上矣。显然，这与苏君俞所强调的外愚内智，抱朴守拙的理念相比，自然境界更高。

三四句自然转结到斋名上来，并由此进一步拓展推开。

"却怪斋名浑未尽，迩来愚智已兼忘。"却怪，犹嫌也。全句谓"我"反倒觉得仅以"愚"作为斋名是远远不够的。近来，"我"已将个人荣辱得失统统置诸脑后，进入愚智兼忘的境界了。

第二首在对苏君俞愚斋高度颂扬后更推进一层，提出了"愚智兼忘"的新观点，全诗由此升华。所谓"愚智兼忘"其实就是庄子《大庄师》里所标榜的"去肢体，黜聪明，离形去智，同于大道"的做人最高精神境界。的确，人一旦无欲无求，则万物莫能加害（所谓"无欲则刚"即是）。倘能达到此境界，再去奢谈什么愚智，岂不多余？这也正是唐庚比苏君俞高明之处。

全诗借苏君俞愚斋而发挥，纯以议论而不落空泛，结句"迩来愚智已皆忘"，画龙点睛，尤其值得咀嚼。

寄题张志行醉峰亭[1]

先生饶蕴藉[2]，　　表里皆纯粹[3]。
独推糟与粕，　　施之为政事[4]。
百里饮其德[5]，　　陶陶有欢意。
馀醲落嘉陵，　　一江醇酒味。
沉酣倒山骨[6]，　　颓然偃苍翠[7]。
亭中时把酒，　　坐对青山醉。
醉乡在何许，　　祇此中间是。
先生况多文，　　为续醉乡记。

注释：

〔1〕张志行，未详何人。据诗，似为蜀中一县令。（另据《建炎以来系年要录》，张志行，东阳人，婺州进士，赐号"冲素处士"。以学行为乡里所推）。醉峰亭，当在阆州境内，具体地址亦不详。

〔2〕饶蕴藉，饶，多也。成语"饶有兴趣"即用此义。蕴藉，宽厚而有涵养。《后汉书·桓荣传》："荣被服儒衣，温恭有蕴藉。"宋·尤袤《全唐诗话·裴休》："为人蕴藉，进止雍容。"

〔3〕纯粹，纯正不染，精粹完美，引申为德行完美无缺。魏·曹植《大司马曹休诔》："明德继踵，奕世纯粹。"

〔4〕推糟粕为政事，化用《庄子·逍遥游》："是其尘垢秕糠，犹陶铸尧舜也，孰肯以物为事？"犹言大材小用，小试牛刀。

〔5〕百里，古时一县辖百里，后因以百里代县境或县令。

《世说新语·言语》："李弘度常叹不被遇，殷扬州（浩）知其家贫，问'君能屈志百里不?'"饮，饮誉，享有很高荣誉，受到广泛赞扬。饮其德，颜师古注："有德于人，而不自美也。"

〔6〕山骨，山之主峰。唐·韩愈《石鼎联句》："巧匠斫山骨，刳中事煎烹。"唐·刘师服："林烟漠漠鸦边暗，山骨棱棱雪外青。"此处泛指山谷。

〔7〕偃，放倒。成语"偃旗息鼓"，此处是仰卧之意。

赏析：

本诗塑造一位风流儒雅、陶然自得的县令形象，写得栩栩如生，醉翁只是其表象也。

"先生饶蕴藉，表里皆纯粹。"首二句正面称颂张志行，高度概括，统领全篇。"蕴藉""纯粹"，内秀美而宽厚仁慈，且表里如一，几近完美，可谓称誉有加，不吝笔墨。全诗总纲。

三四句用典，化用《庄子·逍遥游》，谓张志行担任县令，实在是大材小用，只须略施一二，小试牛刀，便能将县政处理得井井有条，即使是糟粕，也能从中陶冶出"尧舜"来。

这两句迭加一层，由张的内质而推进到政务能力，化用《庄子》，更显言简意丰，耐人寻味。德才如此，百姓能不拥戴？

"百里饮其德，陶陶有欢意。"五六句变换角度，叙写百姓对张志行的拥戴和县内的祥和景象。饮其德，谓其德政为百姓享受而交口称赞；陶陶，状县境内安定和谐，县民熙熙而乐之情态。

以上六句，洗练而概括，意在突显张志行德才兼备，政绩显著的良吏形象。

"馀醺落嘉陵"以下十句转入对张志行政事之余，与民同乐的抒写。

"馀醺落嘉陵，一江醇酒味。"先总写一笔，谓县令好酒，公务之余，必开怀畅饮。即便微醺，其酒气飘洒到嘉陵江上，也会让整个江面充溢浓浓的酒香。这两句语极夸张，构思新而不落俗套，意象丰满，读来饶有兴味。

"沉酣倒山骨，颓然偃苍翠。亭中时把酒，坐对青山醉。"这四句具体写醉态；沉酣，谓酒意酣畅淋漓；颓然，状其沉醉而不能自持之情态；偃苍翠，随意仰卧于苍松翠柏之间；"坐对青山醉"，与青山绿水浑然一体，物我两忘也。这一段描写张令饮酒时恣意放纵情怀，不拘小节，可谓生动传神，俨然又一"醉翁"也！

接下来四句则简直是欧阳修《醉翁亭记》的再现，所谓"酣宴之乐，非丝非竹，……苍颜白发，颓然乎其中者，太守醉也"。语虽不涉宾客，然宾客已在其中矣。

"醉乡在何许，祇此中间是。先生况多文，为续醉乡记。"乐在醉乡，不知老之将到。退而能文，期待张令像欧阳修一样，再续写一篇《醉翁亭记》吧。篇末点题，暗示张不仅寄情山水，亦与民同乐，从而深化主题。

这十句着力刻画张志行的醉翁形象，以彰显其"才大难为用"，而有意放浪形骸，醉意人生的另一面，寓深意焉。

全诗明写醉峰亭，实则句句赞张志行，看似写"醉"，然诗人之意不在"醉"也！

哀　词

云霄才业逝川东，　　学易年龄一梦中^[1]。
春殿昔抽蟾桂绿^[2]，　　夜台今陨幕莲红^[3]。
残章断简尘埃满，　　别院疏帘笑语空。
千古龟山原口墓^[4]，　　暝烟萧索白杨风。

注释：

〔1〕学易年龄，五十岁。《古论语》："孔子云，五十以学易，可以无大过矣。"

〔2〕春殿，唐宋时，皇帝在春秋两季对新科进士举行殿试，其中春试即称为春殿。蟾桂，蟾宫折桂的省称。唐·段成式《酉阳杂俎·天咫》："旧言月中有桂有蟾蜍……或言月中蟾桂，地影也。"后以蟾宫折桂喻科举及第。

〔3〕夜台，指坟墓，亦代指阴间。李白《哭宣城善酿纪叟》："夜台无李白，沽酒与谁人？"幕莲红，幕莲，指幕府。《南史·庾杲传》："南齐王俭于高帝时为卫将军，一时所辟，皆当世才人名流。时人谓入王俭幕为入莲花池，如红莲绿水，交相辉映。"故后世称幕府僚属为"幕莲"，又以"幕莲红"隐喻幕僚的死亡。唐·李商隐《祭张书记文》："职高莲幕，官带芸香。"宋·宋痒《寄武昌胡从事》："新吟池草绿，故事幕莲红。"

〔4〕龟山，似指眉州丹棱之龟山。宋进士杨明读书处，宋代为风景名胜。

赏析：

这是一首情辞并茂的悼亡诗，但悼亡对象不详，从尾联的归葬龟山看，应是一位同乡兼好友。时诗人在阆中令任上，原作共两首，今选其一。

"云霄才业逝川东，学易年龄一梦中。"首联突兀而起，直接点题。云霄才业，化用唐·崔珏《哭李商隐》中的"虚度凌虚万丈才，一生襟抱未曾开"。谓友人才华出众，事业也正处于鼎盛期，"逝川东"则急转直下，形成巨大落差，从而营造出一种语意上的强烈震撼，充分表现出诗人初闻噩耗时的惊愕。"学易年龄"谓亡友年届五十，年富力强，正是该施展才华，大干一番事业的绝佳时期。"一梦中"更是飞瀑直泻，谁知天不假年，突然病逝，宏图抱负，如今全都恍如一梦，统统付之东流。

首联凝练概括，言简意丰，"云霄才业"与"一梦中"形成强烈对比，含无限惋惜，从而自然引起颔颈二联。

颔联转入对亡友的追思。"春殿昔抽蟾桂绿"，是对"云霄才业"的具象化，令人想起友人当年风华正茂，参加殿试时崭露头角，一举折桂的情景。"抽""绿"均用通感，既形象又予人以丰富的联想，顿见鲜活！

"夜台今陨幕莲红"，思绪又拉回眼前，谁曾料到，正当盛年的好友，如同池中的红莲开得正艳，竟然在一夜之间凋谢，教人怎不黯然神伤！

这一联用典无痕，具象生动。"蟾桂绿"喻昔年之新萼初抽，光华照眼；"幕莲红"状今日之红莲永谢，魄散魂销。两相映衬，形成强烈对比，更添悲情色彩。

颈联变换角度，深入一层。"残章断简尘埃满"，亡友一生著述甚丰，一朝遽逝，留下许多文稿都还没来得及整理，以致尘埃满纸，空留遗恨。这一句写睹物思人，更增悲戚。"别院疏帘笑语空。"别院疏帘，再现幕府生活的亲密无间；笑语空，欢声笑语，宛在目前，如今却阴阳永隔，转眼成空。这一句以乐景写悲，愈见伤恸。

颔颈二联，将追怀和惋惜寓于鲜活的形象和画面中，以昔—今、今—昔的时空场景变幻，寓悲痛于情景之中，读来既具体可感，又情景交融，撼人心魄，把诗题中的"哀"字发挥到淋漓尽致。

尾联"千古龟山原口墓，暝烟萧索白杨风"，为诗人悬想之辞。想到亡友最终将归葬故里，从此独卧荒丘，暮色苍茫中，唯见白杨萧萧，寒风瑟瑟，好不凄凉。

原口墓，白杨风，结尾着意渲染墓地的荒凉，反衬亡友生前光彩，悲亡友亦自伤，冠之以"哀词"，固其宜也。

寓精道斋有感怀家山〔1〕

（一）

论兵作赋两匆匆，　　人事光阴转首空。
五夜梦飞山色里〔2〕，　　一年秋在雨声中。
扬州骑鹤非无意〔3〕，　　上蔡牵黄信此穷〔4〕。
幸有林泉未归去〔5〕，　　欲将清兴问征鸿〔6〕。

注释：

〔1〕家山，谓故乡。唐·钱起《送李栖桐道举擢还乡省侍》"莲舟同宿浦，柳岸向家山"。

〔2〕五夜，"三五之夜"（月半）的省语。各本作"半夜"，也讲得通。

〔3〕扬州骑鹤，南朝·梁·殷芸《小说》："腰缠十万贯，骑鹤下扬州。"喻集做官、发财、成仙于一身。苏轼《于潜僧绿筠轩》："若对此君仍大嚼，世上哪有扬州鹤。"

〔4〕上蔡牵黄，用典。据《史记·李斯列传》载，李斯为赵高所害，临刑前，顾谓其子曰："吾欲与若复牵黄犬出上蔡门逐狡兔，岂可得乎！"后世遂以上蔡牵黄表示后悔莫及或对离开官场自由生活的向往。唐·刘禹锡《题歌器图》："无因上蔡牵黄犬，愿作丹徒一布衣。"

〔5〕林泉，山林与泉石，借指隐居之地。唐·骆宾王《上兖州张司马启》："虽则放旷林泉，颇得闲居之趣。"

〔6〕清兴，清雅的兴致。唐·王勃《山亭夜宴》："清兴殊未阑，林端照初景。"征鸿，远飞的大雁。李白《相和歌》："双目送征鸿。"

赏析：

崇宁三年（1104），唐庚阆中令任满，转任凤州教授，由实职改任闲曹（实为贬官），心情难免落寞。他曾在《上俞漕书》中发泄道："年二十四始得一官，随牒推移十载于此，……今三十四矣。虽名从八品，实胥校市评耳。""故纸终日翻，毛锥几年搁。（《除凤州教授，非所欲也，作此自宽》）。"可见其无所事事，郁郁寡欢。既然官场上难有作为，故索性躲进道观（精道斋）以求排遣。此诗即当时心境的折射，原诗共两首，此其一也。

"论兵作赋两匆匆，人事光阴转首空。"论兵，纵论军事；作赋，吟诗作文。寥寥四字，写尽前半年，可谓高度概括也。如今回过头一想，这一切皆如过眼云烟，匆匆而过。面对这纷繁复杂的人事，自己却无能为力，只落得个两手空空，难有作为。

首联即对前半生予以简要回顾：论兵、作赋，为当时儒生必修之课；匆匆，转首空，尽显失落与无奈，为全诗定调。

既然抱负难伸，忧怀未解，潜心道观便是水到渠成，顺理成章了。"五夜梦飞山色里，一年秋在雨声中"，遂转而抒写寓居精道斋的闲适生活。白天流连于山色，入夜自然是魂牵梦绕，沉浸于山光水色的美境之中；秋季雨多，独卧禅房，静听连绵秋雨淅淅沥沥，撒落在树叶上，彻夜不断，让人似乎觉得一整个秋天都弥漫在无边的雨幕中。

这一联以动写静，梦境、雨声，明写动态，实则反衬禅林的静谧，凸显诗人"躲进小楼成一统"的安闲与自得。

"五夜梦飞山色里，一年秋在雨声中。"意象丰满，景中渗情，韵味悠然，堪称全诗警句。

"扬州骑鹤非无意，上蔡牵黄信此穷。"颈联宕开一笔，转写个人遭际。扬州骑鹤，喻升官发财、得道成仙。自己纵有此心，也无异痴人说梦，终成泡影。上蔡牵黄，喻归隐田园，下句流露出自己早已厌倦官场，渴望早一天与家人牵黄犬、逐狡兔，回归自由自在，从心所欲的隐居生活。

"扬州骑鹤""上蔡牵黄"，二典本毫不相干，诗人却巧妙地将之捏合在一起，形成鲜明对照，曲折而含蓄地表达自己的隐衷。

既然"扬州骑鹤"遥不可及；"上蔡牵黄"或可期待，由此自然归结到对"林泉"之思盼。

"幸有林泉未归去，欲将清兴问征鸿。"值得庆幸的是，故乡尚有几亩薄田可供耕食，不至于无家可归。纵目远眺，但见北雁南飞，更添几分对家山的怀想和感慨。诗人不禁自言自语，大雁呀，你此番南去倒是飞回到你的栖息地了，而我什么时候才能得遂初愿，重返故乡呢？"问征鸿"三字，言有尽而意绵绵，耐人咀嚼。

尾联卒章显志，点明"怀家山"的题旨，绾结全诗，章法严整。全诗融叙、议、描写、抒情于一炉，运笔纵横而辞意畅达。"五夜梦飞山色里，一年秋在雨声中"，抒写秋山雨季的景象，尤为传神。

寓精道斋有感怀家山

（二）

悠悠功业老堪怜，　　旧事凭谁可共论。
直欲酒中赊快乐[1]，　　尚能花里觅寒温[2]。
诗书误我成何事，　　岁月侵人不见痕[3]。
汾水年年秋雁到，　　庚郎何处不销魂[4]。

注释：

〔1〕赊，赊欠，买东西而不付现钱。犹言买也。李白《陪族叔刑部侍郎晔及中书舍人至游洞庭》："且就洞庭赊月色，将船买酒白云边。"

〔2〕寒温，暖气中略带寒意。宋·司马光《和始平公见寄》："违离讵几时，风色变寒温。"

〔3〕岁月侵人，庾信《饿极穷愁》："危虑风霜积，穷愁岁月侵。"此句言岁月对人的煎熬却不见痕迹。

〔4〕庾郎，庾信，南北朝梁朝时期大文学家，奉命出使西魏，在此期间，梁为西魏所灭，庾信滞留不归，郁郁寡欢，写下

了著名的《哀江南赋》，国恨家仇，寄意深婉，此句诗人以庾信自拟。

赏析：

"悠悠功业老堪怜，旧事凭谁可共论。"悠悠，茫远貌；功业，指建功立业；老堪怜，其实唐庚此时年甫三十四岁，曰"老"，可见心情之落寞。旧事，往事也，应该是指由阆中令转凤州教授一事。

首联即直陈转任之事。全句谓本来自己满腔抱负，期待成就一番事业，谁知仕途艰险，转眼十年过去了，自己已年龄老大，如今却沦落为闲曹散职，终日无所事事，想起来真真让人寒心。回顾这段经历，满腔心事，又有谁可以倾诉呢？"老堪怜""可共论"，孤寂无助之情，溢于言表。全诗由此生发。

颔联紧承其意，既然忧怀无以排遣，那就径直以酒买醉，且在纵饮中抛却愁苦，追寻那短暂的快意与酣畅；醉眼朦胧中，面对缤纷的花丛，多少能得到些微的慰藉，一丝丝温暖吧！

"直欲酒中赊快乐，尚能花里觅寒温"。这一联写自我宽解，"赊快乐"，赊字大有讲究，谓醉中即便有短暂的快乐，也是赊来的，酒醒后会更加愁苦。"觅寒温"，觅，刻意搜求；寒温，些许暖意，犹带寒气；"直欲""尚能"，情态立见。全联对仗工致，寄意深沉，很值得玩味。

五六句笔锋一转，化用工部"儒冠多误身"以自我剖析。"诗书误我成何事"，造成今日的蹉跎蹇仄，莫非真应了儒术误身这句老话吗？"岁月侵人不见痕"，侵，煎迫；岁月无情，催人渐老，却不留下丝毫痕迹，又是多么残忍呀！

这一联上句以议论入笔，其实诗书何曾误我，命运捉弄人也。以反语寄牢骚。下句换用抒情，"侵人不见痕"，颇有点"杀人不见血"的况味，平静中见悲怆。

81

"汾水年年秋雁到，庚郎何处不销魂。"尾联再次归结到"怀家山"的题旨，谓从汾水那边南迁的大雁每年秋天都会准时从凤州飞过，而我却反不如大雁，有家归不得，遥望长天，能不愁肠寸断，黯然神伤！

结句以庚信自况，更添悲情色彩。

此诗在写法上与第一首如出一辙，融叙、议、抒情于一炉，曲折地传递出诗人孤寂无诉的心境。与第一首互为呼应，更趋完整。

书斋即事

书生不事事[1]，　　书斋春昼长。
竹色语笑绿，　　松风意思凉[2]。
箪瓢乐仁义[3]，　　图史按兴亡[4]。
此间有佳趣，　　此外皆茫茫。

注释：

〔1〕不事事，不理事务。《慎子·民杂》："人君自任而躬事，则臣不事事，是君臣易位也。"宋·王安石《答司马谏书》："如日今日当一切不事事，守前所为而已，则非某之所知也。"

〔2〕意思，此处指心绪。宋·晏儿道《两同心》："好意思，曾同明月；恶滋味，最是黄昏。"宋·朱淑贞《约春游不去》："少年意思懒能酬，爱好心情一向休。"

〔3〕箪瓢，盛饭的碗和盛水的瓢，泛指饮食。语出《论语·雍也》："一箪食，一瓢饮，在陋巷，人不堪其忧，回也不改其

乐。贤哉，回也。"后以之指代生活简朴，安贫乐道。

〔4〕按，考察，验证。

赏析：

此诗作于大观年间任国子博士时，抒发诗人清心寡欲，安贫乐道的情怀。

"书生不事事，书斋春昼长。"首联直接点题。书生，诗人自谓也。国子博士属闲散之职，本来政务不多，不事事，无所事事，属谦辞。惟其政务清闲，春来独坐书斋，自觉昼长而百无聊赖也。

起首二句，开门见山，点明身份及季节。不事事，似乎又隐见深意。

颔联转而描写书斋周遭环境："竹色语笑绿，松风意思凉。"四围竹林繁茂，入春以来更是新叶鲜亮，苍翠欲滴，十分惹眼，以至于笑谈之间，整个屋子也似乎充盈着绿色。屋后青松挺拔，清风徐来，松涛荡耳，仿佛浑身透着一股凉意，让人心旷神怡，更添几分惬意。

这一联写环境，脱胎于刘禹锡《陋室铭》中的名句"苔痕上阶绿，草色入帘青。"而不露痕迹，但意境却明显高出一筹。诗人刻意拈出竹、松，意在彰显主人的品格；"绿""凉"则以居室的清幽反衬主人的高雅。"笑语"因"竹色"而"绿"，心绪因"松风"而"凉"，将色彩移诸于感官，化平凡为神奇，堪称妙笔！

"箪瓢乐仁义"，颈联上句宕开一笔，引颜回的"一箪食，一瓢饮，在陋巷，回也不改其乐。"以自况，标榜自己安于清贫，乐于道义的情操与追求，为全篇点睛之笔。

下句"图史按兴亡"，则拉回到国子博士的正务，谓自己终日的工作便是埋头图书史册，并从中考察、验证历代的兴衰更替，"躲进小楼成一统"，而乐亦在其中矣。

颔颈二联，一写书斋环境的清幽雅静，一叙生活的清贫与无欲，两相映照，诗人儒雅高洁的学者形象便立体地呈现出来了。由此顺理成章，引出尾联。

"此间有佳趣，此外皆茫茫"。诗人直接化用陶渊明《饮酒》中的"此中有真意，欲辨已忘言。"诗意，谓自己沉浸于国子博士这一方小天地中，自得其乐，世间的人事纷纭，个人的得失荣辱，统统置诸脑后，忘得一干二净了。至于此中的佳趣为何，诗人并不明言，但读者从"竹色""松风""箪瓢""图史"这些形象化的词语中并不难体会。如此化陶诗结尾，更抬升了全诗的境界，也留给了读者更多的想象空间，余韵悠然，袅袅不绝。

此诗首联平淡如水，颔联植以"竹色""松风"，若奇峰突起，精彩纷呈，颈联引典自况，又是一顿，结尾化用成句，升华主题，运笔富于变化，深得律诗起承转合，深折透辟之妙，是唐庚五律中的力作之一。

自　笑

已白穷经首[1]，　　仍丹许国心。
那能天补绽[2]，　　更欲海填深[3]。
儿馁嗔郎罢[4]，　　妻寒望槁砧[5]。
世间南北路，　　何用尔沾巾[6]。

注释：

〔1〕穷经，经，六经，泛指儒家典籍；穷经，谓穷尽儒家

经典。

〔2〕天补绽，补天绽的倒装。把天的窟窿补上。语出《列子·汤问》："往古天曾破裂，女娲氏炼五彩石补之。"后世以补天喻挽回大局。

〔3〕海填深，此处用《山海经·精卫填海》故事，喻自己报国之心矢志不渝。

〔4〕郎罢，闽南方言，指父亲。

〔5〕槁砧，古代处死刑，罪犯席槁伏于砧上，以鈇斩之。"鈇"与"夫"同音，故后世以槁砧为妇女称丈夫之隐语。唐·权德舆《玉台体》："昨夜裙带解，今朝嬉子飞。铅华不可弃，莫是槁砧归。"

〔6〕沾巾，即落泪。此句化用王勃《送杜少府之任蜀州》："无为在歧路，儿女共沾巾"之意。

赏析：

此诗作于大观年间，时诗人在京任宗子博士，官卑俸薄，故化用杜甫"纨绔不饿死，儒冠多误身"，来发发牢骚，自笑，即自嘲也。

"已白穷经首，仍丹许国心。"首句即强调自己儒冠的身份，明言自己几十年潜心儒学经典，孜孜以求，以至于年甫四十，却已白发萧骚。但即便如此，自己以身许国的一片丹心仍始终不渝，不敢稍有懈怠。

这一联为诗歌之特有句式。"白穷经首"即白首穷经，"丹许国心"即丹心许国，如此一倒装，不仅造成语意上的峭硬新生，且将"白""丹"两个普通的颜色词语用为动词，既避免了俗套，更凸显其始终不渝，这就拓宽了诗的内涵和意境，更耐人寻味。白首穷经，强调儒家之本分；丹心许国，吐露毕生之追求。由此引出颔联。

"那能天补绽"，紧承丹心许国。"那"通"哪"，天补绽，"补天绽"的倒装，北宋中后期，金国、西夏、虎视眈眈，屡屡侵扰，对北宋王朝构成极大威胁。天绽，形象地描绘出当时的政治颓势。全句化用"女娲补天"之典，谦称自己才疏学浅，不具备"挽狂澜于既倒"的回天之力。下句"更欲海填深"，由"更"领起，推进一层，谓自己虽无力补天之绽，但将天天衔石投向大海，尽管海深莫测，但自己填海之心永无穷期。

"那能天补绽，更欲海填深"是对首联"仍丹许国心"的延展和深化。这一联连用"女娲补天"与"精卫填海"这两个人们耳熟能详的故事，既避免了直白与枯燥，又丰富了诗之意境。诗歌历来虚词对仗最难，此联中的"那能""更欲"，看似平常，却恰到好处，读来韵味顿生。

颈联转写眼前景象。

"儿馁嗔郎罢"，馁，食不果腹，面露饥寒之色；嗔，因生气而呵斥；郎罢，闽南方言，指父亲，上句从妻子角度摹写家中困境；看到又饥又饿的子女，妻子免不了对孩子的父亲发发气，絮絮叨叨地数落一通。"妻寒望槁砧。"下句换用自身角度，刻画妻子的无助；看着衣衫单薄，刚刚发泄完怨气，浑身瑟缩的妻子，又用哀怨的眼神，脉脉地望着自己的夫君，不由得更加心痛。此句以"槁砧"代丈夫，出于押韵的需要，又避免了与上句"郎罢"的重复，可见思维之缜密。

这一联"儿馁""妻寒"分写两面，映照生动而变于变化，把家境的窘迫表现得淋漓尽致。"嗔""望"摹写细节，当时情景，恍在眼前。是对儒冠误身的形象化诠释。

颈联笔意陡转，以目下之衣食无继与饱读儒经，丹心许国，矢志补绽填海形成鲜明对照，苦涩之情，隐见笔端。

然现实如此，个人又无法改变现状，愁怨何用？故尾联强作欢颜，自我宽慰。"世间南北路，何用尔沾巾。"谓人世间东西南北，生路何只千条万条，眼前的困境只是暂时的，你何必像儿女子一样，伤心落泪呢。明是慰妻，实则自嘲，关照题目，隐见牢骚。

春日谪居书事〔1〕

四十缁成素〔2〕，　　清明绿胜红。
形容千虑后〔3〕，　　门馆一贫中〔4〕。
白日时时别，　　　青芜处处同〔5〕。
此生唇舌里，　　　啼鸟莫春风〔6〕。

注释：

〔1〕谪居，时诗人国子博士任满而未授新职，处于闲居状态。

〔2〕缁成素，缁，黑色；素，白色；谓黑发转白也。宋·陆游《自小云顶上云顶寺》："素衣虽成缁，不为京路尘。"这里反用其意。

〔3〕形容，形体和容貌。《史记·屈原贾生列传》："形容枯槁。"宋·王禹偁《赁宅》："老病形容日日衰，十年赁宅住京师。"千虑，极言忧愁之多。唐·高适《人日寄杜二拾遗》："自在南溪无所预，心怀百忧复千虑。"

〔4〕门馆，指国子博士署衙。

〔5〕青芜，形容荒草的芜杂。杜甫《徐步》："整履步青芜，荒庭日欲晡。"

〔6〕莫，通"暮"。

赏析：

唐庚国子博士任满后迟迟未授新职，终日无所事事，所谓"书事"者，即抒发其胸中之郁结也。

"四十缁成素，清明绿胜红。"首句若劈空而来，直陈自己年甫四十，原本的满头青丝，如今却尽染白发，可见岁月煎迫，催人渐老。下句描绘暮春景象，节令到了清明，百花渐渐凋零，遥岑远目，但见芳草连天，绿阴盖地。绿胜红，含"绿肥红瘦"之意而境界更阔大，内涵也更丰富。

诗一上来，即以春天的生机满眼对照自己的苍颜白发，直抒"春色依然，年华不再"之慨。"缁成素"对"绿胜红"，言简意丰，对比强烈；"缁"与"素"，"绿"与"红"又各自成对，形成强烈反差，透露诗人之无限感慨矣。

这一联巧用颜色，设色浓烈，堪称妙对。

颔联紧承"缁成素"而叙写自身之境况。"形容千虑后"，千虑，语带夸张，谓终日愁思百结，忧怀万端，以至于形容枯槁，未老先衰。下句"门馆一贫中"，贫，此处是清寂、冷落义。自己官属闲曹，无所事事，门馆萧然，一派清冷。

这一联以门馆的冷寂衬托心情的落寞，自然引出颈联。

"白日时时别"，别有深意，"时时别"，一天挨着一天，数着日子过。言终日百无聊赖，度日如年也，状内心之孤寂。下句"青芜处处同"，则推开一层，视野转向郊外，即使踏青寻芳，但触目所及，四野一片荒芜，徒然让人更生惆怅。这一句状内心之郁结，其实哪里是四野青芜，只不过是诗人心境的折射而已。"白日"而"时时别"，"青芜"且"处处同"，足见诗人愁思之深，驱之不去矣。

颔颈二联，均紧扣谪居，分写两面，层层深入，把诗人企盼新职的焦虑和无奈表现得淋漓尽致。

在写足谪居况味后，自然翻跌出尾联。"此生唇舌里"，谓自己人微言轻，免不了成为别人议论批评的对象。这一句语含腓怨，但却又无可如何。"啼鸟莫春风"，更哪堪暮色苍茫，晚风中群鸟交鸣，啁啾不绝。结句以丽景写悲，更增悲戚，如此结笔，余韵悠然，耐人寻味。

次谭勉翁送客韵〔1〕

仕宦方夸四十强，江山哪复恋苍茫。
征鞍过我横春色，别酒斟君嚼野芳〔2〕。
青史功名时执手，红尘歧路一愁肠。
神锥可是藏锋物，要使儿曹看脱囊〔3〕。

注释：

〔1〕次，次韵，按照原诗的韵脚依次序和诗的一种方式，又叫"步韵"。谭勉翁，即谭望，盖唐庚官绵州时之密友。据诗中"方夸四十强"看，此诗大致作于大观四年，诗人时在京师。

〔2〕嚼野芳，嚼，吟赏（古人谓赏玩音律曰"嚼羽""嚼征"），此处谓吟赏郊野之花草。

〔3〕神锥脱囊句，用"毛遂自荐"的典故。事见《史记·平原君虞卿列传》。秦围邯郸，赵国危在旦夕，平原君欲赴齐国求救兵，门客毛遂自荐请随行。平原君谓毛遂曰："夫贤大夫之处世也，譬若锥处囊中，其末立见。今先生处胜门下三年于此矣，左右未有所称颂，胜未有所闻，是先生无所有也。先生不能，先生留。"毛遂曰："臣乃今日请处囊中耳，使遂早得处囊中，乃脱

颖而出，非特其末见而已。"平原君竟与毛遂偕行。此句借毛遂
脱颖而出的故事以勉励友人。

赏析：

这是一首送别诗，借对友人勉励抒发诗人欲求建功立业之
抱负。

作此诗时，唐庚因张商英推荐，任提举京畿常平（首都粮政
主管），年甫四十，对前途充满信心。"世宦方夸四十强"，正是
此种心境之写照。劈头一句，谓四十岁正是建功立业的最佳阶
段，自当格外珍惜、把控，这既是对即将分别的友人的劝勉，也
是自己对未来的表白。"江山哪复恋苍茫"，当此分别之际，哪能
够贪恋于苍翠的湖光山色，耽误大好年华呢。苍茫，本义是苍翠
迷茫，此处代指美景。

"征鞍过我横春色，别酒斟君嚼野芳。"颔联正面点题，直写
送别。征鞍，远行的车马，叙友人即将出发；过我，作别我；横
春色，春光满野，一一横亘于眼前，若扑面而来；别酒，饯别之
酒；嚼野芳，野芳，郊原上的野花碧树，绿丛芳草；将如许的春
光美景斟入杯中，与友人共酌，更觉芬芳四溢。

这一联抒写离别时的情景，写得神采飞扬，充满张力，绝无
伤感之态。征鞍/过我/横春色，别酒/斟君/嚼野芳。辞意绵密，
意象丰满；尤其"横""嚼"二字，生动鲜活，触手可感，可谓
神来之笔！

颈联推进一层，"青史功名时执手"，直叙对未来的期许，展
望未来，您我须尽心本职，待到功成名就，名标青史之日，再执
手畅述衷肠。"红尘歧路一愁肠"，下句拉回眼前，谓当此离别之
际，切莫因各奔东西，临歧叹惜而愁肠百结。

这一联有期待，有安慰，正是送别诗当行本色。"青史功名"
与"红尘歧路"大开大阖，一落千丈，形成意境上的强烈反差，

深得对仗之妙。

"神锥可是藏锋物，要使儿曹看脱囊。"尾联以毛遂脱颖而出的故事譬喻，暗示友人此番外放，恰似神锥置之囊中，岂只其末立见，简直是脱颖而出，成就一番大事业，定当让儿曹辈刮目相看也。

末句直如豹尾，矫劲有力，提振全诗，读来铿锵作响。

此诗写送别，但格调刚健，全篇不作儿女子之态。尾联既是对友人的期许，亦隐见诗人心迹的表白，字里行间，信心满溢。

内前行

内前车马拨不开[1]，　　文德殿前宣麻回[2]。
紫微侍郎拜右相[3]，　　中使押赴文昌台[4]。
旄头昨夜光照牖[5]，　　是夕收锋如秃帚。
明日化作甘霖来，　　官家唤作调元手[6]。
周公礼乐未制作[7]，　　致身姚宋也不恶[8]。
向来两公拜相年，　　民间斗米才四钱。

注释：

〔1〕内前，内，大内，指皇帝宫殿或宫内库房。内前，指皇帝大内前。

〔2〕宣麻，唐宋时任免将相，用黄白麻纸写诏书在朝廷宣告，叫宣麻。宋·欧阳修《归田录一》："至和初，陈公罢相，而并用文（彦博），富（弼）二公，正衙宣麻之际，上遣小黄门密于百官班中，听其议论。"

〔3〕紫微侍郎，即紫微郎，唐中书郎之别称。相当于丞相。

〔4〕中使，宫中派出的使者，多指宦官。唐·白居易《卖炭翁》："一车炭，千余斤，中使驱将惜不得。"押赴，此处是陪同前往的意思。文昌台，尚书省的官署。白居易《闻杨十二新拜省郎遥以贺》："文昌新人有光辉，紫界宫墙白粉闱。"

〔5〕旄头，昴星，又称天彗，主横祸，不吉。

〔6〕官家，对皇帝的称呼。始于晋代，宋代盛行。调元手，语出《汉书·魏相丙吉列传》："三公典调和阴阳。"谓宰相调和阴阳，执掌大政。宋·范成大《知郡检计斋醮祷雨……》："我评兹事与天通，知公小试调元手。"

〔7〕周公，周武王之弟姬发，西周大政治家。不但辅佐武王完成帝业，武王逝世后又辅佐成王，摄政七年，制作礼乐及一系列典章制度，为周王朝八百年统治奠定基础。西汉贾谊称："孔子之前，黄帝之后，于中国大有关系者，周公一人而已。"

〔8〕姚宋，指唐玄宗时名相姚崇、宋璟。执政期间，史称"开元之治"。

赏析：

据《资治通鉴续编·卷九十》："（大观四年六月）蔡京久盗国柄，中外怨疾，见张商英能立异同，更称为贤。帝因人望而相之。时久旱，彗星中天。商英受命，是夕，彗不见，明日雨。帝喜，因大书'商霖'二字赐之。"唐庚此诗，即作于张商英拜相之际，诗中对张大加褒扬，而对蔡党长期把持朝政有微词焉。故深为政敌嫉恨，视之为张商英同党。同年十月，商英罢相，唐庚旋即贬窜惠州，此诗即重大因由也。

"内前车马拨不开，文德殿前宣麻回。紫微侍郎拜右相，中使押赴文昌台。"起首四句，描述张商英拜相的场景，且看：皇宫大内，车水马龙，好不热门，以致交通为之拥堵。这一切皆缘于紫微侍郎拜相。皇上特别恩宠，在文德殿宣布诏命后，中使一路陪护，浩浩荡荡，直赴官署。

这四句正面落笔，纯用铺写，把拜相的盛大场面写得浓烈而隆重，直接为张商英大声叫好，可谓浓墨重彩，旗帜鲜明。

"旄头昨夜光照牖，是夕收锋如秃帚。"旄头，指彗星（古人认为天现彗星主大凶）。收锋，指光芒顿失。全句言昨夜彗星出现，开始时很耀眼，光芒直射窗户，但瞬息之间，又黯然失去光彩，远远望去，简直像残秃的破扫帚。

五六句笔锋一转，改用侧面烘托，摹写天象，以彗星的黯然失色隐喻蔡党的失势，又暗示张商英拜相的应天顺人，寄意极为深沉。

"明日化作甘霖来，官家唤作调元手。"七八句紧承上意，谓恰巧天公喜降甘霖，皇帝老官也不由得称赞张商英不愧是调和阴阳的好宰辅。

这两句以久旱降甘霖而博得皇上的称许对张商英大加颂扬，可谓不遗余力也。

接下来遂由"调元手"而引出前代著名宰相："周公礼乐未制作，致君姚宋也不恶。"周公制作礼乐，开启华夏三千年礼仪之邦，后世无人能及；姚崇、宋璟辅佐唐玄宗，成就"开元盛世"，堪称一代名相。诗人拈出这三位宰辅，充分表达出对张商英的期望。意即希望张商英即使不能像周公制作礼乐一样成就一番伟业，但只要能跻身姚崇宋璟的行列，就已经非常不错了。当然，这话反过来讲则是否定蔡京之流的尸位素餐，无所作为。历代诗家对这两句评价极高，宋代胡仔就认为"此语善于讽诵，当而有理"。明人瞿佑也称许其"词有轻重，要当如是"。无怪乎唐庚政敌会抓住此诗大著文章了。

"向来两公拜相年，民间斗米才四钱"。两公，指姚崇、宋璟，末两句以开元盛世的升平景象作结，明写姚宋，实则饱含对张商英的期许，也由衷流露出对张商英的崇敬。以此戛然划断，余音袅袅，耐人寻味。

此诗大张旗鼓地为张商英拜相歌功喝彩，实际上也是唐庚在当时政坛党争中的一次站队。尽管对张的对立面不置一词，但假借天象来说事，以彗星的"收锋如秃帚"来隐喻当政者，则明眼人一看便知，而将张商英比作姚宋，则更让政敌切齿嫉恨。可以说唐庚在写下此诗的同时，实际上已埋下了贬谪的祸根，这也是唐庚政治上不成熟的表现。写下此诗后不到半年，唐庚便直贬惠州，时间的急促，事件的突然，确实让人始料不及。千载后读之，不由人不替他叹惋。

此诗体例上采用歌行体，平仄交替换韵，铺陈中间以描写，议论中融入抒情，挥洒自如，褒贬分明，皮里阳秋，颇见特色。然颂张则过分拔高，有失公允。前人认为此诗实唐庚仕途转折的分水岭，确为的论。

白　鹭

说与门前白鹭群，　　也宜从此断知闻[1]。
诸公有意除钩党[2]，　　甲乙推求恐到君[3]。

注释：

〔1〕知闻，交往、交结，杜牧《宣州留赠》"为报眼波须稳当，五陵游荡莫知闻"。

〔2〕钩党，语出《后汉书·孝灵帝纪》："制诏州郡，大举钩党。"意即相互牵引为同党。

〔3〕甲乙推求，指由甲牵引到乙，再由乙牵连到丙，形容株连之广。

赏析：

此诗作于唐庚编管惠州期间，题为白鹭，实则直接抒发对当权者的愤激之情。

要读懂这首小诗，必须先弄清当时的一段时代背景。

据宋史本传，唐庚为宰相张商英举荐，升任提举京畿常平仓（主管京师粮政官员）。蔡京执政后，遵徽宗清除朋党之旨，定司马光、文彦博、吕公著等一百二十人为"元祐奸党"。由徽宗书写刻石元祐党人碑立于端礼门外。已死者除名，存者贬斥边远。后又将元符末年以来反对新法者三百零九人（包括张商英）合为一籍，刻石朝堂，打入另册。唐庚为张商英所荐，自然受到株连，被贬岭南，滞留六年而不得返。诗中所谓"诸君有意除钩党"即隐射此段公案。

"说与门前白鹭群"，首句即突发奇想，从白鹭落笔。其实白鹭只是一种水鸟，与人世何涉？这就不能不令人想起唐庚当时的处境。其时他正编管惠州，为避免招惹是非，鲜与他人来往，过着"世味门常掩，日长如小年"（《醉眠》）的幽居生活。白鹭不晓人事，诗人却有话要对它们说，真奇之又奇！究竟要说什么呢，自然引出下句。

次句"也宜从此断知闻"。"宜"，应该。"断知闻"，断绝交往，老死不相往来也。这一句诗人告诫门前白鹭：从今以后，你们决不要再和我这个戴罪之身有丝毫的来往。

要白鹭和人断绝来往，亏诗人想得出来！

诗的前两句构思新颖，以看似荒诞的人鹤对话，巧设悬念，为下文蓄势。

第三句"诸公有意除钩党"，"诸公"指当朝执政者，语带讥锋，意含轻蔑。"有意"，刻意为之也。此句为全诗关眼，正面揭露当权者正处心积虑，罗织罪名，株连政敌，无所不用其极。这一句一反诗人其他诗作的含蓄蕴藉，直截了当，喷发胸中郁积已久之愤激，如匕首投枪，直击要害。

结句"甲乙推求恐到君"，水到渠成，揭开悬念，照应开头。全句谓若按照当局从甲求乙，由乙求丙的方式类推，由屋及乌，恐怕连自己门前的白鹭也难逃厄运吧。这样看来，诗的开头两句诗人与白鹭寓言式的对话也就顺理成章，不难理解了。这种看似无理，实则入情的联想，深刻鞭挞当局者清除异己株连之广，可谓入木三分！

细读唐庚这首《白鹭》，与同列为元祐党人，诗人的前辈同乡苏轼的《次韵答邦直、子由》诗的结尾有异曲同工之妙。苏诗"闻道鹓鸾满台阁，网罗应不到沙鸥"。采用顺手牵羊，正话反说，以调侃之语气泄愤。此诗则匠心独运，以寓言式的夸张予当政者以辛辣讽刺，读来痛快透辟，值得细细把玩体味。

南　迁

去去宽乡托此踪[1]，　　闹中无地顿衰翁[2]。
未诛绮语犹轻典[3]，　　更赐罗浮有此功[4]。
蝦菜贱时皆丙穴[5]，　　茅柴美处即郫筒[6]。
著鞭要及春前到，　　趁赋梅花庾岭东[7]。

注释：

〔1〕去去，越走越远。宋柳永《雨霖铃》："念去去千里烟波，暮霭沉沉楚天阔。"宽乡，隋唐授田制，以田多人少处为宽

乡，田少人多处为狭乡。《新唐书·食货志》："田多可以足其人者曰宽乡。"

〔2〕阓中，本指繁华的闹市，此处代指富庶的中原地区。顿，安顿。

〔3〕绮语，本佛家用语，多指文饰和不实之辞。引申为华丽的诗句。苏轼《次韵僧潜见赠》："多生绮语磨不尽，尚有宛转诗人情。"轻典，指处罚从宽的法律。《周礼·秋官·大司寇》："刑新国用轻典，……刑乱国用重典。"

〔4〕罗浮，即罗浮山。在惠州境内，有岭南第一山之称。

〔5〕蝦菜，普通鱼蝦的泛称。杜甫《赠韦七赞善》："洞庭春色悲公子，蝦菜忘归范蠡船。"丙穴，在陕西略阳县境内，产嘉鱼，齐口裂纹，味极美。杜甫《将赴成都草堂途中有作，先寄郑公》："鱼知丙穴由来美，酒忆郫筒不用酤。"

〔6〕茅柴，村酿薄酒，亦称"茆柴"。苏轼《歧亭》："几思压茆柴，禁网日夜急。"郫筒，竹制之盛酒容器，原产四川郫县，故称"郫筒"。此处代指美酒。李商隐《因书》："海石分棋子，郫筒当酒缸。"

〔7〕庾岭，即大庾岭，五岭之一。在今江西与广东交界处．唐张九龄守粤时广植梅树，故又称梅岭。

赏析：

徽宗大观四年（1110），张商英罢相贬知亳州，唐庚为商英所荐，又因《剑州道中见梅花盛开而梅花犹有存者》一诗而得罪权贵，不久即坐贬广东惠州。此诗大致作于贬谪上路之前，时间应在大观四年（1110）冬。

首联"去去宽乡托此踪，阓中无地顿衰翁。""去去"，渐行渐远也，"托此踪"，将自己托付给岭南荒蛮之地也。正面点题，直陈南迁也。次句深入一层，谓偌大的中原大地，竟然安顿不下我这个衰病之身。愤懑之情，溢于言表。这一句令人想起清代诗人毛震寿悼唐代诗僧可朋的名句"六合飘然一孤客，可怜无地著斯人"。

接下来"未诛绮语犹轻典，更赐罗浮却有功"却宕开一笔，以调侃之语气，以正话反说的方式发泄对朝廷的不满。"未诛绮语"从语意上讲应为"绮语未诛"，将"未诛"前置以表强调。"更赐罗浮"运笔委婉，很值得玩味。不说贬斥到惠州，而曰"更赐罗浮"，以故作轻松之笔触曲折地表达诗人对权贵的蔑视与抗争。全句谓自己因写诗而获罪，皇上不仅不加诛，反而法外施恩，从轻发落，更将罗浮山赏赐于我，让我能天天面对岭南第一名胜，细想起来，这应该算是绮语的功劳吧。其潜台词是：你们不是要把我贬斥岭南吗？我倒是要谢谢你们，把罗浮山赏赐于我，真是功劳大大的！

人生有顺境，也有逆境。顺境时春风得意，"锦衣玉食不足贵"；逆境时人穷马瘦，粗茶淡饭甘如饴。此人之常情。颈联即由此生发。"蝦菜贱时皆丙穴，茅柴美处即郫筒。"这一联化用工部"鱼知丙穴由来美，酒忆郫筒不用沽"。用典不露痕迹，而赋于其新意。全句言人处于贫贱时，即便是平平常常的鱼蝦，也会觉得像丙穴鱼那样鲜嫩可口；饥渴之时，哪怕是劣质的村酿茅柴，喝到兴致处，简直就似品匜郫筒一样甘美异常。

这两句写法上极似王勃《滕王阁序》中的"酌贪泉而觉爽，处涸辙以犹欢"。诗人面对打击与迫害，其心境之坦然与旷达，跃然纸上矣！这一联实为全诗精警所在。

惟其如此，诗人不仅不视此次南迁为畏途，反而看作是人生的一段新旅程，渴望早日到达也。行文至此，顺理成章，自然引出尾联。

"著鞭要及春前到，趁赋梅花庾岭东。""著鞭"，快马加鞭也，"要及春前到"，可见心情之急切。大庾岭以南，唐宋时均为边远荒蛮之地，一入岭南，便与中原隔绝，遥望关山万重，从此归期难测。瞻念前途，往往不寒而栗。故迁客骚人，一过岭南，情不能已，免不了感赋伤怀。最著名的莫过于宋之问的《过大庾岭》："度岭方辞国，停轺一望家。魂随南翥鸟，泪尽北枝花。……但令归有日，不敢恨长沙。"可唐庚却一反前人之消沉与悲戚，以刚健明快之笔收束全篇，给全诗涂抹一丝亮色。

值得注意的是，唐庚因咏梅诗而获罪南迁惠州，可此番仍要"趁赋梅花庾岭东"，其中意味，应该不难理解吧。

渡　沔〔1〕

鹤归辽海悲人事〔2〕，猿入巴山叫月明〔3〕。
唯有沙虫今好在〔4〕，往来休并水边行〔5〕。

注释：

〔1〕沔，沔水，汉水上游。《水经注·沔水》："沔水出陕西洛阳县，东南到勉县，西南入汉水。"《尚书·禹贡》："汉上曰沔。"

〔2〕鹤归辽海，旧署陶潜《搜神后记》："有丁令威者，辽东人，学道千年，化鹤而归，集于城门华表柱上。一少年举弓欲射之，鹤即飞去，徘徊于空中言：'有鸟有鸟丁令威，去家千年今始归。城郭如故人民非，何不学仙冢累累。'"按唐庚当年任凤翔教授时曾渡过沔水，其时正年少气盛，春风得意，此番再次渡沔则已沦为逐臣，故借鹤归辽海以寓山川依旧，人事全非之慨。

〔3〕猿入巴山，化用《水经注·江水》："每至晴初霜旦，林

99

寒涧肃，常有高猿长啸，属引凄异，空谷传响，哀转久绝。故渔者歌之曰：'巴东三峡巫峡长，猿鸣三声泪沾裳。'"

〔4〕沙虫，水边浮游生物，此处喻小人。好在，依旧、如故。唐·常建《落第长安》："家园好在尚留秦，耻作明时失路人。"陆游《湖上》"犹怜不负湖山处，好在平生旧钓矶"。

〔5〕往来休并，自由自在。

赏析：

此诗作于南迁途中，盖借渡沔以抒慨也。

"鹤归辽海悲人事。"首句用典。徽宗崇宁三年（1104）唐庚阆中知府任满，调凤州教谕，曾渡沔北工，大观四年（1110）因张商英罢相株连而贬置惠州，此番再次渡沔，自己却已沦为逐臣。旧地重来，"江山依旧在，人事已全非"，能不怆然！故起笔即借鹤归辽海之故事以寄胸中之愤慨也。"悲人事"，寓人事沧桑，曾几何时，同为渡沔，两番境况却迥然各异，能不悲乎？"悲人事"三字，一篇之纲也。

沔水地在湖北，其上游属三巴之地，一路行来，猿声哀鸣，荡人心魄。"猿入巴山叫月明。"明写沿途凄清之景，实则渲染气氛，衬托诗人谪迁途中心境之寂苦。

这一句化用《水经注·江水》中的"巴东三峡巫峡长，猿鸣三声泪沾裳。"顺手牵羊，不露痕迹。不曰"鸣"而曰"叫"，更见心绪之烦乱。

首二句从自身遭遇落墨，运笔婉曲而寄意隐晦，为下文蓄势。

"唯有沙虫今好在，往来休并水边行。"三四句笔锋转写眼前之景。"唯有"，可见江上景物全非，只剩下水边的沙虫，跟上次渡沔一样，逍遥自在，悠然自得，成群结队，往来嬉戏于浅藻之中。

这两句对江上景物不著一字，却将着眼点放在毫不起眼的水边沙虫，以它们的自由自在反衬自己的身不由己，看似闲淡之笔，实则抒发心中之无限感慨，可谓蕴意深沉。

联系到诗人无端获罪，此处的"沙虫"可能另具深意。那就是以沙虫喻小人。暗寓当今朝政，任由群小把持，它们恣意妄为，逍遥自在，而忠直之士却纷纷贬谪而凋零殆尽，好不凄然。

全诗寥寥四句，却涵盖深广，章法奇诡。首句突兀而起，以典故寄寓物是人非之慨；次句活用前人名句，描述迁谪途中之悲苦；末两句信手拈来，明写眼前之景，实则迸发胸中之郁积，取譬生动，平淡中隐见金刚怒目。这在唐庚绝句中，颇为另类。

次泊头〔1〕

何处不堪老，　　浮山倾盖亲〔2〕。
砚田无恶岁〔3〕，　酒国有长春〔4〕。
草木疑灵药，　　渔樵或异人。
近前端有得〔5〕，　丞相未宜嗔〔6〕。

注释：

〔1〕次，暂驻。唐·王湾诗《晚次北固山下》。泊头，唐庚南迁途中所经之地，未详。

〔2〕倾盖，本指车盖。《史记·邹阳传》："白头如新，倾盖如故。"后泛指陌生人。

〔3〕砚田，以砚喻田，指笔耕于书砚之间。恶岁，俗称凶年。指农民因自然灾害而歉收，以致衣食难以为继。

〔4〕酒国，指沉醉于酒中，恍若自由王国。

〔5〕端，表肯定，相当于确实。

〔6〕丞相未宜嗔，此句化用杜甫《丽人行》："炙手可热势绝伦，慎莫近前丞相嗔。"丞相，指当朝权臣。嗔，发怒、生气。

赏析：

此诗作于赴贬所途中之所见所感，表露诗人旷达的情怀，时间当在大观四年岁末。

一般说来，贬谪之人，心情都是沉重的，更何况是关山万重之外的瘴疠之乡，情何以堪？即便心胸开阔如韩愈，在贬谪潮阳的途中就曾留下"一封朝奏九重天，夕贬潮阳路八千。云横秦岭家何在，雪拥蓝关马不前"这样瞻念前途、不寒而栗的悲瑟之句。而唐庚面对如此打击，却一反前人，故作健语。"何处不堪老"，直若横空而来，直击读者眼睑。谓哪里不可以终老此身，惠州又何妨？我这不是也来了吗？起笔化用东坡"青山是处可埋骨"之意，但语带愤激。既是自我宽慰，更富挑战意味。以此统领全篇，引起下文。

"浮山倾盖亲"，浮山指罗浮山，可见诗人此时已渐渐踏入广东境地。行进之间，少不了与路人即兴交谈，虽然彼此间素不相识，却恍若故人相逢，让我这个贬谪之身，倍感亲切。

这一句紧承首句，直叙进入罗浮地区之感受，以民风的淳厚反衬官场之险恶。

"砚田无恶岁，酒国有长春"颔联宕开一笔，生面别开，转而抒写平素之生活情趣。自己常年耕耘于墨砚这方小小的天地，自成一统，丝毫不受外界之纷扰，自然也就免却了像农夫一样，有凶年恶岁的困扰；终日沉浸于酒中王国，"醉里乾坤最大，壶中日月悠长。"物我两忘，悠然自得，不知老之将至矣。"砚田""酒国"，取喻生动，化抽象为有形，尽显诗人之儒雅风流，远绝凡俗。读来情韵盎然，跃然纸上。

诗歌允许词意大幅度跳跃，这两句看似游离于题目之外，实则闲笔不闲，全篇境界，借此升华。人生潇洒如此，外物焉能加害！

颈联笔意拉回正题，续写沿途风物。

"草木疑灵药。"目之所及，大异于中原。即使是一草一木，也让人大开眼界，简直让人觉得是神山灵药。疑，状初见之惊讶；灵药，见品相之迥异。

"渔樵或异人。"下句转写当地山民，偶遇渔父樵夫，大都服饰另类，绝似域外之人。

这一联由草木而到渔樵，言约而意丰，化用陶渊明《桃花源记》而不露痕迹，著力表现岭南风物人情，是对首联"倾盖亲"的进一步深化。

"近前端有得，丞相未宜嗔。""近前"紧承"渔樵"，谓近距离地接触这些山野平民，随兴交谈，亲密无间。的确大有收获。看来，岭南人民不仅不因诗人的特殊身份而排斥、疏远，反到是嘘寒问暖，关爱有加。人尚未到贬所，心已然融入惠州。这与朝廷的冷峻寡恩是何等的鲜明对照，能不欣慰！故由不得从心底迸出一句"丞相未宜嗔"来，调侃作结，意味深长：看到我和当地百姓亲密无间，融成一片，丞相您应该不会生气吧。言外之意，你们大可以禁绝我和当地官员的往来，但我与山野平民的交往接触，你们也奈何不得也。

"丞相未宜嗔"妙化杜甫《丽人行》的结尾"慎莫近前丞相嗔"，语带戏谑，幽默中带敲打，读之令人一哂。

唐庚此首南迁之作，无一毫衰飒哀怨之气，全篇结构迂回深致，颇具匠心。"砚田无恶岁，酒国有长春。"一联，尤为新颖。

长沙示甥郭圣俞[1]

我昔官阆中，　　子时趋长安。
相过日夜饮，　　肯使笑语乾。
但知醒复醉，　　谁问甜与酸。
揽衣步中庭，　　仰首羡飞翰。
誓言早归休，　　慎勿贪高官。
时未有添丁，　　眼前唯木兰。
舅甥一分背，　　日月双跳丸[2]。
哪知十年后，　　相见西江干[3]。
拜起未寒温[4]，　　悲来各浣澜[5]。
我鬓已秃翁，　　尔颜非渥丹[6]。
相从海上去，　　兹事任所难。
陂行白漭漭[7]，　　山宿青攒攒。
人烟小岁后[8]，　　草木深冬完。
昨日次长沙，　　扁舟掠湘滩。
中流遭恶风，　　满衣泼惊湍。
船如箕尾点，　　天作车轮团。
怖畏目敢侧，　　祈祷指频弹。
向非鬼神助，　　几作蛟龙飡。
忠信时可凭，　　圣贤岂吾谩。
勿谓峤南热[9]，　　我清物自寒[10]。
勿忧海邦陋[11]，　　心广身亦宽。
磨刀斫鲸鲙[12]，　　隐几看鹏抟[13]。

努力近药物， 明年理归鞍。
得之两鸿鹄， 龟筒不用钻[14]。

注释：

〔1〕郭圣俞，唐庚外甥，生平不详。

〔2〕跳丸，跳动的弹丸。形容时间过得极快。唐·韩愈《秋怀》："忧愁费晷景，日月如跳丸。"

〔3〕江干，即江边。杜甫《宾至》："岂有文章惊海内，谩劳车马驻江干。"

〔4〕寒温，问寒温之省语，即嘘寒问暖。黄庭坚《寄南阳谢外舅》："相过问寒温，意气驰九衢。"

〔5〕浣澜，形容热泪滂沱。《后汉书·冯衍传》："泪浣澜而雨集兮，气滂沱而云披。"

〔6〕渥丹，形容肤色红润。《诗经·秦风·终南》："颜如渥丹。"

〔7〕陂行，陂，陂塘；陂行指水路也。潺潺，水广大貌。宋玉《高唐赋》："涉潺潺，驰苹苹。"攒攒，丛聚，丛集貌。汉无名氏《咄唶歌》："枣下何攒攒，荣华各有时。"

〔8〕小岁，腊月的第二日。见《太平御览》卷三十三："腊明日谓小岁。"此处泛指深冬。

〔9〕峤南，即岭南。

〔10〕我清物自寒，即心静自然凉之意。此见诗人心胸之旷达也。

〔11〕邦陋，用《论语·子罕》意："子欲居九夷，或曰'陋，如之何？'子曰：'君子居之，何陋之有？'"

〔12〕鲸鲙，鲙，同"脍"，细细切肉。鲸鲙，将大鲸切成肉片。宋·刘克庄《沁园春》："唤厨人斫就，东溟鲸脍，西极龙媒。"

〔13〕隐几，伏靠于几案之上。庄子《齐物论》："南部子綦隐几而坐，仰天而嘘。"鹏抟，大鹏展翅盘旋而上。喻人之奋发有为。语出《庄子·逍遥游》："鹏之徙于南冥也，水击三千里，抟扶摇而上者九万里。"

〔14〕龟筒，龟甲，古代占卜之具。殷商时，卜官用炭火烤炙龟甲，根据龟甲的裂纹以预测吉凶。"龟筒不须钻"谓不必用占卜来预测前途。

赏析：

唐庚南迁途中，与外甥郭圣俞重逢于长沙，悲欣交集，有感而作此诗，抒发诗人处变不惊的旷达情怀。全诗分四段。

"我昔官阆中"至"眼前唯木兰"十二句为第一段。回顾当年与外甥欢聚阆中的情景。那时是"相过日夜饮，肯使笑语乾。但知醒复醉，谁问甜与酸"。酣饮达旦，欢声笑语，不知愁为何物。有时披衣步于中庭，畅谈怀抱，仰望长空，羡鸿鹄之高飞。曾誓言早日归隐，尽享田园之乐；决不贪恋仕途，奢求高官厚禄。记得当时自己还年轻，尚未有男丁，膝下唯有女儿承欢。

这一段追忆当年情景，纵笔酣畅，意象鲜明，历历如在目前，为下文蓄势也。

"舅甥一分背"至"尔颜非渥丹"，以下八句为第二段，叙写谪贬途中与外甥偶然相逢于长沙时的悲怆情怀。"舅甥一分背，日月双跳丸。哪知十年后，相见西江干。"叙阆中一别，天各一方，岁月如跳丸之速，转眼竟是十年，再次重逢，竟是在西江之边，而我已是戴罪之身，追想当年事，情何以堪！"拜起未寒温，悲来各潸澜。"还来不及嘘寒问暖，各自早已悲从中来，泪如雨下了。"我鬓已秃翁，尔颜非渥丹。"四目相顾，当年风华正茂的舅舅已苍颜秃发，垂垂老矣；而昔日的少年才俊，也不复当年的丰采了。

　　这一段写十年后的重逢，岁月的煎迫，更兼特定的环境，自己特殊的身份，情势急转直下。与首段形成强烈落差。从而营造出一种浓烈的悲情色彩。"拜起未寒温，悲来各浣澜"摹写细节，极为传神。

　　"相从海上去"至"圣贤岂吾谩"，以下十八句为第三段，叙一路的艰险。这一段又分为两层："相从海上去，兹事任所难。陂行白潦潦，山宿青攒攒。人烟小岁后，草木深冬完。"为第一层，瞻望前路，水远山遥，更兼天寒地冻，草木凋零，舟行夜宿，万般艰难。"昨日次长沙"以下为第二层，追述前一天所经历的风险："中流遭恶风，满衣泼惊湍。船如箕尾点，天作车轮团。"再现当时情景，可谓惊心动魄。"向非鬼神助，几作蛟龙湌。"写劫后余生的后怕与庆幸。末两句为心理按摩，"忠信时可凭，圣贤岂吾谩。"将此番转危为安归结为存忠信，敬圣贤，体现了诗人的儒学风范，而正是因为秉持这种理念，并以之作为心灵的药方，故在面对突如其来的打击能够处变不惊，坦然直面。"忠信时可凭，圣贤岂吾谩。"隐见自得也。

　　"勿畏峤南热"以下十句为第四段。

　　"勿畏峤南热，我清物自寒。勿忧海邦陋，心广身亦宽。"这四句既是对外甥的鼓励，亦是自勉，可见诗人心胸之旷达。"磨刀斫鲸鲵，隐几看鹏抟。"隐几，靠着几案。谓磨砺心智，等待时机。这两句透露出诗人身处逆境，仍壮心不已。"努力近药物，明年理归鞍。得之两鸿鹄，龟筒不须钻。"结尾勉励外甥努力调理身体，保持信心，期待不久的将来，定能像鸿鹄一样，翱翔九天，完全用不着灰心丧气，用龟甲来占卜前途。

　　结尾一扫阴霾，读来为之一振。

　　此诗叙甥舅重逢，却不从重逢说起，而将昔年欢聚情景置诸卷首，继而续写重逢的悲戚，予读者以心灵的撞击，此是一跌；接下来叙一路之艰辛后，再回头追述前日的险境，此又一跌；结尾互勉，如飞瀑探底而高扬，提振全篇，笔势腾挪而又层次清楚。叙事中抒情浓郁，亦不乏细节描写，通篇不用典，絮絮道来，如叙家常，读来富于感染。全篇悲而不伤，抑而后扬，充分体现出诗人身处险境而波澜不惊的坦然与淡定。

张曲江铁像诗[1]

开元太平久[2]，　　错处非一拍[3]。
就令乏贤人，　　何至相仙客[4]。
直道既凋丧，　　曲江遂疏斥。
汲黯困后薪[5]，　　贾生罢前席[6]。
金鉴束高阁[7]，　　铁胎空数尺[8]。
妙处难形容，　　英表良仿佛[9]。
摩挲许国姿[10]，　　尚想立朝色。
同时反弃置，　　异代长叹息。

注释：

〔1〕张曲江，即张九龄（673－740），唐韶州曲江（今广西韶关市）人，故后世又称"张曲江"。玄宗朝重臣，开元间任中书侍郎同中书门下平章事（宰相）。曾向玄宗进《金鉴录》言古今兴废之道，并请诛安禄山，不听。后为李林甫排挤，罢相，卒谥"文献"。有《曲江集》二十卷传世，新旧唐书有传。

〔2〕开元，唐玄宗李隆基年号，即713－741年。

〔3〕一拍，拍，处也；一拍即一处。

〔4〕相仙客，仙客，即牛仙客。张九龄罢相，玄宗任仙客为

工部尚书、同中书门下事。史载："仙客既居相位，……唯诺而已。百司有所咨决……不敢措手裁决。"

〔5〕汲黯，西汉武帝时鲠直之臣，字长孺，濮阳人。据《史记·汲郑列传》："始黯列为九卿，而公孙弘、张汤为小吏。及弘、汤稍贵，黯褊心，……见上，前言曰：'陛下用群臣如积薪耳，后来者居上。'上默然。""困后薪"，为积薪所困扰。（积薪，堆放木柴，前面的压在底层，最后的反而堆放在上面。比喻后来者反而身居高位）。

〔6〕贾生，即贾谊（前201－前169），西汉时大文学家，洛阳人。罢前席，见《史记·屈原贾生列传》："汉文帝方受厘，坐宣室。上……问鬼神之本。贾生因道所以然之状。至夜半，文帝前席。既罢，曰：'吾久不见贾生，自以为过之，今不及也。'居顷之，拜贾生为梁怀王太傅。"此处指贾谊虽有大才，却遭到疏远。

〔7〕金鉴，即《金鉴录》。见注释〔1〕。

〔8〕铁胎，指张九龄铁像。宋时为缅怀张九龄，特在韶州铸其铁像，以供后人瞻仰。

〔9〕良，很、甚、极其。《水经注·三峡》："清荣峻茂，良多趣味。"

〔10〕许国，以身许国（预先答应将生命献给国家）。《南史·羊侃传》："吾以身许国，誓死行阵，终不以尔而生进退。"

赏析：

这是一首咏史诗，借张九龄铁像抒发对时事的感慨。

大观四年，唐庚贬斥惠州时途径韶州，目睹张九龄铁像，感触良多。全诗明写张之贬谪，小人当道，开元盛世衰败而最终导致"安史之乱"，实则隐射北宋徽宗重用奸佞（如蔡京之流），排挤打击贤才，透露对时局的隐忧，寄寓很深。联系到北宋末的"靖康之变"，不能不佩服诗人的先见之明。

全诗共十六句，分为两层，前八句为第一层。

"开元太平久，错处非一拍。"首二句撇开张曲江铁像，先从"开元盛世"说起，唐玄宗继位之初，励精图治，锐意进取，任姚崇、宋璟为相，吏治清明，到开元年间唐王朝国力达到极盛。之后玄宗奢侈之心渐起，任用牛仙客、李林甫为相，导致吏治败坏，中央软弱，边将割据等隐患，最终造成"安史之乱"，唐王朝从此江河日下，一蹶不振。全诗由此生发，全句谓开元盛世，国家承平日久，种种危机，潜滋暗长，绝非一处两处。此二句实为全诗总纲，自然引出下面六句的议论。

三四句直斥玄宗用人不当。"就令"，纵使也。谓即便当时贤才匮乏，但无论如何，也不至于让牛仙客这样的宵小之辈担任宰辅大臣。"直道"由此凋零沦丧，像张九龄这样的忠直之士当然也就免不了被疏远和贬斥的命运了。接下来"汲黯"两句则引前朝典故，汉武、汉文皆一代英主，可汲黯仍为"后薪所困"，贾谊更惨，贬谪长沙，英年早逝。治世尚且如此，遑论当今？这样写，将张九龄的遭际延伸开去，更推进一层，颇耐人寻味。

"金鉴束高阁"以下八句为第二层，正面摹写铁像。

"金鉴束高客，铁胎空数尺。""束高阁"即"束之高阁"，弃置不用也。既然富于远见卓识的良策都被弃之高阁，那么，把他的塑像铸造得高达千尺又有何意义呢？"空"字寄寓无限感慨与惋惜。接下来四句由"摩挲"而浮想联翩，细抚铁像，惟妙惟肖，难以形容，当年的英姿仪态宛若眼前，想到他以身许国的精神，他当年昂首朝堂，慷慨陈辞的威仪恍如昨日。"许国姿""立朝色"，用语新生，如见其人，如闻其声，传神之至。字里行间，无不尽渗诗人对张九龄的敬佩与缅怀。

末两句由铁像而生联想。"同时反弃置，异代长叹息。""弃置"即弃而不用（照应"金鉴束高阁"）虽属异代，但同为弃置，张九龄尚且如此，何况我辈？结尾归结到自身遭遇，卒章见意，令人深思。

此诗借张曲江铁像说事，言在此而意在彼也，通篇以议论为主，纵论前朝得失，借古讽今。结尾以异代同时绾结，耐人寻味。

初到惠州

卢橘杨梅乃尔甜，　　肯容迁谪到眉间[1]。
因行采药非无得，　　取足看山未害廉[2]。
辩谤若为家一喙[3]，　　著书不直字三缣[4]。
老师补处吾何敢[5]，　　政为宗风不敢谦[6]。

注释：

〔1〕眉间，犹言眼前。宋·蔡襄《钱塘题壁》："绰约新娇生眼底，侵寻旧事上眉间。"

〔2〕取足，充分取得。三国·魏·嵇康《答辩难宅无吉凶摄生论》："若命之成败，取足于信顺。"唐·韩愈《记宣城驿》："于太傅迁宜县城，……林木取足此林。"害廉，即"伤廉"，古诗文用词，意思是伤害廉洁。《孟子·离娄·下》："可以取，可以无取，取伤廉。"宋·杨万里《题赵昌父山居八咏之七》："犹言贫到骨，不悟取伤廉。"

〔3〕一喙，喙，本指鸟兽的嘴。一喙，此处指一口食。谤，恶意攻击别人；辩谤，辩白他人无中生有的恶意攻击。宋·邵雍《辩谤诗》："谤者古来有，犹能杀九人。"

〔4〕直，通"值"。缣，《说文》："缣，双丝之缯。"古诗

《上山采蘼芜》："新人工织缣，故人工织素。"

〔5〕老师，指苏轼。补处，佛家语，谓前佛灭度后，后来的菩萨成佛而补其位。亦指前贤曾到过之处。因苏轼亦曾贬谪惠州，故曰老师补处。宋·陆游《高斋小饮戏作》："白帝夜郎俱不恶，两公补处得凭栏。"

〔6〕宗风，原指佛教各宗派系列特有的风格、传统，多用于禅宗。有时也用以泛指道教或文学艺术各流派独有的风格和思想，此处取后者。政，通"正"。《说文》："政，正也。"

赏析：

岭南盛产荔枝、杨梅，苏东坡就曾留下过"日啖荔枝三百颗，不辞长作岭南人"的诗句。作为苏轼的小同乡，他对苏轼的崇敬是发自骨子里的，故对于前辈谪居之地自然会生出一种特殊的感情与共鸣。全诗由卢橘杨梅说起，抒发对苏轼的景仰之情。

"卢橘杨梅乃尔甜，肯容迁谪到眉间。"起首二句即化用苏轼《食荔枝二首》中的"罗浮山下四时春，卢橘杨梅次第新"诗意。乃尔，竟然如此，眉间本指眼前，但此处隐含眉头舒展之意。全句谓初到惠州，没想到卢橘杨梅竟然如此之甜，让我这个难得一笑的迁谪之身心情格外舒展，平日紧锁的眉头也因为开心而绽放开来。

首联明写卢橘杨梅，实则隐寄对苏轼的怀念。

三四句正面描述谪居生活。"因行采药非无得"，因，凭借；非无得，谓收获颇丰。靠着经常采药，既调理了身体，舒活了筋骨，又愉悦了身心，自然是收获多多。"取足看山未害廉"，取足，此处当尽兴讲，谓平日里纵兴山水，陶冶情怀，该不会伤害廉洁吧。

本来"看山"与"廉"毫无关涉，然先插入"取足"，则"廉"字有根，可见构思之妙。"未害廉"，语带机锋，有所针对。

以唐庚迁谪之身份，何来廉不廉之说，可见监管之严苛。此句的潜台词是，我整日寄情山水，该不会招惹谁了吧。

这一联抒写谪居生活，写得充实而饶有兴味，体现了诗人乐观的生活取向和高雅的情调。

五六句笔调转为沉重。"辩谤若为家一喙"，家一喙，此处指全家衣食。唐庚因诗而得罪权贵，迁谪岭南，但为了一家人的生计，只好忍辱负重，任由宵小之辈诽谤，辩而无益。"家一喙"，含种种无奈。"著书不直字三缣。"著书立学，换不来三尺缣丝，以抵御风寒。这一句点明自己儒者身份，语带牢骚，是对"儒冠多误身"的具体诠释。

这一联上句写政治上的微妙处境，下句写生活的窘迫，与上联"因行采药""取足看山"形成鲜明对照，其中玄妙，读者自知。

尾联笔锋再回溯到苏轼："老师补处吾何敢。"谓惠州乃老师到过的地方，曾处处留有墨迹，让我望而生畏，岂敢提笔？这一句化用太白的"眼前有景道不得，崔颢题诗在上头。"而不露痕迹，"政为宗风不敢谦"，但转念一想，正因为您是我景仰的前辈，今天有幸踏上您留满足迹的地方，我这个同一宗派的小同乡，又怎能过分谦恭，不留下一点文字呢？末句俨然以苏门后学自居，隐见自负。

尾联以崇敬之口吻，绾结全篇，并呼应开头。

特别值得一提的是，尽管唐庚视苏轼为同门宗师，推崇有加，但从诗的风格上看，两人却大相径庭。苏轼诗如行云流水，行于所当行，止于不可不止，诗风豪迈潇洒；唐庚则刻意锻炼，几近苦吟。不止唐庚，即使像被誉为苏门四学士之黄庭坚与秦观，也无一人真正续承了苏轼的衣钵。这大概只能归结到天赋的差异吧，学杜可以，李白、东坡是谁也学不来的。

此外，此诗在用韵上亦体现出较高的技巧。"甜""间""廉"

113

"缣""谦",典型的窄韵,但唐庚写来却从容自然,全无生硬之迹。清代纪晓岚在《四库提要》便称赞此诗"押韵甚巧"。

谢人送酒

世情不到海边村,　　载酒时来饷子云[1]。
便欲醉中藏潦倒[2],　　已将度外置纷纭。
细想扰扰胶胶事[3],　　政坐奇奇怪怪文[4]。
唤取鱼翁传杓饮[5],　　渐令安习故将军[6]。

注释:

〔1〕饷,给田间劳作之人送饭。唐·白居易《观刈麦》:"相随饷田去,丁壮在南岗。"此处引申为款待。子云,西汉学者扬雄,字子云,蜀郡成都人。与诗人为异代同乡,此处诗人以扬雄自况。唐庚子文若《书先集后》:"君尝谓所知曰:'后世有扬子云,此复何憾!'"可证。

〔2〕潦倒,颓丧,失意。唐·沈传师《次谭州酬唐御史》:"嗟余潦倒久不利,忍复感激论元元。"

〔3〕扰扰胶胶,形容世事之纷乱繁杂,难理其头绪。

〔4〕政坐,政,通"正"。《说文》:"政,正也。"坐,因为。唐·杜牧《山行》:"停车坐爱枫林晚,霜叶红于二月花。"

〔5〕唤取,呼唤、招呼。杜甫《江畔独步寻花》之四:"谁能载酒开金盏,唤取佳人舞绣筵。"传杓,杓,杓子;引申为酒杯。传杓即传杯。

〔6〕安习,对环境的安适习惯。《荀子·儒效》:"工匠之子

莫不继事，而都国之民安习其服。"故将军，用典。《史记·李将军列传》："（广）常夜从一骑出，从人田间饮。还至霸陵亭，霸陵尉醉，呵止广。广骑曰：'故李将军。'尉曰：'今将军尚不得夜行，何乃故也！'止广宿城下。"此处唐庚以闲居的李广自拟。

赏析：

此诗为初到惠州时所作，盖借友人送酒以抒慨也。

"世情不到海边村，载酒时来饷子云。"首联开篇点题。世情，指世俗的势利之情；海边村，形容地之僻远；时来，时时来，盖非指一次也；子云，诗人自况。全句言惠州地极偏远，民风淳朴，全无趋炎附势之气，对我这个贬谪编管的异乡人，不仅不嫌弃，反倒是热情有加，时不时送酒过来，殷勤款待，很令我感动。

应该说诗人初到蛮荒之地，且又是戴罪之身，心境落寞，可当地村民却如此友善，如此盛情，这是唐庚始料未及的。这恰如大旱之逢甘霖，炎夏之沐清风，其欣慰可想而知。故形诸笔端，尽显潇洒、轻快，尤其"饷"字，写尽惬意矣！

对此佳酿，能不举盏忘情？故颔联紧承送酒，呼之即来。"便欲醉中藏潦倒，已将度外置纷纭。"藏，暂时忘却；潦倒，指政治上遭受打击后的颓废与失意；纷纭，喻世事的纷繁复杂；度外置纷纭，将纷纭置之度外也。当此美酒佳客，正好开怀畅饮，浮一大白，什么仕途的塞险，个人的困顿，人事的纷繁，宵小的谣诼，统统置之脑后，只须一醉可矣！

这一联，"潦倒"状自身之困顿，"纷纭"见人事之险恶；诗人借酒以浇灭胸中之块垒，以醉来蔑视权贵。"藏潦倒""置纷纭"，洒脱中隐见苦涩。"便欲""已将"两个副词恰到好处，尽显对饮的畅快，语意蕴藉而极富情韵。

颈联转入自己遭受贬谪的反思。

　　"细想扰扰胶胶事"，细想，回过头来冷静思之也；扰扰胶胶，状事情的纷纭莫测，杂乱如麻，难理头绪。"政坐奇奇怪怪文"，奇奇怪怪，状其奇诡怪异也。全句谓现在回头细细推究，自己之所以遭此横祸，全都是那些自以为是的诗文给了那些小人以口实。

　　颈联反躬自责，其实"欲加之罪，何患无词"？树欲静而风不止。"扰扰胶胶""奇奇怪怪"，隐见端倪。

　　尾联重回正题。"唤取渔翁传杓饮。"唤取，高声呼唤，状酒酣耳热，心情之放纵也；渔翁，点明送酒人之身份；传杓饮，传杯把盏，一醉方休也。这一句描写饮酒场面，酣畅而热烈，与老杜"隔篱呼取尽余杯"意境极为相似。

　　"渐令安习故将军。"末句化用汉飞将军李广故事，表达自己已习惯于贬所的环境，渐渐忘却其谪官身份，与惠州父老融成一片了。

　　全诗以送酒始，以欢饮结，抒发诗人随缘自适，乐观放旷的情怀，风格俊朗，结尾以典收笔，意味深长。

次张天觉见赠韵〔1〕

别公归去养天和〔2〕，见说清朝士已多〔3〕。
裾舍登门何处曳〔4〕，顶缘受记昔曾摩〔5〕。
几时傅说曾调鼎〔6〕，去岁成汤已解罗〔7〕。
会引鉴湖为故事〔8〕，要从英主乞三峨〔9〕。

注释：

〔1〕张天觉，即张商英，字天觉，蜀郡新津人。徽宗时曾任宰辅，后被蔡京构陷，贬崇信军节度使，衡州安置。

〔2〕养天和，天和，谓自然祥和之气。语出《庄子·知北游》："若正汝形，一汝视，天和将至。"时商英年近七十，养天和，谓退居以颐养天年也。苏轼《和寄天选长官》："虚怀养天和，肯狥奔走闹。"

〔3〕清朝，指朝政清平。苏轼《故求承之待制六丈挽词》："清朝竟不用，白首仍忧时。"

〔4〕裾舍登门，用典。《汉书·邹阳传·狱中上吴王书》："饰固陋之心，则何王之门不可曳长裾乎?"裾，大襟；曳裾登门，谓受人提携以仕进。李白《行路难·二》："弹剑作歌奏苦声，曳裾王门不称情。"

〔5〕受记，佛家语，即受戒。传说释迦牟尼授法与摩诃罗，曾用右手摩其头顶。昔曾摩，谓当年曾蒙张商英赏识、提携。

〔6〕傅说，殷朝贤相，相传曾筑版于傅岩之野，殷王武丁闻其贤，任以为相，遂有一代中兴。此处以傅说喻张商英。调鼎，

117

本指烹调祭祀之羹，喻宰相调理朝政。唐·孟浩然《都下送卒大之鄂》："未逢调鼎用，徒有济川心。"

〔7〕成汤，商王朝的建立者。解罗，解除罗网。传说成汤狩猎时网开三面，后世以之喻解除党禁。

〔8〕鉴湖，又称鑑湖、镜湖，位于浙江绍兴西南郊。唐代大诗人贺知章告老还乡，唐高宗赐他"镜湖剡溪一曲。"

〔9〕三峨，即蜀中大峨、二峨、少峨，此处代指唐庚故乡。

赏析：

张商英对于唐庚来说，有见赏之恩，唐庚亦因张而遭贬。其间张曾以诗勉励，唐庚依韵奉和，通篇尽显对张商英的崇敬和期待。

"别公归去养天和"，首句用曲笔，暗指一段史实，大观四年，张商英为蔡京构陷，贬崇信军节度使，安置衡州，等同变相管制，不明言贬谪而曰归养天年，刻意为尊者讳也。

张商英罢相，自然是"一朝天子一朝臣"，朝廷格局大变，故次句笔意自然转到对当今朝政的议论。

"见说清朝士已多。"这一句"见说"大有玄机。其时唐庚远在惠州，朝廷格局之变化不可能亲眼目睹，故只能是道听途说，此其一；唯其道听途说，其真实性当然须大打折扣，此其二。清朝，谓朝政清平；士已多，谓人才荟萃，济济一堂。

这一句语带机锋，实则暗讽当今朝廷已为一群宵小之徒把持，所谓"清朝""士已多"，须从反面理解。鉴于诗人身份的敏感，故措辞尤为隐晦曲折也。这一联既有对张商英被贬的不平，而更有对当朝执政者的不满，不细读则不足以察诗人之苦衷也。

"裾舍登门何处曳，顶缘受记昔曾摩。"颔联笔锋一转，叙及当年张对自己的垂爱和提携，这一联连用二典，含蓄地表明心迹：正是因为拽着您的裾裾我始得一登朝堂，您的垂爱更似摩顶受戒一样让我终生铭感。

　　这两句语极谦恭，词极恳切，在张商英正遭受打击的情势下依然能如此崇敬有加，更显得难能可贵。

　　五六句推进一层，表现对张商英的期许。"几时傅说曾调鼎，去岁成汤已解罗。""去岁"句又暗指一段史实，张商英贬置衡州后，京师太学诸生齐诵其冤，蔡京震怒，准其生活自便。"解罗"即隐射其事。全句谓自去年以来，朝廷已对先生稍稍放宽禁令，相信不久之后，您将东山更起，重新执掌朝廷。

　　这一联连用二典，以殷朝贤相傅说来暗喻张商英，可见其评价之高，"几时"又见期盼之切。

　　颔颈二联，在写足了对张商英的敬佩之情后，笔触再落脚到自身。"会引鉴湖为故事，要从明主乞三峨。"明言自己此生无复他求，唯盼圣主能仿照前代贺知章的故事，早日恩准我归隐故乡，能终日面对峨山的秀丽风光。

　　其实此时唐庚正编管惠州，归期渺茫。这两句暗含希冀，期待张商英重返朝廷后能对他施以援手。

　　此诗用典极多，盖皆缘于其时二人之特殊身份，故不得不婉曲以诉衷肠也。个中滋味，须细细咀嚼方可领会。

蜜　果〔1〕

臣闻失旦鸡〔2〕，	已晓犹强鸣。
书生坐口穷〔4〕，	抵死输血诚〔3〕。
岭南贡蜜果，	海道趋彤庭〔5〕。
黄蜂乐受职，	紫凤助扬舲〔6〕。

忠勤虽云至，	思虑良未精。
由来瘴疠乡，	不识霜雪清。
土风不待讲，	气象昏如醒。
杭稻杭稻熟，	水泉水泉腥。
而况野果实，	岂是奉圣明。
未论体性殊，	已觉面目生。
食之尚有补，	劳者甘如饧[7]。
政恐无裨益，	所出非和平[8]。
上林宁少此[9]，	下箸安可轻。
轩辕尝百毒[10]，	上古杂神灵。
武王嗜鲍鱼[11]，	几谏仗老成[12]。
刍荛复何有[13]，	葵藿但自倾[14]。

注释：

〔1〕蜜果，水果名，生长于岭南，宋时为贡品之一。具体不详。

〔2〕失旦鸡，报晓失准之鸡，喻犯罪之臣。《三国志·吴志·周瑜传》："使失旦之鸡，复得一鸣；抱罪之臣，展其后效。"

〔3〕输，吐露，献纳。《三国志·蜀志·刘备传》："尽力输诚，奖励六师，……以宁社稷，以报万分。"

〔4〕坐口穷，坐，因为；指因说话不慎而获罪。

〔5〕彤庭，即宫廷。汉代皇室以朱色漆中庭，故称。汉·班固《西都赋》："于是玄墀扣砌，玉阶彤庭。"

〔6〕黄蜂、紫凤，盖指押送蜜果船只上象征皇家之图案。唐·李商隐《碧城》："紫凤放娇衔楚佩，赤鳞狂舞拨湘弦。"舲，即船。屈原《涉江》："乘舲船以上沅兮，齐吴榜以击汰。"

〔7〕饧，饴糖。唐·白居易《清明日送韦侍御贬虔州》："留饧和冷粥，出火煮新茶。"

〔8〕和平，温和、平和。《荀子·君道》："血气和平，志意广大。"

〔9〕上林，汉代皇家园林，司马相如曾因之写《上林赋》以状其富丽珍奇，此处泛指皇家园林。

〔10〕轩辕，即轩辕黄帝。按此句盖诗人笔误，史载只有神农尝百草，而无轩辕尝百草之说，故似应为"神农"。

〔11〕武王嗜鲍鱼，见汉·贾谊《新书》："周太子发嗜鲍鱼，太公望曰：'鲍不登于俎，安有非礼之物可养太子哉?'"意即鲍鱼从不用于祭祀，故太子不宜食用这种不合礼仪的食物。此句以太公望（姜子牙）劝谏武王不应食鲍鱼的典故，隐喻不应将蜜果作为贡品以敬奉圣明。

〔12〕老成，指年高而有德之人。宋·黄庭坚《司马文正公挽词》："元祐开皇极，功归用老成。"

〔13〕刍荛，砍柴的人。《诗经·大雅·板》："先民有言，询于刍荛。"后引申为草野之人。后人常以"刍荛之言"作向人陈说的谦辞。

〔14〕葵藿，此处偏指葵。葵性向阳，故古人多用以比喻下对上的赤心忠诚。魏·曹植《求通亲表》："若葵藿之倾叶太阳，虽不为之回光，然终向之者，诚也。"

赏析：

珍奇入贡，古已有之，而宋代尤盛。诸如花石、锦绣、时鲜、异果，更是名目繁多，风气炽烈，搞得民生凋敝，民怨沸腾。苏轼就曾写过《荔枝叹》予以辛辣讽刺。唐庚此诗亦针对此事而大发一番感慨，可见其对国事民生的关注也。

"臣闻失旦鸡，已晓犹强鸣。书生坐口穷，抵死输血诚。"起首四句，交代作诗的缘起。失旦鸡，喻自己戴罪之臣的尴尬身份。诗人因言论不合时宜而得罪权贵，以致贬窜岭南，本该谨言慎行，处处小心。但出于内心的忠诚，有些话也不得不吐露出来，哪怕因此而再度获罪也在所不惜。"抵死输血诚"寥寥五字，重若千钧，充分体现了唐庚即使身处逆境，仍心忧社稷的拳拳之心。"抵死"甘冒鼎镬也；"输血诚"，明言其赤胆忠心也，实为全诗之纲。

"岭南贡蜜果，海道趋彤庭。黄蜂乐受职，紫凤助扬舲。"此四句正面点题，铺写蜜果由水路运往京城的盛大场面。黄蜂，代指押送蜜果的官员；紫凤，象征皇家旗帜的图案。乐受职，状其趾高气扬；助扬舲，形容一路排场之浩荡。

这四句看似客观描述，无一贬词，而地方官吏拉大旗作虎皮，一路狐假虎威的嘴脸毕露无遗也。

"忠勤虽云至"以下十六句转入对蜜果品质的议论，指出蜜果生长于瘴疠之乡，土质、气候恶劣，"体性殊""面目生"，味非和平，强调其不足以供奉圣明君主，尤须慎之。

这一段用春秋笔法，刻意为尊者讳。言外之意，圣上本不好此，实地方以稀为贵，献媚争宠也。

"上林宁少此"以下四句谓像蜜果这样的野果，毫无品味，皇家园林比比皆是，何足为奇，昔神农氏尝尽百毒，方敢进食，何况当今圣上。从而进一步强调蜜果不宜入贡。

"武王嗜鲍鱼，几谏仗老成。"这两句推开一层，由蜜果推而广之，谓即使贤德如周武王，也曾因嗜好鲍鱼这种不含礼制的食品而几次遭遇年高望重大臣的劝谏，何况蜜果这种品相低劣的野果，当然就更不符合贡品的要求，不足以供奉圣君了。如此引经据典，委婉迂回，真可谓用心良苦而寄寓深沉也。

"刍荛复何有，葵藿但自倾。"末两句以"刍荛之言"再次表明自己身份，更以葵叶向日重申自己的一片赤诚。如此倾情吐露，则更显恳切，与开篇"抵死输血诚"遥相呼应，结构更显完整。

此诗沿袭新乐府体裁而采赋体铺陈，纯用写实。全篇侧重以蜜果不宜作为贡品而展开议论，实则意在谴责朝廷的劳民伤财和地方官吏争献新奇以迎合主子之好邀功固宠的恶劣风气。这一点对于一位贬谪者来说，尤为难能可贵。但诗人处处为皇帝老官开脱，仅仅把板子打在地方官身上，和白居易新乐府中的《缭绫》《卖炭翁》等名篇比起来，其深度就差多了。这一点又体现了宋儒的局限性。

除　夕

患难思年改，　　龙钟惜岁徂[1]。
关河先垄远[2]，　　天地小臣孤。
吾道凭温酒，　　时情付拥炉[3]。
南方足妖怪，　　此日漫桃符[4]。

注释：

〔1〕龙钟，有二义，一谓老迈衰朽。杜甫《寄彭州高适虢州岑参》："何太龙钟极，于今出处妨。"二指潦倒失意貌。白居易《三月三十日别微之于澧上……》："莫谓龙钟恶官职，且听清脆好文章。"此处兼有二义。岁徂，徂，往也（《尔雅》）。引申为不停息。惜岁徂，慨叹岁月流逝。

〔2〕先垄，垄，田垄，垄亩；先垄，祖先世代耕种之田垄。此处代故乡。

〔3〕时情，指世事人情。

〔4〕漫，随意（书写）。杜甫《闻官军收河南河北》："却看

妻子愁何在，漫卷诗书喜欲狂。"桃符，据《山海经》，东海度朔
山有大桃树，树下有神荼、郁垒二神，能食百鬼。故民间农历元
旦，用桃木画二神于其上，悬于门户，以驱鬼避邪。后世逐渐演
变为春联。宋·王安石《元日》："千门万户曈曈日，总把新桃换
旧符。"漫桃符，指随意挥写春联。

赏析：

此诗作于贬谪惠州的第二个年头。除夕者，除旧迎新也。当
此之际，作为贬谪者的唐庚，自是"别有一番滋味在心头"。此
诗即当时心境之写照。

"患难思年改，龙钟惜岁徂。"首联即正面点题，"患难"，直
陈自身之遭遇也。自己横遭打击，贬窜荒蛮，家山远隔，当此除
夕，抚今思昔，感慨万端；更何况自身老态龙钟，潦倒失意，对
此岁月流逝，怎不令人叹息再三？

思年改，惜岁徂，内涵丰富，一"思"一"惜"，全诗由此
生发。

三四句概述目前之境况。"关河先垄远"，遥山远水，关河阻
隔，故乡犹在万里之外；"天地小臣孤"，天地如此之大，而我却
孤零零地被弃置于这瘴疠之乡，思之能不怆然！

这一联境界阔大，风格苍凉悲壮，深得唐人神貌。明代著名
诗论家胡应麟就曾评论道："宋五言律近杜者，……'关河先垄
远，天地小臣孤'此得杜之正，盛唐所同也。"

"关河/先垄/远，天地/小臣/孤。"上下句各三层意思，蕴含
极为丰富凝练，对仗亦精稳妥帖，"关河""天地"与"先垄远"
"小臣孤"，形成空间的巨大落差，读之，不得不令人想起陈子昂
《登幽州台歌》中的名句"念天地之悠悠，独怆然而涕下"。

"关河先垄远，天地小臣孤"堪称全篇精警。

五六句宕开一笔，语调转为调侃，以抒写当下之心境。"吾

道凭温酒。”吾辈追求的道义，姑且付之杯酒吧；“时情付拥炉。”
时情，时下的世俗人情（与诗人《醉眠》中的“世味门常掩”的
“世味”义同），至于说到当今的世态炎凉，人情冷暖，还是付之
一笑，且自围着炉子，度此寒夜，“休管他人瓦上霜”吧。

这一联看似轻松，实则隐见牢骚也。一“凭”一“付”，化
抽象为有形，很见功力。

“南方足妖怪，此日漫桃符。”结尾笔意再转，全句言南国民
间习俗，妖魔鬼怪甚多，当此除夕，我也入乡随俗，随手挥写几
幅春联，也算避避邪吧。

既照应题目，又绾结全诗，戏谑中尽显无奈。

唐庚贬谪惠州后，诗风为之一变，往往于沉郁中略见悲凉，
读此诗可见一斑。“关河”“天地”一联，尤为后人称道。

人　日^{〔1〕}

人日伤心极，　　天时触目新。
残梅诗兴晚，　　细草梦魂春。
挑菜年年俗^{〔2〕}，　飞蓬处处身^{〔3〕}。
蟆颐频语及^{〔4〕}，　仿佛到东津^{〔5〕}。

注释：

〔1〕人日，即农历正月初七。

〔2〕挑菜，指农历二月二日挑菜节。唐宋时盛行。宋·张耒
《二月二日挑菜节大雨不得出》：“想见故园蔬甲美，一畦春水辘
轳声。”

〔3〕飞蓬，本指随风旋飞的蓬草，比喻行踪漂泊不定。李白《鲁郡东石门送杜二甫》："飞蓬各自远，且尽手中杯。"此诗人自谓。

〔4〕蟆颐，山名。在今四川眉山市东，下临岷江，因山形似蛤蟆而得名。山上有蟆颐寺，宋时香火极旺，苏轼、陆游、范成大皆曾游历并留诗。

〔5〕东津，指蟆颐山下岷江之渡口，又称玻璃江。

赏析：

古人重视天人感应，以岁后第七日为人日。自汉魏以后，人日逐渐演变为节日，是日，人们纷纷举行庆祝、祭祀等活动。隋唐后人日节又衍生出思亲怀友的内涵。隋代诗人薛道衡就写下了著名的《人日思归》以怀远，唐代高适也曾留下"今年人日空相忆，明年人日知何处"的诗句，唐庚无端获罪，远谪岭南，归期无望，当此人日节，能不感慨万端？故借此抒胸中之块垒也。

"人日伤心极，天时触目新。"首联即开篇点题，直谓人日节一过，时令便已进入初春，万物得以复苏，故目之所及，皆呈现一派清新景象。当此春光满眼，诗人却独居异乡，关山遥隔，且是贬谪之身，能不伤感？"伤心极"为全诗定调，诗人此时此刻之真实写照也，全篇由之展开。

"残梅诗兴晚，细草梦魂春。"颔联紧承"触目新"抒写早春之景色：寒梅傲雪，隆冬怒放，早春凋零殆尽，故曰"残梅"也。傍晚时分，仿佛尚有几朵梅花恋在枝上，自然引出几分诗兴。而四野那若有若无的纤纤细草，嫩绿柔亮，一直延伸到远方，更让人魂牵梦绕，"平芜尽处是青山，行人更在青山外"能不黯然神伤！

这一联写早春之景，残梅、细草，紧扣早春特色，诗兴晚，梦魂春，极尽渲染，此深得丽景写悲之法，所谓"感时花溅泪，恨别鸟惊心"是也。

颈联进而分写两面:"挑菜年年俗。"思绪由人日而联想到二月的挑菜节,遥想年年此日,家家郊外踏青,让人流连不已;"飞蓬处处身",转写自身,如今自己却似无根的蓬草,随风飘荡,归期无望,忆及故园风物,情何以堪!

颔联二联,看似写景叙事,实则字字含情,写尽伤感。

既然"飞蓬各自远",那就只有"且尽手中杯",纵酒浇愁了。于是,饮酒之间,谈得最多的,自然是故乡的蟆颐山了,喝着喝着,蟆颐山下的东津渡仿佛就在眼前。"仿佛"二字,平静中见沉痛。

此诗集叙事、写景、抒情于一炉,明写人日,实则抒写思乡情怀也。

登栖禅山〔1〕

海雨山烟拨不开,　　眼前遮定望乡台〔2〕。
如何借得维摩手〔3〕,　　断取西南故国来〔4〕。

注释:

〔1〕栖禅山,在惠州归善县西,山上有寺,名栖禅寺。苏轼贬惠州期间,曾多次登临并有诗文涉及,故唐庚贬惠期间,亦常到此山游览。揽胜之余,间有缅怀也。

〔2〕望乡台,指征人或流寓他乡之人登高望乡之处。唐·王勃《九日升高》:"九月九日望乡台,他席他乡送客杯。"

〔3〕维摩手,维摩本指佛教传说中的维摩菩萨。此处代指具

127

有大神通之手。唐·元好问《巨然·松吟万壑图》："阿师自有维摩手，断取江山着笔头。"

〔4〕断取，截断，取过来。宋·王安石《纯甫出僧惠崇画要予作诗》："颇疑道人三昧力，异域山川能断取。"

赏析：

古往今来，思乡情怀都是人类亘古不变的主题。诗人远谪蛮荒，关山万重，"何日是归年？"故思乡之情更切矣。此诗即借登栖禅山以抒发对故乡的深切怀念。

"海雨山烟拨不开。"首句直写登临所见：遥望海天，但见雨势连绵，浑然一色；重重叠叠的烟霭，也渐次弥漫开来，笼罩着四野的山峦，愈来愈浓，给人以拨也拨不开的感觉。

起笔气势宏大，境界开阔，"海雨山烟"寥寥四字，凝练而概括，形象而准确地抓住了南国雨季的特点。

"拨不开"三字一语双关，明写眼前之海天茫茫，烟霭浓重，让人压抑；暗喻诗人乡愁之郁结难以排遣，自然引出下句。

"眼前遮定望乡台"，则紧承首句，唯其烟雨浓得拨不开，故望乡之路被牢牢"遮定"矣。"望故乡渺杳，归思难收。"如何排遣？

"遮定"一词，承上启下，全篇关眼，其实惠州与西蜀海天遥隔，相距何止万里？即便是晴好天气，望穿双眼，故乡山山水水，又焉能入我眼帘？然若不如此运笔，又怎见跌宕之妙。

"如何借得维摩手，断取西南故国来。"三四句笔锋陡转，突发奇想，以神来之笔，直抒胸臆。如何，怎样才能，见心情之急迫；维摩手，神灵的广大法力；断取，横截过来。全句谓真恨不能借助维摩菩萨的无边法力，将西南故乡的山川河谷横截过来，让她即刻呈现在眼前。

末两句想落天外，气吞山河，将思乡之情抒发到淋漓尽致。

此诗在写法上属借景抒情，而又能融情入景；写乡愁，但格调高昂，笔力劲健，无一毫萎靡之气。篇末联想，更为全诗涂抹出浓烈的浪漫色彩，这在唐庚惠州诗作中，颇为另类。

立冬后作

啖蔗入佳境[1]，　　冬来幽兴长。
瘴乡得好语[2]，　　昨夜有飞霜。
篱下重阳在，　　醅中小至香[3]。
西邻蕉向熟[4]，　　时致一梳黄[5]。

注释：

〔1〕啖蔗，《晋书·顾恺之传》："恺之每食甘蔗，恒自尾至本。人怪之，云'渐入佳境。'"后用以比喻情况的逐渐好转。

〔2〕瘴乡，惠州早晚多瘴气，故曰"瘴乡"。好语，此处指好的诗句，犹言"佳句"。

〔3〕醅中，醅，指未经过滤的酒，醅中在此代"壶中"。

〔4〕向熟，日趋成熟，犹言"渐熟"。

〔5〕一梳黄，香蕉果实丛生，状如梳子，此处代指一串香蕉。

赏析：

此诗从"瘴乡"一语来看，应作于惠州，具体时间不详。

"啖蔗入佳境，冬来幽兴长"，劈头一句即用典，以顾恺之"倒啖蔗渐入佳境"的故事来比喻自己处境的日渐改善，既新颖别致，又形象贴切，读来为之一快。处境的改善自然带来心情的好转"冬来幽兴长"则正是此种心境的反映。

三四句紧承"幽兴长"而展开。惠州湿热，故常年多瘴气，南迁者大都视为畏途，时令已届初冬，晚上自然会有一些轻霜，但这些都不妨碍诗人的好心情，故诗兴悄然而生，佳句亦联翩而至也。

此联在句法上很有特点。"瘴乡得好语"与"昨夜有飞霜"看似毫不相干，诗人却有意将它们捏合在一起，实则是以瘴气、飞霜等恶劣的自然环境反衬心境之大好，惟其如此，故好语佳辞信手拈来便是。这两句语意上以"好语"句为主，以"飞霜"句为衬，语序上应视为"昨夜有飞霜，瘴乡得好语。"

五六句宕开一笔，转而抒写眼前景物。"篱下"令人想起陶渊明"采菊东篱下，悠然见南山"的意境。"篱下重阳在"，重阳虽然早已过去，但竹篱边的残菊仍然随处可见，足以助兴。"醅中小至香"，家酿的米酒虽然未过滤，却早已浓酽得宜，扑鼻生香，正好开怀畅饮。

心情的愉悦，故身边景物皆亮丽可观。所谓"以我观物，故物皆著我之色彩（王国维《人间词话》）"。这两句辞彩俊朗，格调高扬，堪称全诗精警。

颔颈二联，对仗亦很讲究。"好语"对"飞霜"，"篱下"对"醅中"，工稳妥帖，无可挑剔；"瘴乡"（地名）对"昨夜"（时间）又稍有变格；"重阳"对"小至"看似节令对节令，极工！其实此处的"重阳"是借代菊花，但若直接用"菊花"，则与下句的"小至"失对了。由此可见唐庚对格律的惨淡追求。他自己也说"诗律深严近寡恩"，非虚言也。

"西邻蕉向熟，时致一梳黄。"尾联笔意再转，将目光移至邻舍，惠州地处南国，几乎家家户户都种植香蕉，初冬时节，西邻的香蕉已渐渐成熟，时不时会送过来一些，那黄澄澄的颜色，十分惹眼，简直让人食欲大开。"时致一梳黄"，足见诗人与邻里的融洽，"一梳黄"鲜明生动，如在目前，为全诗再添亮色。

作此诗时，唐庚贬窜惠州，政治环境险恶，但诗人胸襟旷达，处处能随缘自适，恬然自安，故眼中的南国景物因之而风光无限，别具美感，前人评唐庚岭南之诗作"一洗穷愁怨抑之态。"于此诗可见一斑也。

野　望

赖有澄江在[1]，　　专供依杖清。
水裁偏岸直，　　　云截乱山平。
鼖鼓知农隙，　　　鸡豚觉岁成[2]。
却缘摇落后[3]，　　木杪得孤城[4]。

注释：

〔1〕澄江，澄明的江水。南朝·宋·谢朓《晚登三山还望京邑》："余霞散成绮，澄江净如练。"

〔2〕岁成，年成好，即丰收之意。

〔3〕摇落，零落、凋残。宋玉《九辨》："悲哉秋之为气兮，萧瑟兮，草木摇落而变衰。"

〔4〕木杪，树梢。南朝·宋·谢灵运《山居赋》："蹲谷底而长啸，攀木杪而哀鸣。"

赏析：

此诗抒写惠州风物，风格宁静浑成，颇见韵致。

"赖有澄江在，专供倚杖清。"首联以议论起笔，赖，幸好；倚杖，倚，依凭；杖，手杖，特指诗人自己。全句谓幸好门前有一道澄明的江水流过，让我朝朝能拄着拐杖，看碧波荡起层层涟漪，这真是上苍专门为我提供的美景啊。清，一语双关，既指江水的清澈，又指心情的清爽。

起首两句，丝毫看不出贬谪者的衰飒与落寞，恰恰相反，诗人眼中景物皆带有明朗之色彩，让人读来为之一振。

三四句点题，"水裁偏岸直"，写夏秋水涨，水势漫过河滩，原本弯弯曲曲的河道，仿佛一下子被裁直了一样，奔泻而下。这一句化用王湾"潮平两岸阔"之诗意，境界很开阔。"云截乱山平"，远处山势蜿蜒，层云环绕半山，纵目远眺，群峰好像被斩截去了顶峰，呈现一派齐平。

这一联上句写近景，取俯视；下句写远景，采仰观。裁、截，写景物予人之感受，化静为动，造语清奇，生面别开。偏岸，显河道之弯曲迂回；乱山，状山峦的差参错落。"水/裁/偏岸/直，云/截/乱山/平。"上下句各寥寥五字，却分写四层意思，可谓辞意绵密，境象宏大，给人以大刀阔斧，泼墨写意之感。

"鼛鼓知农隙，鸡豚觉岁成。"五六句则又宕开一笔，转写身边人事；耳边忽然传来一派浓密的锣鼓声，预示着一年农事将尽，远近的村民们高高兴兴聚在一起，举行秋社盛典。再看那供桌上丰盛的鸡豚，想必是又迎来一个丰年吧。

这一联写社日，由于诗人并未置身其间，故只能通过鼛鼓喧天来想象那盛大的场面。"鼛鼓知农隙，鸡豚觉岁成"，其实是"农隙闻鼛鼓，岁成足鸡豚"的倒装，但若如此平平道来，便显落套，而一经诗人匠心独运而将"鼛鼓""鸡豚"置之句首，社日的热门场面顿显鲜活而如在目前，予读者以更多想象空间，可谓化腐朽为神奇，为惠州的秋野平添一道风景。

　　"却缘摇落后，木杪得孤城"，尾联再回到题目。缘，因为；摇落，树叶凋零殆尽；孤城，指惠州；因四野空旷故小城更显孤零。全句谓因为（时近深秋），树叶凋零殆尽，视野也更加开阔起来，透过树梢，一座孤零零的惠州城便呈现在眼前。尾联句法与杜甫《北征》的"我行已水滨，我仆犹木末"及东坡的"登高回首坡陇隔，但见乌帽出复没"，可谓异曲同工，各尽其妙。"得"字下得极为精警！

　　此诗从题目到笔法皆刻意学杜，虽缺乏杜诗悲凉沉郁之气，但尽显惠州风物人情，浑成似唐人，宁静似宋诗。颔颈二联很见功力。胡仔在《苕溪渔隐丛话》中曾予以高度评价："子西诗多佳句。……又有造语极工者，如'水裁偏岸直，云截乱云平。'皆清奇可爱。"信哉斯言矣。

遣兴二首

其一

南来不觉两秋砧[1]，　　揽镜惊呼雪满簪。
平日不堪文馆冷[2]，　　暮年更赋武溪深[3]。
敢缘三已有愠色[4]，　　自笑一生能苦心。
安得袁丝随里闬[5]，　　斗鸡走狗任浮沉。

注释：

〔1〕秋砧，砧，捣衣石，秋砧，秋日捣衣的声音。唐·王维《送从弟蕃游淮南》："江城下枫叶，淮上闻秋砧。"

〔2〕不堪文馆冷，化用杜甫《醉时歌》："广文先生官独冷"之意，指自己不安分于国子博士之职。

〔3〕武溪，即武陵溪，此处代指惠州一带，武溪深，马援南征途中所作歌赋，此处指代诗人惠州诗作。

〔4〕三已，语出《论语·公治长》："子文三仕为令尹，无喜色；三已之，无愠色。"指多次罢官或贬斥。唐·刘禹锡《酬李相公喜归乡国自巩县夜泛洛水见寄》："且无三已色，犹泛五湖舟。"

〔5〕袁丝，即袁盎。《史记·袁盎晁错列传》："袁盎者，楚人也，字丝。……孝文帝即位，任盎为中郎……尝上书有所言，不用。疾免居家，与闾里沉浮，相随行，斗鸡走狗。"走狗，犹言遛狗。里闾，犹言里巷，代指乡里。元·辛文房《唐才子传·徐凝》："与施肩吾同里闾，日亲声调。"

赏析：

据诗中"两秋砧"意，可知此诗应作于政和二年秋（即唐庚贬谪惠州第二年之秋后）。

"南来不觉两秋砧，揽镜惊呼雪满簪。"首联即直陈贬谪之事。南来，贬斥岭南以来；两秋砧，两个秋季；雪满簪，形容满头白发。全句言不知不觉之间，来惠州也是两个年头了，偶然对镜，但见白发丛生，简直似白雪堆满了簪子。

短短两年，满头雪发如堆，可见贬谪岭南，对于诗人精神打击之沉重，真是不言愁而愁已极矣！"惊呼"，见其惊诧的情状。

三四句翻跌出此番遭际的反省。"平日不堪文馆冷"，平日，指南来之前；不堪文馆冷，指不安其位，不能忍受作为国子博士的闲散与冷落，唯其如此，故"暮年更赋武溪深。"晚年只得沦落到五陵溪一带，整天只能靠诗赋以自慰矣，此句化用杜甫《咏怀古迹五首》之"庾信平生最萧瑟，暮年诗赋动江关"。不明言自己人到暮年，横遭打击，以致漂泊于武陵溪这样的荒蛮之地，而曰"更赋武溪深"此故用婉曲之笔，更见蕴藉。

"平日不堪文馆冷，暮年更赋武溪深。"点化前人成句，化实为虚，意象丰满，深得黄庭坚所谓"脱胎换骨，点石成金。"之法，"不堪""更赋"尤见韵致，堪称全诗警句。

颈联横亘而起，以典抒志，"敢缘三已有愠色"，引尹文子连遭三次贬官而无怨恨之色以自况，之所以如此，实因"自笑一生能苦心。"苦心，即苦其心志；自笑，自嘲也，语带调侃。全句谓幸好我平生心里颇能承受委屈和打击，故即使像尹文子一样多次贬官也不敢有丝毫的怨气。

这一联语意跳脱，若奇峰突兀，全诗境界，因之而升华。"自笑一生能苦心"是因，"敢缘三已有愠色"是果，因果倒置，写法上煞费苦心，意在表现诗人随缘自适之情怀。

"安得袁丝随里闲，斗鸡走狗任浮沉。"尾联笔意再转，"安得"怎么才能，语带期盼；任沉浮，自由自在，"纵一苇之所如"。希望能像袁盎一样闲居里巷，整日斗鸡遛狗，无拘无束地度过余生。

结尾故用反语，隐见愤激。其实此时诗人才四十出头，哪里会如此消沉，借此发发牢骚而已。诗题"遣兴"，宜然！

王国维论诗有"隔与不隔"之说，此诗前四句辞意晓畅，句句如在目前，三四句活用前人诗句而赋予其新意，后四句连用二典，"三已"犹为生僻，读来便显滞碍，不能不说是白璧微瑕也。

其二

八千岐路愁何补， 四十光阴老亦宜[1]。
此去只堪犀首饮[2]， 向来都是虎头痴[3]。
逢时有道真如命， 得意无言所恨迟。
诗债即今浑依阁[4]， 新篇惟有莫相疑[5]。

注释：

〔1〕四十光阴，唐庚此时四十二岁，曰"四十"，举其成数也。

〔2〕犀首，古官名，类似后来的虎牙将军。成玄英疏曰："犀首，官号也，如今虎贲之类。"此处指代地方长官。"犀首饮"，指陪地方官饮酒。宋·方岳《去年五月十七日庐山祷雨尝有诗……》："年熟且从犀首饮。"

〔3〕虎头，东晋顾恺之字。世传顾恺之有三绝：才绝、画绝、痴绝。陆游《秋光》："早信为农胜觅禄，一生虚作虎头痴。"此处以顾恺之的痴自况也。

〔4〕诗债，友人求诗或索和，未能奉答，有如负债。唐·司空图《白菊杂书》："此生只是偿诗债，白菊开时最不眠。"浑依阁，化用杜甫《缚鸡行》："鸡虫得失无了时，注目寒江倚山阁。"

〔5〕莫相疑，汉乐府篇名，杜甫曾仿之作《莫相疑》诗，此处以杜诗抒发情怀。

赏析：

"八千岐路愁何补"起笔突兀，"八千"，化用韩愈"一封朝奏九重天，夕贬潮阳路八千"之意，韩愈因反对唐宪宗迎佛骨而贬斥潮阳（今广东潮州），唐庚因诗得罪权贵而贬惠州，潮阳、惠州地势相近，故诗人自然想起韩愈的遭遇。"八千岐路"，极言路途之远与一路的坎坷。无补，谓于事无补也。

首句直接拈出"愁"字，盖诗人由京畿常平（首都粮政长官）而直贬万里之外的瘴乡，落差之大，焉得不愁？然愁苦换来是"揽镜惊呼雪满簪"。愁而无益，不如不愁，自然引出下句。

"四十光阴老亦宜。"诗人年仅四十，却曰"老"，饶有深意。唐庚少年得志，二十出头即中进士，旋任益昌通判，正处于"南越缨方欲请"踌躇满志的阶段，但随后仕途塞险，经历坎坷，好不容易得张商英提携入京为京畿常平，未及半年，又因张商英牵连而直贬惠州。一路过来，风风雨雨，冷暖自知。那种锐意进取，成就一番伟业的豪情已磨灭殆尽。曰"老"，见其心态也。老亦宜，谓已渐次适应贬居之环境，且自放开胸怀，过好每一天吧。

"愁何补""老亦宜"相互映衬，互为补充，充分体现出诗人随缘自适，恬然自安之心境。

接下来两句笔触转而道及贬居的甘苦。"此去只堪犀首饮"，此去，到达贬所以后，犀首饮，谓低眉折腰，整天陪着地方长官饮酒作乐。按宋制，编管之人，保留俸禄，但不得参与当地政事，且时时受到当地官员的监督。故一般贬谪之人，只能放下身份，被迫忍受屈辱，终日陪着当地官员饮宴，以求自保。但这对于自命清高，以诗文自负的唐庚来说，自然是如坐针毡了。故下句笔锋陡转"向来都是虎头痴"，向来，从来，更何况我从来生性率真，痴狂似顾恺之，岂能忍受这种世俗的折磨！

这一联以顾恺之的痴绝自况，道出自己自甘寂寞，不愿与官府沆瀣一气，迎来送往，以求自保。曲折地传递出诗人孤芳自赏，不屑与权贵同流合污的傲岸品格。

"此去只堪犀首饮。"说尽一般贬谪者之苦衷；"向来都是虎头痴"，则彰显个性，尤为可贵。"犀首"对"虎头"，词面上为绝对（犀牛之首对老虎之头），词意上为借对（官号对人名），堪称绝妙！颇为后人称道。

唐庚写诗，喜欢另辟蹊径，往往不按常规出牌。好比顺风满帆时，船却突然驶入岔道。"逢时有道真如命，得意无言所恨迟。"笔意再转，逢时有道，即生逢盛世，此为反话正说；所恨迟，悔恨已迟；得意，盖指任京畿常平的短暂时日；无言，即忘言。全句谓自己有幸生逢盛世，真是命运的安排；可惜官场得意之时忘了谨言慎行，招致今天的结果，后悔已来不及了。

这一联既是全篇转折，又是整首诗之关眼。看起来是自我反省，实则皮里阳秋，语带锋机，可谓顺手牵羊，捎带一击也。

既然愁而无补，又不愿陪"犀首饮"，那就只剩下拄杖江郊，闲倚山阁，偿偿友人诗债了。尾联化用工部《莫相疑》诗句，抒写情怀，隐见自负。

全诗以叙为主，兼以议论，挥洒自如，转结得宜，"此去只堪犀首饮，向来都是虎头痴"一联，尤为精警。曲折地传递出诗人之隐衷，篇名"遣兴"固其宜也。

杂咏二十首

（一）

屏迹舍人巷[1]，　　灌园居士桥。
花开不旋踵[2]，　　草薙复齐腰[3]。
蛤吠明朝雨[4]，　　鸡鸣暗夜潮。
未能全独乐[5]，　　邻里去相邀。

注释：

〔1〕屏迹，隐居。五代·王定保《唐摭言·及第后隐居》：
"屏迹邱园，绝踪仕进。"舍人巷，居士桥，在惠州城南李氏山园
附近。此处泛指唐庚居所。

〔2〕旋踵，踵，脚后跟；掉转脚跟，比喻时间极短。梁·沈
约《七贤论》："受祸之速，过于旋踵。"

〔3〕薙，芟除。

〔4〕蛤，蛤蟆，此处泛指蛙类。苏轼《宿余杭法喜寺……》：
"稻凉初吠蛤，柳老半书虫。"

〔5〕独乐，自得其乐。语出《孟子·梁惠王·下》："王之好
乐甚，则齐庶几乎？今之乐由古之乐也。曰：'可得闻与？'曰：
'独乐乐，与人乐乐，孰乐？'曰：'不若与人。'曰：'与少乐乐，
与众乐乐，孰乐？'曰：'不若与众。'"苏轼《司马君实独乐园》：
"虽云与众乐，中有独乐者。"

赏析：

唐庚贬惠期间，写了不少五言短章，叙岭南风土人情，总其
名曰《杂咏二十首》。这一组诗，刻意学杜，每篇起首即用对仗，
或写景，或抒怀，或感事，深得唐人风韵，为唐庚五言律之上
乘。此首抒写田园之乐，折射出诗人安贫乐道的境界和情趣。为
整组诗之总纲。

"屏迹舍人巷，灌园居士桥。"首联直叙谪居日常生活。由于
是戴罪之身，"但觉转喉都是讳"（《次句景山见寄韵》），为避嫌，
故整日杜门不出，鲜与仕宦往来。屏迹，状其处处小心也。灌
园，见其身体力行，学起菜农，终日浇水耘苗，日子过得很充
实，俨然惠州人矣。

这一联看似平平而起，不甚着力，实则表现诗人谪居生活的

宁静与从容。

颔联紧承"灌园"笔触转向后院:"花开不旋踵",谓园子里花木繁盛,姹紫嫣红,一茬接一茬,四季不绝。看得出主人对生活充满情趣。"草薙复齐腰。"惠州地处热带,故杂草疯长,前几天刚刚除掉,转眼竟又齐腰。"旋踵""齐腰",语带夸张,亦见诗人之乐此不疲,颇有点陶渊明《归田园居》中"种豆南山下,草盛豆苗稀。晨兴理荒秽,戴月荷锄归"的意境。

颈联宕开一笔,转写惠州物候特点:"蛤吠明朝雨,鸡鸣暗夜潮。"一夜蛤蟆叫个不停,预示着明朝的一场骤雨;而雄鸡深夜打鸣,则警醒着潮汐的来临。

这两句乍一看像似闲笔,似乎游离于主题之外,实则不然。这表明诗人已完完全全地融入惠州社会,对其风俗物候了如指掌。骤雨、潮汐不仅关乎后院菜地的安危,更足以影响日常之生活,故不得不格外关注也。

颔颈二联,一写后园环境,再写惠州风物,如此着墨,方显谪居的丰富多彩。

"未能全独乐,邻里去招邀。"尾联化用孟子成句,意思推进一层,谓自己并不满足于谪居的与世无争,怡然自乐,且与左邻右舍亦交往甚欢。这不,邻舍老翁已准备好鸡粟,正邀请我过去畅饮呢。"招邀",见其殷勤也。

"邻里招邀"作结,情态生动,跃然纸上,令人想起工部《客至》的结尾"肯与邻翁相对饮,隔篱呼取尽余杯"。全诗境界,由此升华。

杂咏二十首

（二）

已绝经年笔[1]，　　仍关尽日门。
身谋嗟翠羽[2]，　　人事叹榕根[3]。
蔬食风掀市，　　楼居水破村。
岭南霜日薄，　　何得鬓边繁！

注释：

〔1〕经年，经年累月，形容时间很长。宋·柳永《雨霖铃》：
"此去经年，便是良辰美景虚设。"

〔2〕身谋，为自身谋划。杜甫《晦日寻崔戢李封》："至令阮
籍等，熟醉为身谋。"翠羽，翠鸟的羽毛。扬雄《太玄》："翡翠
于飞，离奇翼。狐貂之毛，躬之贼。"意谓翠鸟因羽毛的美丽，
狐、貂因皮毛光亮柔暖而招致捕杀。苏轼《次韵孔毅父见赠五
首》之五："膏明兰臭俱自焚，象牙翠羽戕其身。"此处唐庚以翠
羽隐喻自己的才华。

〔3〕榕根，榕树之根盘结错杂，此处以榕根喻人事之复杂。

赏析：

唐庚贬居惠州后，因身份微妙，故终日"屏迹舍人巷，灌园
居士桥"（《杂咏二十首·其一》）以自遣，此诗一上来便曰："已

绝经年笔，仍关尽日门"亦是他日常闲居的真实写照。尽日，整天也；仍，可见天天如此。白日里大门紧闭，也难得有兴致写点什么，一如他在《醉眠》中所描述的那样："世味门常掩，时光簟已便。"何以如此？其实他"仍关尽日门"并非不与左邻右舍往来，而是有意杜绝与当地官场接触，以免惹出不必要的麻烦来。

这一联实际上是诗人戴罪之身的心理折射，是无端获罪后心理的重新定位。"惹不起还躲不起吗？"读来略带苦涩。

颔联顺理成章，转入对人生的喟叹。"身谋嗟翠羽"，嗟叹自己，像翠鸟的羽毛一样，天生华丽，却因此而招致妒恨，无端获罪，以至于落到今天的境地。"人事叹榕根"人事，指人际交往；榕根，喻上层社会之错综复杂，盘根错节，令人难以捉摸。

这两句以翠羽自况，以榕根喻人事，是历经沧桑沉浮后对人生的深刻省悟。运笔婉曲，寄意深沉，隐见悲怆。"人事叹榕根"新颖、形象，耐人寻味。

五六句宕开一笔，转入对周边景物的描述。"蔬食风掀市"，蔬食指当地蔬果时鲜。惠州临海，故风极大，"风掀市"，语带夸张。平日里漫步渔村小市，但见蔬果海鲜，琳琅满目，忽而一阵狂风袭来，几欲将整个街市掀翻。"楼居水破村"，惠州地势卑下，故渔民大都背水筑吊脚楼而居，风过潮来，整个村落似乎皆淹没在汪洋之中。

"风掀市""水破村"，大处落墨，寥寥六字，洗练而形象地勾勒出岭南渔村的特点，为全诗平添一道风景。

"岭南霜日薄，何得鬓边繁！"尾联归结到自身境况。"鬓边繁"，取工部《登高》："艰难苦恨繁双鬓"之意。全句谓岭南天暖，难得见到霜雪，不明白霜雪为什么竟爬上我的双鬓，而且越来越多？由"岭南霜薄"而联想到自己两鬓如霜，可谓奇之又奇！以此作结，"软冷收之，而无限悲凉之意，溢于言表（胡应麟《诗薮》）。"岁月的蹉跎，人事的煎迫，尽在其中矣！

此诗前四句嗟人事之纷繁，五六句转写环境，闲笔不闲，末尾以问句收束，寄沉痛于诙谐，尤见蕴藉。

杂咏二十首

（五）

兀坐且如此[1]，　　　出门安所之[2]。
手香桔熟后，　　　发脱草枯时。
精力看书觉，　　　情怀举盏知。
炎州无过雁[3]，　　　二子在天涯[4]。

注释：

〔1〕兀坐，双膝着地，独自端坐。唐·戴叔伦《晖上人独坐亭》："萧条心境外，兀坐独参禅。"

〔2〕安所之，之，往也；安所之，不知道往哪里去。《古乐府·伤歌行》："东西安所之，徘徊复彷徨。"

〔3〕炎州，《楚辞·远游》："嘉南州之炎德兮，丽桂树之冬荣。"后遂以炎州泛指南方广大地区。杜甫《得广州张判官书》："忽得炎州信，遥从月峡来。"无过雁，中国古代有鸿雁传书之说。无过雁，谓没有家书寄过来。

〔4〕天涯，时唐庚一家老小皆寓居于四川泸南县，水远山遥，故有此说。

赏析：

此诗抒发诗人对故乡及亲人的思念。

"兀坐且如此，出门安所之。"起笔突兀，一个人整日枯坐，可见其心境之落寞。但不独坐参禅又能怎样？茫然四顾，东西南北，真要出门，又能往哪里去呢？

"兀坐""安所之"逼真地再现了诗人离群索居，孤寂彷徨的心态，全诗由此发端。

颔联宕开一笔，转写眼下境况。"手香桔熟后，发脱草枯时。"桔熟，草枯，点明节令已进深秋。刚刚剥食了一颗桔子，手上尚留有一丝淡淡新香；四野秋草枯黄，而自己也青丝渐脱，怎么不黯然神伤？这一联按正常语序应为"桔熟手犹香，草枯发渐脱"，但这样写不仅语意平淡乏力，且极落常套。故诗人有意将"手香""发脱"前置，造成语意上的峭拔而予人以新生之感，且"手香"反衬"发脱"，更显落差而突出悲情色彩。

颈联"精力看书觉，情怀举盏知"，意思推进一层：谓近来翻读书卷，总感觉精力越来越不济，可见岁月催迫，自己已垂垂老矣；即便偶尔举杯小酌，然独在异乡，亲朋远隔，昔日的豪情侠气，早已荡然无存了。这一联由精力日见衰朽再写到盛年的豪情不再，写法上很含蓄，隐隐透出几分悲凉。堪称"语淡而有味，词质而韵雅"。（纪昀《四库提要评语》）

颔颈二联，诗人刻意将宾语前置而形成特殊之句式，于峭拗中收奇警之效，其苦心学杜，可见一斑。其实这两联都是诗人之内心独白：白发越搔越少，精力日渐衰颓，举杯销愁愁更愁，此时此境，能不思念亲人？至此水到渠成，顺理成章引出末两句。

"炎州无过雁，二子在天涯。"好久没有家人的书信，海天遥隔，远在泸南的两个儿子，近来可还安好？

全诗戛然而止，言有尽而意无穷。看似平淡，实则字字饱含悲辛，牵挂之情，溢于言表，读之令人心酸。

唐庚贬谪岭南期间，多作健语，旷达语，以表现其随缘自适，知命乐天之情怀。前人评述其诗也称其不作"迁谪悲酸之态"，若说有，则此诗近之也。尤其尾联，带给读者的，恐怕不仅仅是一丝悲酸吧。

杂咏二十首

（七）

壮岁日千里，　　晚途天一方。

花缦聊傲世[1]，　　白袷亦随乡[2]。

团扇侵时令[3]，　　方书遣昼长。

此间吾所乐，　　便拟卜林塘[4]。

注释：

[1] 花缦，以花串连起来作头饰，也叫"花环"。屈原《离骚》"扈江蓠与辟芷兮，纫秋兰以为佩。"此处诗人以屈原自况。

[2] 白袷（jiá），白色夹衣。唐·李商隐《无题》："怅卧新春白袷衣，北门寥落意多违。"

[3] 侵，逐渐临近。唐·方干《采莲》："隔夜相期侵早发。"

[4] 卜林塘，用杜甫《卜居》："浣花溪水水西头，主人为卜林塘居。"诗意，隐含终老惠州意愿。

赏析：

此诗抒写惠州谪居生活，抒发诗人随遇而安的情怀。

"壮岁日千里，晚途天一方"，首联总写一笔，日千里，即一日千里，此处含两层意思，一指少年壮志，豪情满怀；二指四海为官，宦途辗转，萍踪不定。天一方，谓贬谪岭南，僻在一隅。

这一联以"壮岁"反衬"晚途"，日千里，天一方，对比鲜明，形成强烈落差，以凸显诗人当下处境之险恶。全诗由此生发。

即便关山阻隔，与亲人天各一方，但诗人决不颓丧。"花缦聊傲世，白袷亦随乡"。正是此种心境之写照。诗人索兴学起屈原，佩戴起鲜花编织的花环，行吟泽畔，独往独来，这是何等的潇洒，时而又穿起白夹长衫，流连于市井里巷，入乡随俗，好不悠闲。聊傲世，亦随乡，彰显诗人既孤芳自赏，而又随遇而安的旷达心态，实为全诗关眼。

颈联则又变换角度，转写居家生活。"团扇侵时令"，岭南地处热带，随着夏季日渐逼近，大蒲扇是朝夕在握，不可须臾或缺的。"方书遣昼长。"炎天昼长无事，正好凭着几卷诗书，打发时光。

这两句写生活常态，尽显闲适与充实。蒲扇浑圆，故用"团"；书籍齐整，故用"方"，工整而妥帖。"侵"对"遣"，静中见动，新颖而不落凡俗；"聊"对"亦"副词又恰到好处，可见诗人锤炼之功。

颔颈二联，诗人从不同侧面抒写谪居之乐。颔联重在精神层面的刻画，颈联则重在日常起居的描摹，儒家的傲岸不羁与道家的随缘适意相互渗透，互为补充，于乐观中见浪漫，闲散中见从容，可谓深得唐人风致也。

"此间吾所乐，便拟卜林塘。"诗人把谪居生活写得如此惬意，焉能不乐？"吾所乐"即紧承上意，"此间"指惠州，"林塘"

指有山有水的好居所。尾联水到渠成，化用杜工部《卜居》诗意，表达自己已适应惠州的环境，自得其乐，欲求终老此间的意愿。如此缩结，更深化了主题。

此诗于叙写中渗抒情，若水中撒盐，浑然无迹。全诗无一毫衰飒之气，在《杂咏》二十首，算得上格调最为高扬的一首。

杂吟二十首

（十三）

小市江分破，　　连萍水倦翻。
到今佛迹在[1]，　　千古鹤峰尊[2]。
浮峤来何处[3]，　　丰湖入数村[4]。
登临有何好，　　秋至数消魂。

注释：

〔1〕佛迹，指惠州府治归善县北白水山佛迹岩之佛像。见唐庚文《佛迹记》。

〔2〕鹤峰，指白鹤峰，惠州名山。

〔3〕浮峤，指罗浮山脉之浮山。传说浮山自海上浮空而来，故名。

〔4〕丰湖，在惠州府城之西，又名西湖。广袤十余里，盛产鱼虾菱藕，民人赖之，故名。

赏析：

此诗亦登临之作，风格宁静而淡远。

惠州临海，海港纵横密布，乡镇、集市大都临江而建。本诗首联抒写的即是这一特定景象。

"小市江分破"一道溪水从场镇中间缓缓流过，将集市一分为二，两岸沿溪设市，一直延伸到远处。江分破，著一"破"字，动态十足，让人感受到鱼盐聚集，水产丰茂，熙来攘往，川流不息的场景。写法上采用俯瞰式，写全景。

"连萍水倦翻。"镜头由全景推向局部，取近景。江面上浮萍密布，清风徐来，绿萍随波荡漾，诗人的心绪，似乎也泛起阵阵涟漪，心旌摇摇，飞向远处。水倦翻，用通感，形容水面浮萍密布而翻卷缓慢，给人以水也疲惫的感觉。

"到今佛迹在，千古鹤峰尊。"颈联镜头转向远景：纵目远眺，百里之外的佛迹山历历如在眼前，若大佛雄视古今；著名的鹤峰山更是独尊四野，兀然卓立，展翅欲飞，与千古江山永存。

这一联若长焦镜头，渐次推出"佛迹""鹤峰"之特写，以彰显惠州山川之盛。写法纯用白描，点到为止，凝练中见气势，给人以大刀阔斧之感。

"浮峤来何处，丰湖入数村。"颈联则又变幻笔法，以问句领起。"浮峤"指浮山，传说由海上浮空而来。故有意以"来何处"诘问之，以添加其神异色彩。丰湖广袤数十里，渔民傍湖而居，自成村落，"入数村"，形容水势浩淼连绵，无边无际。

这一联上句若劈空而来，逼人眼睑；下句境界开阔，意象浑然天成。"丰湖入数村"，妙手偶得，读来有味。

来何处，入数村，对仗巧妙，别有韵致。

以上六句，皆写登临所见，或细密，或疏朗，或宁静，或淡远尽显惠州山川风采。

面对如此湖光山色，能不心驰神往？由此引出尾联。

　　"登临有何好，秋至数消魂？"登临二字，总揽前六句。好，
妙处；秋至，点明季节；消魂，"消"同"销"，令人心旷神怡，
魂牵魄荡。全句自问自答，绾结全诗。

　　此诗写秋日登高，大处落墨，笔力劲健而景象宏阔，足见诗
人胸襟。气格追踪盛唐，刻意学杜但稍乏沉郁悲壮，然亦不失为
登临之作中之佳构。

杂咏二十首

（十八）

水过渔村湿，　　沙宽牧地平。
片云明外暗，　　斜日雨边晴。
山转秋光曲^{（1）}，　川长暝色横^{（2）}。
瘴乡人自乐，　　耕钓各浮生^{（3）}。

注释：

〔1〕曲，迂曲，引申为晦暗。此处指日光被山峦隐没后光线变得暗淡和曲折的情态。

〔2〕暝色横，暝色，傍晚之日色，即暮色。李白《忆秦娥》："暝色入高楼，有人楼上愁。"横，《礼记·孔子闲居》："以横于天下（原注，横，充也）。"即充盈、充满之义。此处相当于横亘弥漫。

〔4〕浮生，指短暂虚幻的人生。《庄子·刻意》："其生若浮，其死若休。"

赏析：

此诗摹写南国秋日郊野的山光水色，颇具特色。"山转秋光曲，川长暝色横"，一联尤为后人称道。

"水过渔村湿，沙宽牧地平。"首二句即准确勾勒出南国渔村雨后的特点。"水过",指暴雨过后水势刚刚退去。"渔村湿",渔村地势低,故水势虽退,整个村子仍然水汪汪,湿漉漉,空气中也弥漫着浓重的雾气。"过""湿"看似不经意,但下得极为精准。下句视线转向郊外,由于水势渐退,两岸的沙洲自然显得更加开阔,远处的郊原,草色更显青葱,纵目所及,更见平旷。这一句"沙宽/牧地/平",寥寥五字,含三层意思,凝练概括,意象极为丰富。

颔联视野进一步展开,摹写秋日雨后一种奇特的自然现象:"片云明外暗",雨过天晴,天宇明净,忽而有一团乌云从天边慢慢爬起,天色亦随之暗淡下来;"斜日雨边晴",继而,稀疏的雨点,飘洒而下,映衬着无边的残照,着实令人迷恋。这两句写天气的瞬间变化,可谓体察入微。"明外暗""雨边晴",将矛盾的两面刻意黏合,既巧妙,又真实,令人想起刘禹锡"东边日出西出雨,道是无晴却有晴"的意境。

接下来,"山转秋光曲,川长暝色横",全诗警句。"山转"山势蜿蜒起伏,这一联镜头推向更远:斜日西沉,渐次隐入蜿蜒的山峦背后,霞光也时隐时现,愈见纤弱,奔腾不息的河川,平旷的原野亦渐渐弥漫在茫茫的暮色中。

这一联落照、山峦、长河、旷野,因"暝色"而融为一体,显得苍茫而寥廓,境界阔大,意象浑成,深得唐人风致。一个"曲",一个"横",刻意求新,道前人之所未道,状难状之景如在目前,堪称妙笔!宋·方回就誉之为"古今绝唱",唐庚本人也说:"子美诗云:'天欲今朝雨,山归万古春。'盖绝唱也。余惠州诗亦云:'片云明外暗,斜日雨边晴。山转秋光曲,川长暝色横。'皆闲中所得之句也。"(《唐子西文录》)得意之情,溢于言表。

前六句写足秋景后,笔锋突然一转,以"瘴乡人自乐,耕钓各浮生。"收束全诗,他们或耕种为业,或捕鱼为生,陶然自乐,悠游卒岁，不知老之将至矣。显然，这里的瘴乡人也包括诗人自己。看来诗人已经完完全全地融入惠州的山山水水中了。

历代写秋景之诗甚多，但唐庚此诗却独具只眼，另辟蹊径，有意识地将南国风情作为表现自我心灵意识的背景，一扫悲瑟愁怨之气，寓俊朗于景语之中，体现了诗人随缘自适，怡然自乐的心境。通篇不用一典，辞意畅达明快，是唐庚写景诗中的佳作之一。

杂咏二十首

（十九）

浪迹苍梧外[1]，　　放怀黄木东[2]。

人情双鬓雪[3]，　　天色屡头风[4]。

国计中宵切，　　家书隔岁通。

为儒得愁思[5]，　　一笑赖儿童[6]。

注释：

〔1〕苍梧，本指广西东南苍梧一带，此处泛指岭南。

〔2〕黄木，地名，在广东境内。黄木东，指极远之地。

〔3〕人情，人之常情。汉·晁错《论贵粟疏》："人情一日不再食则饥。"

〔4〕天色，特定说法，此处指傍晚时分。

〔5〕愁思，思音（sì），忧虑，愁苦。宋王·《高唐赋》：

"愁思无已，叹息垂泪。"

〔6〕赖，无赖，指儿童的天真顽皮。辛弃疾《清平乐》："最喜小儿无赖，溪头卧剥莲蓬。"

赏析：

杂咏二十首，皆刻意学杜之作，此首在句法上却别具一格。

"浪迹苍梧外，放怀黄木东。"起首二句，若劈空而来，颇备气势。浪迹，放浪形骸，自由自在也；放怀，放纵胸怀，不受拘束也。苍梧、黄木，已经远离中原了。"苍梧外""黄木东"则推进一层，极言贬所之僻远也，颇有点"平芜尽处是青山，行人更在青山外"的况味。独贬荒蛮，音书隔绝，人何以堪！可在诗人眼里，这无非就是人生旅程的一个驿站。正好放浪形体，敞开胸怀，坦然地去迎接这个新的挑战。

首联不明言贬谪而暗寓贬谪，"浪迹""放怀"，出语豪壮，无一毫颓丧之气。

三四句宕开一笔，转写个人当下之境况："人情双鬓雪，天色屡头风。"本来，人之常情，中年以后，白发会悄然爬上脑勺，诗人自己也说过"四十缁成素（《春日谪居书事》）"遭此打击，双鬓更是斑白如雪了；更兼近来头风病屡犯，一旦天气转阴，愈渐让人受不了。

颔联故意笔势一顿，造成一落千丈之情态，以自身的潦倒困窘与一二句的潇洒旷达映衬，足见用笔之良苦。

颈联将自身遭际推而广之，转写国恨家愁。"国计中宵切"，切，急切。叙人在荒蛮，心忧国事，以致中夜难寐，寝食难安。"家书隔岁通"，化用工部"烽火连三月，家书抵万金"诗意，状水远山遥，家信难得，隐喻对家人的渴念。

这一联将个人命运推进一层，体现了诗人忠君爱国的拳拳之心和对故乡亲人的深切怀念。而这正是唐庚作为儒者的当行本色。由此自然翻跌出尾联。

"为儒得愁思,一笑赖儿童。"谓自己作为儒学谪派,"人在江湖,心存汉阙"才会生出如许的愁苦,面对着天真顽皮的儿童,我只有强装笑脸,以掩饰自己的愁眉不展的样子。苦涩之状,如在目前。

末两句以己之老成对儿童的天真,深得杜诗之神韵。

此诗以两句为一单元,各自独立,两两对照,似断似续,全诗运笔曲折,"国计中宵切"一联为全篇诗眼,充分表现出诗人身处逆境,仍孜孜不忘家国的情怀。

收景初贬所书[1]

信断常怀信断忧,　　得书还有得书愁。
未应宿业都相似[2],　　总为譊声不肯休[3]。
见说胸中卷云梦[4],　　莫将皮里贮阳秋[5]。
而翁有道知兴废[6],　　不患无词诣播州[7]。

注释:

〔1〕景初,即任景初。据唐庚《大观四年春,吾与友人任景初、舍弟端孺自蜀入京师……》,知其为唐庚蜀中密友。唐庚南迁之第二年,景初亦被贬。从本诗"不患无词诣播州"看,任景初可能直贬播州。诗题中之"贬所"即应指此。

〔2〕宿业,佛家语,谓前世之善恶因缘。

〔3〕譊声,即譊譊之声。本义是争辩、喧嚣。《说文》:"譊,恚呼也。"此处引申为诽谤之声。韩愈《双鸟诗》:"百舌旧譊声,

从此恒低头。"

〔4〕见说，犹听说。李白《送友人入蜀》："见说蚕丛路，崎岖不易行。"卷云梦，云梦，即云梦大泽，位于荆楚江汉一带。卷云梦，谓胸中风起云涌，如波涛翻卷。此处喻景初义愤填膺，心潮起伏之情状。宋·欧阳修《上胥学士偃启》："吞云梦于胸中，兼容尽于一介。"

〔5〕皮里阳秋，指对人表面不作评论，而内心却自有褒贬。《世说新语·赏誉》："桓茂伦曰'褚季野皮里阳秋。'"

〔6〕而翁，一本作"廼翁"，用于称别人父亲。即"您的父亲"。《史记·项羽本纪》："吾翁即若翁，必欲烹而翁，则幸分我一杯羹。"

〔7〕诣，至、到。《三国志·诸葛亮传》："于是先主遂诣亮，凡三往乃见。"播州，本汉时牂牁郡地。唐·贞观九年置朗州，后改播州。今贵州桐梓县。唐宋时为边远蛮荒之地。

赏析：

唐庚与任景初二人先后被贬，同病相怜也。故唐庚以诗代信，互诉衷肠以勉慰之。

"信断常怀信断忧，得书还有得书愁。"首联正面点题，由收到景初书信说开去。信断，音讯中断也。同是天涯沦落人，许久没有来信，则免不了彼此的牵挂，时时为对方的境况担忧；可一旦收到书信，互叙离情，又自然会勾起对往事的怀想，更加思念对方，也更为对方的不幸遭遇而愁怀不展。

信断则忧，得书反愁，看似矛盾，实则诗人当时心境之真实写照。凸显诗人与任景初的深情厚谊及对老友的殷殷惦念。可见两人真正称得上是"乾坤心腹友（《收景初书并药物》)"也。

三四句就两人的遭遇展开议论。

"未应宿业都相似，总为谗声不肯消。"未应，不应该是，语带揣测；总为，总因为；消，通"销"，消歇。上句从前世的善恶因缘说起，谓你我二人先后横遭打击，贬斥到这蛮荒之地，不应该全是前世的因果报应相似所导致的吧。总因为那些霄小之徒，整天造谣诽谤，摇唇鼓舌，一刻也不肯消停呢。

这一联深度剖析贬斥的因由，上句先从自身命运说起，即所谓前世宿业，今生补报，怨不得他人。这一句既是慰人，又是宽己。下句以谗声隐喻诽谤，暗指霄小之徒。弦外之音是，这些谗声的喧嚣是永远不会停歇的，由它闹吧，你我大可不必为之生气。

接下来顺理成章，转入对好友的规劝。

"见说胸中卷云梦，莫将皮里贮阳秋。"见说，听说也，针对景初书信而言。卷云梦，如云梦大泽一样翻卷不息，喻景初满腹怨气，意绪难平。著一"卷"字，情态立现，下句翻新旧典，语带戏谑，劝诫好友面对逆境，泰然处之，表里如一，不必刻意掩饰，自寻苦恼。著一"贮"字，化抽象为鲜活，可谓别出心裁！

"胸中卷云梦"，自铸伟词，取喻生动，状难状之情于目前；"皮里贮阳秋"，妙用成语，读来可触可握，韵味横生，猜想景初读之，亦当哂然一笑。

颔颈二联，针对景初书信，或开导，或勉慰，娓娓道来，妙语迭出，意象丰满，情韵盎然，很耐咀嚼。

"而翁有道知兴废，不患无词诣播州。"结尾将好友父亲抬出来，进一步宽慰景初；您父亲深明兴亡之精奥要义，您子承父业，只需做好自己，还怕没有好消息传到播州吗（暗示赦免文书不久将送达贬所）？

反问收笔，宽慰作结，铿锵有力，气势为之一振。

收景初书并示药物

乾坤心腹友，　　江海鬓毛斑。
药补他乡阙[1]，　　书开故国颜[2]。
何时乘下泽[3]，　　此日仰高山[4]。
会是归耕耦[5]，　　由来有赐环[6]。

注释：

〔1〕阙，同"缺"。

〔2〕故国，指故乡。杜甫《上白帝城书》："取醉他乡客，相逢故国人。"

〔3〕下泽，即下泽车，一种便于在沼泽地行走的短轴车。《后汉书·马援传》："乘下泽车，御款段马。"

〔4〕仰高山，取《诗经·小雅》："高山仰止，景行行止。"之意。

〔5〕归耕耦，耦，古代一种耕种农具。归耕耦，谓回归务农。

〔6〕由来，自始以来、历来。杜甫《上韦左相二十韵》："岂是池中物，由来席上珍。"赐环，《荀子·大略》："绝人以玦，以绝以环。"唐·杨倞注："古者臣有罪，待放于境，三年不敢去，与之环则还，与之玦之绝。"后世称放逐之臣遇赦召回为赐环，永不召回谓之赐玦。盖取谐音也。

赏析：

能在远离中原的蛮荒之地收到好友的书信并药物，自然是感慨万千的了。此诗即借此抒发对老友的思念和渴望重新聚首的殷切期盼。

"乾坤心腹友，江海鬓毛斑。"首句针对景初而言，回顾莽莽乾坤，真正称得上推心置腹好友的，唯君一人而已。起笔凸兀。"心腹"二字，强调与景物交谊之厚，绝非一般朋友可比。下句转写自身境况，谓自己横遭打击，远涉江河湖海，如今漂泊于万里之外的惠州，风雨飘摇，两鬓斑白，往事不堪回首。

首联分叙两面，"乾坤""江海"，境界开阔，气势宏大；上下句语意落差极大。诚胡应麟所谓"深得杜律之正"也。首二句为一篇之纲，全诗由此生发。

当此逆境，一般人避之犹恐不及，而景初却时时牵挂于我，不仅寄来书信，并捎来药物，更是弥足珍贵，能不感怀！故接下来两句直写收到景初书信与药物的心情。"药补他乡阙"，远隔万水千山，专程寄来药物，可见对友人关爱之切，且对友人之身体状况了如指掌。"他乡阙"，明言惠州买不到，更显珍贵。"书开故国颜"，打开书信，看到景初熟悉的字体，感受到好友的殷殷情意，甚感欣慰，往日眉头紧锁的容颜也顿时舒展开来，仿佛又回到故乡，忆起当年朝夕相聚的美好时光。

这一联正面点题，是对"乾坤心腹友"的进一步延展。"书开故国颜"是对览信情景的再现，言约而意丰。

览信而思友，颈联进而转入对好友的怀想。

"何时乘下泽。"何时，见思念之殷切。此刻人在天涯，山海遥隔，见面无由，故只能寄希望于将来，乘起简易的牛车，亲自登门拜访。"此日仰高山"，明知见面不可能，捧读你的书信，对你这种患难中的真情，让我不由得像仰望高山一样，油然而生敬意。

这两句由前面的叙写而转入抒情，情感真挚而深沉。"何时""此日"为流水对，词意叠加，将全诗推向高潮。由此引入对"赐环"的期待。

　　"会是归耕耦，由来有赐环。""会是"，犹言"会当"，语带肯定；耕耦，谓亲自耕种。结尾两句言你我终将归隐故乡，躬耕垄亩，安度余年。因为按历朝规矩，朝廷早晚会发布大赦，而这对我而言，也是得偿夙愿了。

　　末句既是自勉，也是对景初的宽慰，以此缩结，为全诗平添一段亮色。

次勾景山见寄韵[1]

此生正坐不知天[2]，　　岂有豨苓解引年[3]。
但觉转喉都是讳[4]，　　就令摇尾有谁怜。
腰金已付儿曹佩[5]，　　心印还当我辈传[6]。
他日乘车来问道，　　苇间相顾共攀援[7]。

注释：

〔1〕勾景山，即勾涛，唐庚友人。崇宁中进士，任史馆编修，曾重修哲宗、徽宗实录。从诗题看，勾曾有诗寄唐，此诗为唐庚依韵奉和。

〔2〕不知天，犹言不识天高地厚。此化用《庄子·秋水·坎井之蛙》典故。

〔3〕豨苓解引年，豨苓，中药名，又名猪苓。引年，延年益寿。语出唐·韩愈《进学解》："是所谓诘匠氏不以杙为楹，而訾医师以昌阳引年，欲进其豨苓也。"豨苓不具延年益寿之功能，以豨苓引年，言其荒谬之极也。

〔4〕转喉是讳，开口便触犯忌讳。喻处境险恶也。

〔5〕腰金，古代朝官的腰带，按品级镶不同的金饰，品级最高都以纯金制成。后泛指身居显要。唐·岑立本《三元颂》："腰金鸣玉，执贽奉璋。"

〔6〕心印：佛教禅宗语，谓不用语言文字，而直以心相印证，以期顿悟。此处喻儒学的微言奥义。

〔7〕攀援，此处指相互往来。

赏析：

此诗借酬答友人以发泄胸中块垒。

"此生正坐不知天"起笔奇兀，如劈空而来。

唐庚贬谪惠州，作为好友，勾景山寄诗宽慰，人之常情。唐庚次韵奉和，即以此作答。谓我这辈子正因为少年气盛，不识天高地厚，以致得罪权贵，落得个投荒万里，滞留不归。这一句明是反省，实则语带机锋，须从反面理解。

"岂有豨苓解引年。"岂有，表反诘。豨苓本不具备延年益寿之功效，可偏偏有人要横加指责医师，为何不用豨苓来"引年"，该是何等荒谬！

这一句寄意深婉，以隐喻之法曲折地表达对自己不公平遭遇的愤激和对当朝权贵的强烈不满。言下之意，并非自己不知天高地厚，而是"欲加之罪，何患无辞"呀！

颔联向友人直接倾诉一腔苦水："但觉转喉都是讳"，但觉，写其心理感受。但凡一开口，便会触动权贵忌讳。虽语带夸张，但亦真实再现处境的险恶。可见管控之严苛与无所不在，颇有点"跋前踬后，动辄得咎"的况味，令人不寒而栗。下句"就令摇尾有谁怜"，"就令"，纵使也；就算是低眉折腰，摇尾乞怜，又能有谁稍加同情，施以援手？

这一联叙写自身境况，"但觉""就令"婉曲有致，故生波澜，更见倔强。其潜台词是：纵使处境险恶，我辈也绝不会在当局面前俯首帖耳，摇耳乞怜的。

颈联转而向友人表明心迹。"腰金已付儿曹佩，心印还当我辈传。"这一联分写两面，"腰金"借代高位；"儿曹"语带轻蔑；上句谓朝廷的高官要职，姑自让给这些小儿辈去恣意追逐，去显摆吧。语气尽显不屑。下句"我辈"则兼及老友，言真正要阐释儒家的微言奥义，传承儒学宗风，还非吾辈莫属。

这一联以前辈口吻淡看官场风云变幻，更以儒学宗主自居，颇见自负。"腰金""心印"化无迹为有形，顿见鲜活。

与友人倾吐一番心曲后，自然会联想到未来，于是水到渠成，由"他日"而引出尾联。

"他日乘车来问道，苇间相顾共攀援。"他日，未知何时也，含无限期待。问道，探求儒学精义也，呼应上联"心印"。诗的末尾，再次归结到勾景山身上，表示希望在不久的将来，自己能乘坐柴车前往友人家拜访，彼此围坐在苇席上，纵论儒学道义，长相往来，共度余生。

"苇间相顾"画面生动，以此绾结，语尽情绵，余韵悠然，耐人寻味。

闲居二首（其一）

未许幽人晓梦长[1]，　　朝朝亲炷佛前香。
有诗为爱袁家酒[2]，　　无病缘抄卢氏方[3]。
身杂蜑中谁似我[4]，　　食除蛇外总随乡。
白沙翠竹门前路，　　疑出西郊向草堂[5]。

注释：

〔1〕幽人，隐居之人。唐·张九龄《感遇》："幽人归独卧，滞虑洗孤清。"此处为诗人自况。

〔2〕袁家酒，指一袁姓之酒家。一说，"袁家酒"应为"袁家渴"，当地一风景名胜（吴、越间谓水之支流为"渴"），未详。

〔3〕卢氏，盖指秦时燕人卢敖。秦始皇召为博士，使求神

162

仙，敖即亡而不见（见《淮南子·道应训》）。后即以卢敖指代隐者。卢氏方，即卢氏所传之药方，此处为泛指。按"卢氏"一本作"陆氏"。

〔4〕蜑，即蜑民，又称蛋民。古代南方的渔民，世代船居，自为婚姻，不得陆处。清雍正年间始解除其陆居禁令。

〔5〕西郊草堂，指杜甫草堂，在成都西郊浣花溪畔，此处唐庚以杜甫自拟。

赏析：

此诗抒写在惠州的日常生活，写得悠闲散澹，体现诗人随缘自适，随遇而安的心境。题曰"闲居"，得其宜也。

首句诗人以幽人自况，暗示自己洁身自好之品格与操守。"朝朝亲炷"表明诗人已虔心事佛，故每日黎明即起，亲自焚香祷告，顶礼膜拜。这其实是治疗心疾的最佳良方，故以此寻求心灵之解脱。唯其"朝朝亲炷"，故"晓梦难长"。这两句语意倒装，按正常语序，应视为"朝朝亲炷佛前香，未许幽人晓梦长"。但若如此，便平淡而无味了。故用曲笔，不说每日不可晏起，而曰"未许……晓梦长"。起笔便引人入胜，颇见韵致。

三四句抒写惠州居家生活状况。"有诗为爱袁家酒"，正因为朝朝有袁家佳酿，故逗引我诗兴大发。"无病缘抄卢氏方。"下句言唯其终日抄写卢氏药方，讲求养生之道，故虽有瘴气，其奈我何！

这一联分写两面，饮酒、吟诗、书法、养生，凸显自己的清雅高致，远离尘俗，是对首句"幽人"的进一步落实。"为爱袁家酒"而有诗，"缘抄卢氏方"而无病，两句自为因果，极为工稳。

五六句笔锋一转，"身杂蜑中谁似我"，"杂"，混杂；蜑，当地渔民。写自己已与当地村民融成一片，混迹其中，谁还认得我这个贬谪之身呢？"食除蛇外总随乡。"广东人爱食蛇，家中多养，谓之"瑶柱"。这一句谓除了蛇之外，自己什么都敢吃，这和南方人已经毫无二致了。

这里写自己入乡随俗，恬然自安，俨然惠州人矣。令人想起东坡贬谪海南的佳句："日啖荔枝三百颗，不辞长作岭南人。"哪里还看得出一点悲苦的样子！

"白沙翠竹门前路，疑出西郊向草堂。"惠州临海，故出门皆是沙滩。诗人踏着雪白的软沙，伴着两旁浓密苍翠的竹林一路行吟，仿佛步入当年杜甫的草堂。末句以老杜自拟，语含自负。

尾联以门前景物作结，抒情浓郁，余韵悠然。

闲居二首（其二）

细细敲门细细应，　　老翁方曲昼眠肱[1]。
鱼陂旧种千头鲶[2]，　　桑径新窠十亩缯[3]。
菜足尚能分地主，　　米馀翻欲供邻僧。
平生雅有乘桴兴[4]，　　咫尺沧溟去未能[5]。

注释：

〔1〕昼眠肱，肱，由肘到肩的部分，即胳膊。昼眠肱即睡午觉。

〔2〕鱼陂，陂，池塘。鱼陂即鱼池。

〔3〕缯，本义是丝织品的总称，此处代指桑树。

〔4〕乘桴兴，桴，用竹、木编织而成的小筏子。《论语·公冶长》："道不行，乘桴桴于海，从我者其由欤？"乘桴兴，指归隐林下的逸兴。

〔5〕沧溟，大海。唐·元稹《侠客行》："此客此心师海鲸，海鲸露背横沧溟。"

赏析：

诗忌雷同，同是写闲居，第二首则完全变换角度。

"细细敲门细细应，老翁方曲昼眠肱。"首联即别开生面，写诗人曲身午睡，邻舍来访。邻居轻轻叩门，见其礼貌也；家人轻轻应答，怕惊动睡梦中人也。两个"细细"，情态立见。曲肱，曲着身子也；老翁，诗人自谓也。

邻舍造访，可见诗人与左邻右舍关系融洽，时有往来。午后小睡，表现其悠闲自得，处险泰然，不为险境所动也。

全诗以一小小的场景开篇，恰如电影之插曲，贯彻始终。

这一联看似闲笔，实则为下面三联铺垫，用意深也。

颔联宕开一笔，正面抒写惠州的日常生活。"鱼陂旧种"，种，养也。旧种，可见鱼池为昔年所辟；新窠，窠，本指鸟巢，此处用如动词，指鸟儿在桑树上筑巢；千头鲙，极言池鱼之多；十亩缯，极言桑园之大。全句言昔年所辟之鱼池，如今已游鳞千尾，足可赏心；屋后的桑园早已绿树成荫，逗引得群鸟争相筑巢，漫步桑间小径，但闻鸟语缤纷，令人遐想。

这一联正面抒写闲居生活，内容充实而意象丰满，充满诗情画意。尤其"桑径新窠十亩缯"，词约而意丰，画面感极强，予读者以极大的想象空间。丽笔含情，入眼南国风物尽皆惹人怜爱。诗人借此以谱写崭新的生命之歌。这哪里带看得出一丝一毫贬谪者的穷愁怨抑呢？

"菜足尚能分地主，米馀翻欲供邻僧。"颈联紧承三四句，对闲居生活作进一步展开。"菜足""米馀"换用叙笔，直接省略过程。至于自己是如何间苗除草，浇水灌园，菜畦是怎样的繁茂苍翠，又是怎样的躬耕垄亩，春种秋收，都不著一字，仅以寥寥四

165

字收之，以此造成语意之跳跃。"分地主""供邻僧"说明不仅自给有余，还可以与左邻右舍分享，也暗示地为租种，可见词意之细密。"尚能""翻欲"，更具深意。本来，唐庚虽属贬谪之身，但按宋制，基本供给还是有的。可他非但不依赖当地官府，反倒亲事稼穑，自给之余，更惠及他人，自得之情，跃然笔端矣！

额颈二联同为抒写闲居生活，但笔法迥异。额联全用描写，将陶然之乐融于景物之中；颈联则纯以叙笔，将满足与自得寄于字里行间。可谓各尽其妙。两联全用写实，中间不涉一典，故辞意畅达，富于生活气息，读来历历如在目前。隐约透露诗人对生活的热爱，并已为终老惠州预作谋划也。

"平生雅有乘槎兴，咫尺天涯去未能。"雅，平素、素来；去未能，归不得也。尾联以述志收笔，明言自己早有归隐之念，然沧海即在眼前，却无木筏可乘。"欲渡无舟楫"，徒有望乡之心。怅惘之情，溢于言表。

全诗以细节开篇，笔调轻快浪漫，中联叙景抒情，意象丰满，格调俊健，看来闲居不闲也。

栖禅暮归所见二首

一

雨在时时黑，春归处处青。
山深失小寺，湖尽得孤亭。

二

春著湖烟腻，晴摇野水光。
草青仍过雨，山紫更斜阳。

赏析：

此诗亦是唐庚贬谪惠州时所作，栖禅指栖禅山，在惠州境内，山上有寺，亦名栖禅。此二首诗写诗人游栖禅寺归途所见之景。

第一首：

首句"雨在时时黑"，写岭南春季独特之天气景象。"雨在"，春雨乍下乍停，"时时黑"，表现天色时明时暗，一时间似乎明亮了起来，但顷刻又阴云密布，似乎又在酝酿着另一场雨意。全句纯用白描，真切而形象地表现变幻不定，晴雨无常的南国天气特点。"在"字为全句关眼，读来浑然天成，不露痕迹。

次句"春归处处青"，由天容转写山色。"春归"，春回大地也，故四野一派葱茏。这一句与诗人《春归》里的"东风定何物？所至辄苍然。"诗意暗合。不过，后者强调的是春风的神奇力量，此处则暗示春雨的滋润万物。

第三句"山深失小寺"写诗人在栖禅寺勾留了一天，带着暮色归去的途中所见。"深"字点出栖禅山的重重叠叠，路径的蜿蜒纡远。缓缓行来，但见山峦层叠，暮霭濛濛，先前驻足的小寺，已隐没在丛山峻岭间，难觅其踪了。一个"失"字，透露出诗人对日间胜景的留恋和此刻怅然若失的意绪。

末句"湖尽得孤亭"，与上句形成对偶。上句写回望所见，此句写前行所遇。"湖尽"写下得山来，便是一湖，信步走来，绕过湖的尽头意外地发现一座亭子。"得"字生动表现乍见亭子

时的惊喜之情，极为精妙，若换用"见"则平淡多了。"孤"字
传递出周遭了无一物，冷寂空旷之氛围，准确妥当。

这一首以诗人行踪为线索，写法上采用移步换景，一句一
景，句句紧扣暮归所见，显得洗练而干净。

第二首：

首句"春著湖烟腻"，紧承第一首结尾，着眼点仍在湖上。
"湖烟"指春天缭绕于湖面上且略带湿意的烟霭。"腻"字用通
感，突显烟霭予人之感觉。全句谓春日傍晚，整个湖面上笼罩
在一片浓浓的烟霭中，而春之气息、灵魂，也仿佛附着于湖烟之
上，给人以粘腻的感觉。

这一句"著""腻"皆刻意锻炼，惨淡经营，颇见功力。

次句"晴摇野水光"，诗人视线前移，"野水"，指原野上的
河流沼泽。全句写整个原野上水流在晴光映照下，波光粼粼，摇
曳生姿的情态。"摇"字不仅富于动感，且透露出诗人饱览湖光
山色的几分喜悦。随着水光的摇动，一段春日晴光也仿佛在诗人
心中荡漾，而一扫其离群索居，孤寂无告的郁结。

第三句"草青仍过雨"，又回到天气的变幻上。"仍"字表明
雨时不时地又下了起来，而经过春雨的洗礼，草色也显得更加苍
翠，更加亮丽起来。这一句与第一首的"雨过时时黑"遥相呼
应，细针密线，缝合无痕。

结句"山紫更斜阳"与上句对仗，上句写草，重在一个
"青"上，下句写山，突出一个"紫"字。全句写向晚时分，夕
阳为烟霭凝聚，笼罩着重重山峦，呈现一派紫色，显得格外迷
人。此种景象，古今诗人描绘甚多，如王勃《滕王阁序》里的
"烟光凝而暮山紫"，现代毛泽东《采桑子》中的"雨后复斜阳，
关山阵阵苍"，皆可谓各尽其妙。

较之第一首，这一首则侧重于色彩的描绘，更注意意境的营
造，读来韵味更浓厚一些。

统观唐庚这两首绝句，句句皆紧扣暮归所见，写法上偏重于实景描摹，极似摄影师瞬间捕捉之特写镜头，与唐人绝句中的空灵蕴藉风格迥异。两首诗皆采用对起对结，故显得严整而工稳。在词句的锻造上尤其著力，体现了他"诗律森严近寡恩"的特点。称得上他刻意学杜的力作。而全诗隐隐透露出来的喜悦与快意，在他贬居岭南的众多篇什中可谓绝无仅有，这应该是这两首诗最大的亮色吧。

到罗浮始识秧马^[1]

拟向明时受一廛^[2]，着鞭常恐老农先。
行藏已问吾家举^[4]，从此驰君四十年。

注释：

〔1〕秧马，农民插秧时乘坐的船状木箱。苏轼《秧马歌》引："予昔游武昌，见农夫皆骑秧马。……腹如小舟，昂其首尾，背如履瓦，以便两髀雀跃于泥中。"

〔2〕明时，即清平时世。唐·王勃《滕王阁序》："窜梁鸿于海曲，岂乏明时。"

〔3〕一廛，古时一夫所居之地。《孟子·滕文公上》："远方之人闻君行仁政，愿受一廛以为民。"

〔4〕行藏，见《论语·述而》："子谓颜渊曰'用之则行，舍之则藏，唯吾与尔有是乎？'"

赏析：

此诗亦初到惠州时所作，借秧马以寄渴望早日辞官务农之心愿。

"拟向明时受一廛"，拟，打算。唐庚自益州通判起，一直在下层迁延，郁郁不得志，好不容易升任京畿常平，却因诗得谤，直贬惠州。官场的尔虞我诈，钩心斗角，他已彻底看破，不再留恋，故劈头一句便明言，早已打算向当地政府申请一份薄田，让我这个戴罪之身从此脱离官场的羁绊，专心务农了。

"明时"二字，语带揶揄，北宋新党旧党之争，造成元祐党人贬窜几死，唐庚本人也因诗而获罪，何来清平盛世？此顺手牵羊，讽刺而不露痕迹也。

第二句紧承上意，揣想愿望实现后亲自插秧的情景。着鞭，因插秧器具名"秧马"而联想到用鞭子抽打，何哉？不甘心落在老农之后也。

田尚未得而早已心驰神往，可见心情之迫切。这一句联想丰满，如在目前。

绝句的第三句往往是全诗紧要处，此诗亦然。"行藏已问"，谓到底是继续在宦海沉浮还是归隐为农，我早已拿定了主意。已问，古人信奉神明，在作出重大决策前，往往会以卜卦等方式向神明请示、问讯。

吾家举，举家南迁的省语。已问，已向神明请示，犹言决心归隐。

这一句由决意归隐而设想到举家南迁，意思更进一层。

"从此驰君四十年"，从今以后，我将年年驾驶着你奔驰在农田里，自耕自乐，再过四十年。

结尾水到渠成，呼之欲出，在高潮中收束全诗。

此诗起承转接得宜，一气呵成，读来轻快。唐庚此诗透露两个信息，一个是诗人经历贬谪打击后，彻底厌倦官场，拿定主意，决意归隐；二是对未来仍抱有希望，并作出长远规划，这从"从此驰君四十年"可以看出。但诗人还是太天真了，对现实的残酷性缺乏足够的认知，诗人在惠州一呆就是六年，形单影只，精力消磨殆尽，虽有幸遇赦北返，最终却年仅五十而卒，这是唐庚万万没有想到的。

九日独酌〔1〕

登高无老伴，　　引满自高歌。
欢意天边少，　　重阳野外多。
黄花空岁月〔2〕，　　白首尚关河。
他日龙山兴〔3〕，　　吾今在网罗。

注释：

〔1〕九日，九月九日，即重阳节。

〔2〕黄花，指菊花。李清照《醉花阴》："帘卷西风，人比黄花瘦。"

〔3〕龙山兴，东晋时，大司马桓温重阳佳节在龙山大宴宾客。后世遂以"龙山兴"代指重阳聚会。唐李白《九日龙山饮》："九日龙山饮，黄花笑逐臣。"

赏析：

这是一首五言律诗，是唐庚贬谪惠州时所作。

"登高无老伴，引满自高歌。"首联平平而起，点明题意，领起下文。唐庚贬斥惠州时，为避嫌，也为了不连累朋友，故很少

171

与人交往，如他在《醉眠》中所描绘的"世味门常掩，时光簟已便。"一样。故即使是重阳这样的佳节，他也只是独自一人，登高自赏，并强作欢颜，举酒高歌。"无老伴"谓身边没有亲近的朋友，非今日所谓老伴也。"饮满自高歌"点明独酌。这一联实乃诗人自我宽解，所谓"强欲登高，欲饮还无味"也。

颔联"欢意天边少，重阳野外多。""天边"极言其远也。其时唐庚正编管惠州，远离北宋的政治中心，处境窘迫，导致心情郁结，终日惟以酒浇愁。

正如他在《春归》里所言"无计驱愁得，还推到酒边"，"欢意少"即指此也。

下句笔锋一转，又重新拉回到重阳，谓重九佳节，菊花盛开，遍野金黄，赏菊之趣，惟在野外，故云"野外多"也。

这一联上句为主，下句为宾，以野外乐趣多反衬天边欢愉少，颇见深意。

接下来"黄花空岁月，白首尚关河。"则紧承欢意少而转入对人生的喟叹。谓菊花年年岁岁，花开花落，而自己却命运蹉跎，空度岁月，而今两鬓斑斑，仍飘零于江湖之上。"关河"本指关山河岳，一般泛指山河。此处却赋予其新意，指远离故乡，漂泊无定。暗含编管惠州，身不由己之意。"空"，徒然；"尚"，依然，含种种无赖。两个副词下得极好，使全联蕴意深婉，别有情致，耐人体味。

这两联对仗极工稳，上下句诗意拓得很开，体现了宋诗的特点。

结尾用典，"他日龙山兴"借桓温重九在龙山大宴宾客的盛会反衬自己的形单影只与心情的落寞。而自己此刻正像飞鸟一样陷于网罗之中，"遥知兄弟登高处，遍插茱萸少一人。"情何以堪？不知要待到何时，才能和亲朋们欢聚一起，共度重阳佳节。全诗以期待结笔，"龙山兴"故以亮色收束，实则隐隐透露无限辛酸也。

全诗语调看似平和，实则句句暗含哀怨，但怨而不怒，可谓深得国风之妙也。

九日怀舍弟[1]

重阳陶令节[2]，　　单阏贾生年[3]。
秋色苍梧外[4]，　　衰颜紫菊前。
登高知地尽，　　引满觉天旋。
去岁京城雨，　　茱萸对惠连[5]。

注释：

〔1〕舍弟，即唐庚胞弟唐庚，字端孺。

〔2〕陶令节，因陶渊明诗中有"采菊东篱下，悠然见南山"，后遂以九月九日赏菊日为陶令节。

〔3〕单阏（yān），《尔雅·释天》："太岁在卯曰单阏。"单阏，卯年的别称。贾生，指贾谊。贾于汉文帝六年（丁卯年）被贬为长沙王太傅，而唐庚则在辛卯岁（政和元年）贬斥惠州，二者相侔，故以单阏贾生对称。

〔4〕苍梧，地名，在今广西梧州市境内，此处泛指岭南。

〔5〕惠连，指南朝·宋·谢灵运从弟谢惠连，幼即聪颖，后人诗中常用为从弟或弟的美称。李白《春夜宴从弟桃花园序》："群季俊秀，皆为惠连，吾人咏歌，独惭康乐。"此处代指诗人胞弟唐庚。

赏析：

从"去岁京城雨"看，此诗应作于政和元年，即唐庚贬谪惠州的第一个年头。

"重阳陶令节，单阏贾生年。"首句点明时令，岁岁重阳，今又重阳，每逢佳节倍思亲，初到惠州，与故乡山遥水远，此情能不更切？故诗人到惠州后的第一个重阳节，感慨尤深。自己因言获罪，当此辛卯之岁，谪迁岭南；无独有偶，联想到西汉贾谊，也在卯岁贬窜长沙，并从此一去不返，思之能不怆然！

这一联把"重阳陶令"与"单阏贾生"并举，更见反差，深得以乐写悲之法，全诗由此发端。

"秋色苍梧外，衰颜紫菊前。"颔联转写眼前之景，纵目远眺，整个岭南，一派萧瑟荒凉的景象；面对着这姹紫金黄的秋菊，我这个衰朽之身却怎么也提不起兴致来。

这一联以"紫菊"反衬"衰颜"，突显心境的落寞，其实此时的秋景并非全是萧瑟，实诗人的主观感受而已。

"登高知地尽，引满觉天旋。"重九必登高，而此时凭高一望，似乎整个中原大地到此便是尽头，面对大海茫茫，归期何日。满饮一杯，顿觉地转天旋，茫然无措。在这空旷的郊原，诗人顿感个人的渺小和孤独，有一种"念天地之悠悠，独怆然而涕下"的感觉，禁不住思绪又拉回到去年在京城与弟弟共度重阳的情景。

"去岁京城雨，茱萸对惠连。"去年的今日，自己尚在京都。当天下着小雨，也曾登高，但那时有胞弟作陪，心情格外愉悦，不仅开怀畅饮，还满山插遍茱萸……如今，同是重阳，自己却孑然一身，投荒万里，举目无亲，思之好不凄然！

"茱萸对惠连"，结尾归结到"怀舍弟"的主题，同是重阳，境况却大相径庭，看似平平淡淡的五个字，实则包蕴深沉，读之令人心酸。

此诗对仗极有讲究，宋·方回评论道："'单阏贾生'对'重阳陶令'工矣，'苍梧'对'紫菊'又工，登高、引满、地尽、天旋，又愈工；末句茱萸思弟事，尤工。"清代纪昀在《四库提要》更称道其："五句自佳……末两句一点便佳，笔墨高绝。"

寄潮阳尉郑太玉^[1]

又种罗浮一熟田^[2]，江阳未得返耕廛^[3]。
书来似见眉间印^[4]，别后新增鬓上年。
下泽有车人误矣^[5]，上林无报雁徒然^[6]。
越巫鸡卜闻之久^[7]，为何行藏若个边^[8]。

注释：

〔1〕郑太玉，即郑总，唐庚到惠州所交之友。宣和四年曾为唐庚文集作序。

〔2〕一熟，庄稼成熟一茬，即一年。

〔3〕江阳，地名，属泸州。此处指唐庚家室所在地。耕廛，廛，古代平民的房地；耕廛，泛指农舍、村庄。

〔4〕眉间印，眉目间的印记。唐·吴融《出迟》："麝想眉间印，鸦知顶上盘。"此处泛指容貌。

〔5〕下泽有车，语出《后汉书·马援传》："乘下泽车，御款段马。"形容生活的安闲。

〔6〕"上林无报"句，用典。《汉书·李广苏建传》："（常惠）教（汉）使者谓单于，言天子射上林中，得雁，足有系帛书，言

（苏）武等在某泽中。使者大喜，如惠语以让单于。单于视左右而惊，谢汉使日'武等实在。"此处上林指代朝廷；雁，代传书使者；报，指赦免的消息。全句谓朝廷至今尚无赦免的消息。

〔7〕越巫鸡卜，越巫，越地之巫师；鸡卜，用鸡卜卦，以求凶吉。（事见《史记·武帝纪》）

〔8〕行藏，见《到罗浮始识秧马》注释〔4〕。若个边，何处是尽头。唐·贾岛《盐池院观鹿》："条峰五老势相连，北鹿来从若个边。"清·赵翼《中秋夕感作》："一家依旧团圆日，怜汝孤魂若个边？"

赏析：

郑太玉即郑总，唐庚到惠州后结识之友人，唐庚去世后，宣和四年曾为唐庚文集作序，可见交谊之厚。唐庚贬居惠州后，两人常有书信往来，此诗即收到郑总书信后的回复，抒发渴望早日赦免得以重返故乡的愿望。诗作于政和二年（到惠州后的第二年）。

"又种罗浮一熟田，江阳未得返耕廛。"罗浮，即罗浮山，在广东增城，博罗、河源县之间，此处代惠州。"又种一熟"，可见来惠州已经整整两年了。两年过去了，朝廷仍无一点赦免的迹象，能不思念故乡亲人？故诗一开头，诗人即向友人倾诉：来到这人生地不熟的惠州，庄稼已成熟两茬了，无一日不思念远在万里之外的江阳的家人。"未得返耕廛"，语带辛酸。

独在异乡，且是贬谪之身，友人的问候便显得弥足珍贵。故颔联笔锋一转，叙及友人的书信。"书来似见眉间印"，谓收到友人的书信，似乎是见到您一样，让我依稀忆起您的容貌，其喜悦之情溢于言表。"别后新增鬓上年。"年，年轮，此处形容岁月的痕迹，见书而不见人，更勾起对友人的怀想，深感岁月无情，白发又悄然爬上您的双鬓，其实我又何尝不如此，思之能不怆然！

这一联"书来""别后""眉间印""鬓上年",对起对结,工稳妥帖,表现了诗人与郑太玉友谊的深厚及对友人的牵挂。

"下泽有车人误矣,上林无报雁徒然。"颈联笔意再转,连用二典,含蓄地表达对安闲生活的向往,年年秋雁南飞却没有带来赦免的消息,徒然让人望雁兴叹!

这一联中,"下泽有车",为他人之误传,而"上林无报"却是眼见的事实,运笔委婉,寄意深沉。

"越巫鸡卜闻之久,为间行藏若个边。"尾联再次向友人倾诉:早就听说越地巫师有用鸡卜卦以问凶吉的习俗,不知我此番沦落惠州,何时才是尽头!以"越巫鸡卜"的方式作结,瞻念前途,无限隐忧,尽在"若个边"三字中矣。

全诗娓娓道来,如叙家常,"下泽有车"、"上林无报",用典妥帖,蕴含丰富,转结紧凑自然,结尾哀而不伤,耐人寻味。

夜坐怀舍弟〔1〕

无云仍露坐, 有月更江皋〔2〕。
沉陆伤吾道〔3〕, 浮生忆尔曹。
扁舟应夏口〔4〕, 此夕数秋毫〔5〕。
不见今三载, 当时已二毛〔6〕。

注释:

〔1〕舍弟,见《九日怀舍弟》注释〔1〕。

〔2〕江皋,皋,水边高地。《楚辞·九歌·湘夫人》:"朝驰余马兮江皋,夕济兮西澨。"

177

〔3〕沉陆，即"陆沉"，陆地没入水而沉。一般喻国土沦丧。此处引申为埋没。黄庭坚《次韵答张沙河》："丈夫身在要勉力，岂有吾子终陆沉。"

〔4〕应，顺应。《玉台新咏·古诗为焦仲卿妻作》："六合正相应。"此处是顺岸停靠之义。夏口，汉水自沔阳以下称夏水，汇入长江，故其汇合处称夏口，三国孙权置夏口镇，即今汉口。

〔5〕秋毫，本义指狼在秋天所生的新毛，此处指新生之白发。

〔6〕二毛，指头发斑白（有黑有白）。《左传·僖公二十二年》："君子不重伤，不禽二毛。"

赏析：

政和三年，唐庚从四川赴惠州探望家兄，此诗抒发了诗人对胞弟的深切怀念。

"无云仍露坐，有月更江皋。""露坐"，室外露天而坐，是夜天朗气清，万里无云，一轮明白慢慢从江边高地爬起来。首联正面点题，看是写景，实则抒写胞弟将到未到，思之甚切，因而夜不能寐之心境。

正因为夜不能寐，自然思绪万端，笔触亦转而回到自身遭际："沉陆伤吾道，浮生忆尔曹。"自己本来满腔抱负，不意中道"陆沉"，流窜于这荒蛮之地；浮生若梦，此时此刻，怎不更加思念远隔千山万水的亲人呢？"尔曹"此处即指代胞弟唐庾，由此自然转入下联。

"扁舟应夏口，此夕数秋毫。"颈联分写两面。上句为揣想之辞，谓按时间推算，胞弟乘坐的船，大约已该到夏口了吧，平静的叙写中见牵挂，下句写此时此刻，我却孤独地坐在户外，百无聊赖，正数着一根根新生的白发呢。看似平平道来，实则隐露苦涩也。

　　颔颈二联，分写两面，平淡中见深沉。"夏口""秋毫"为借对，妙极！（"夏"与"秋"，看是以季节对仗，但"夏口"是地名，与季节无关，这在古典诗词中，称为"借对"。）

　　"不见今三载，当时已二毛。"尾联推进一层，回想自大观四年，兄弟俩京师一别，至今已整整三年，再来相聚，记得当时胞弟头上已经有了白发，如今三年过去了，弟弟又是如何？牵挂之情，溢于言表。以此绾结，既紧扣题目的"怀"字，又寄意深远，耐人寻味。

壬辰九月不雨，至癸巳年三月，穑事去矣，今夕辄复沛然，喜甚。卧作此诗

老去生涯白木镵^[1]，　　脱逢艰食更何堪^[2]。
春深野色忧年恶^[3]，　　夜半檐声觉雨甘。
睡外莫听泥滑滑^[4]，　　想中已觌麦含含^[5]。
明朝竹径添幽事，　　玉版堂头作小参^[6]。

注释：

〔1〕白木镵，镵，古代犁田工具。白木镵，以白木作柄的铧犁。杜甫《乾云中寓居同谷作歌七首》："长镵长镵白木柄，我生托此以为命。"

〔2〕脱，倘若，或许。成语"脱有不测"即用其义。此处引申为"突然"。脱逢，突然遭遇。

〔3〕年恶，即凶年。一般作"岁恶"，谓一年无收成。《汉书·食货志上》："失时不雨，民且狼顾，岁恶不入请卖爵子。"

〔4〕泥滑滑，竹鸡的别名，以其鸣声似而得名。宋·王安石《送项判官》："山鸟自呼泥滑滑，行人相对马萧萧。"

〔5〕觌，"睹"的异体字。麦含含，麦孕穗貌。《后汉书·梁鸿传》："惟季春之华阜，麦含含兮方秀。"

〔6〕玉版，即玉版笋，以其皮洁白如玉而得名。宋·胡仲弓《答颐斋诗简走寄诗》："今朝茹食无清供，喜食邻分玉版羹。"小参，佛家语，称登堂说法为大参，定时以外的说法为小参。宋·洪惠《题昭默自笔小参》："昭默自卧疾后，无他嗜好，以翰墨为

佛事，如亦众以小参之语，皆肯自笔。"

赏析：

此诗抒写久旱逢雨之喜悦，体现出诗人对农事的关心。

诗的题目交代写诗的背景及缘由，自壬辰九月到癸巳三月，半年不雨，实属罕见大旱。故诗人由此推断，稼事去矣（这一季庄稼怕是绝收了），全诗由此生发。

"老去生涯白木镵，脱逢艰食更何堪。"首联以农父口吻叙写遭此大旱后的困境。白木镵，本指犁具，此处借代为田亩；脱逢，意外遭逢；何堪，何以承受。全句谓可怜农父平生辛劳，其生计全凭犁下几亩薄田所产，本来就度日维艰，现如今突遭起大旱，更是雪上加霜，怎么承受得了！

诗人发端即化用杜甫诗句，设身处地为农夫着想，寄托对农家的深切同情。

"春深野色忧年恶"，颔联上句紧承首联而展开。春深，犹言春末；野色，三月犹未雨，故麦苗枯萎，四野一派荒芜。诗人因之而忧心忡忡，不禁担心起来：再这样下去，这一季怕是完了吧！

"夜半檐声觉雨甘"，下句笔锋顿转：夜半时分，大雨不期而至，淅淅沥沥洒于屋檐之上，让人感觉这哪里是雨呀，分明是甘霖从天而降！

这一联中，"春深野色"描写大旱造成的荒凉景象，"夜半檐声"生动再现诗人听到春雨飒然作响后油然而生的喜悦之情，形成鲜明对比。"忧年恶"与"觉雨甘"更是构成极度落差，由此开启对喜雨的抒写。

颈联以下转入对雨后的联想。

"睡外莫听泥滑滑，想中已觑麦含含"，泥滑滑，竹鸡名，其声似"泥滑滑"而得名。莫听，顾不上听，可见心思早已飞向郊外。麦含含，状麦穗含苞欲放之情态。暮春时节，正是竹鸡交配繁衍之季，夜半时分，其呼朋觅伴之声，格外悦耳。但此刻诗人顾不得竹鸡的鸣叫，心思早已飞向田野。想象之中，原本枯萎的麦苗因春雨的滋润而挺拔，麦穗也因雨而饱满，含苞欲绽，十分喜人。

这一联诗人因雨而展开想象的翅膀，为读者描绘出一幅麦田雨夜春景图。竹鸡因雨而欢快交鸣，为春夜奏响乐章；泥滑滑，既指其名，又闻其声。麦苗因雨而精神陡长，含苞欲放，生姿勃发；麦含含，摹写其情态，如在目前。全联浓墨重彩，有声有色，有动有静，情景交融，把喜雨之情展现得淋漓尽致。

泥滑滑，麦含含，看似叠词对，实则以鸟名对麦穗。滑滑见其声，含含状其态，工稳巧妙，别具匠心。

"明朝竹径添幽事，玉版堂头作小参。"尾联更是浮想联翩，竟然想到明朝清晨，踏着弯弯的竹林小径，但见新笋破土而出，正好为佛事小参提供新鲜的供品。添幽事，状竹笋破土时之喜悦。结尾突发奇想，情趣盎然，为全诗抹上一层神异的色彩。

此诗纯写实景，通篇不用一典。想象丰富，意象鲜明。全诗由忧民而盼雨，由喜雨而生联想，一气呵成，流畅轻快，应算得上是唐庚版的《春夜喜雨》吧。

遣兴二首（其二）

酒经自得非多学[1]，诗律深严近寡恩[2]。
田里歌呼无籍在[3]，朝廷议论有司存[4]。

注释：

〔1〕酒经，苏轼安置惠州时，曾作《东坡酒经》。宋·洪迈《客斋笔记》卷五："东坡公酒经，皆以'也'字为绝句，用十六'也'，……暗寓于赋，其激昂渊妙，殊非世间笔墨所能形容。"

〔2〕诗律，诗的格律、规范。深严，《宋诗钞》与清抄本皆为"伤严"。

〔3〕田里歌呼，田里，泛指乡村、民间；歌呼，高声呼唱。《史记·曹相国世家》："吏舍日饮歌呼。"苏轼《再和黄鲁直》："且复歌呼相和，隔墙知是曹参。"田里歌呼，犹言民间歌谣。

〔4〕有司，指官府。诸葛亮《出师表》："宜付有司论其刑赏。"

赏析：

此诗名为"遣兴"，实则是唐庚对作诗标准的阐释，也是他作诗的甘苦之谈。"诗律深严近寡恩"一句，在当时即很著名。

"酒经易得非多学，诗律深严近寡恩。"酒经，指《东坡酒经》，虽近赋体，但终究是散文；易得，易于掌控。唐庚认为，散文是比较好掌控的，只要经常练笔，自然会熟能生巧，用不着"多学"。他自己也说："吾于他文不至于艰涩，惟作诗甚苦，悲吟累日，始能成篇。（《唐子西文录》）"诗律深严，包含两方面意思，深，指精深，严，指严整。近寡恩，近乎法家的严苛。用朱熹的话来说，便是"看文字如酷吏治狱，直到推勘到底，决不恕他。用法深刻，都没人情。"

首二句以"酒经"与"诗律"相对比，直截了当，旗帜鲜明地标榜出自己作诗的准则。而将作诗比作酷吏治狱一样刻薄寡恩，可见其创作态度之严谨，真可谓殚精竭虑，锱铢必究了。与工部的"吟安一个字，拈断数根须"，庶几近之。后人将唐庚归入苦吟派，看来一点也不委屈他。

首二句纯以议论，故三四句须另辟蹊径，方显变化。"田里歌呼无籍在，朝廷议论有司存。"田里歌呼，指民间歌谣；无籍在，典籍鲜有记载；朝廷议论，指官员的奏章和谏议。全句言民间歌谣皆随兴而发，但求畅怀，任意褒贬而无所顾忌，也很少载入乐府典籍。而官员对朝廷的奏议则涉及国计民生，军政要务，皇上和宰辅都会认真过目，付有司存档备案，故必须慎之又慎，来不得丝毫的马虎与差错。

这两句以"田里歌呼"的率真与"朝廷议论"的严谨相对照，以类比的手法说明作诗之难，是对"诗律深严"的深化和拓展。

全诗对起对结，结构严整，堪称"诗律深严"的具象化。他自己也说："诗在与人商论，深求其疵而去之，等闲一字放过，则不可。殆近法家，难以言恕矣。故谓之诗律。东坡云：'敢将诗律斗深严。'予亦云：'诗律深严近寡恩。'"自得之情，溢于笔端。

此诗为唐庚集中唯一的论诗绝句，强调作诗的严谨和精深是对的，但万事不可走极端，若刻意追求格律，便会显得严整有余而活泼不足，还是太白的"清水出芙蓉，天然去雕饰"好。

此外，唐庚认为文易（酒经易得）诗难（诗律深严）也稍显偏颇。其实文章要真正写好并非"易得"，诗词格律一旦掌握好了非但不是桎梏，反倒是对写诗的帮助，这仅是个人的偏爱，纯属"仁者见仁，智者见智"的范畴了。

闻勾景山补盩厔丞，仍闻学道有得，以诗调之，发万里一笑

人言盩厔[1]似江湖，莫对丞哉叹负余[2]。
别后耳根无正始[3]，向来纸尾有黄初[4]。
可怜鬼谷纵横口[5]，今读神溪缥缈书[6]。
臣朔许长钱许短[7]，何当天子念公车。

注释：

〔1〕盩厔，今陕西周至县。汉时，为首都长安周边辅县，治下都皇亲国戚，人际关系复杂，治理不易，似江湖之险恶也。

〔2〕叹负余，韩愈《蓝田县丞厅壁记》："元和初，以前大理评事言得失黜官，再转而丞兹邑。始至，喟曰：'官无卑，顾才不足塞职。'既噤而不得施用，又喟曰：'丞哉，丞哉！余不负丞，而丞负余。'"全句言不要以为县丞职务太低，辜负了自己的才华。

〔3〕正始，三国时魏国曹芳的年号。

〔4〕纸尾，信纸之尾，古人常于此附上近作之诗文。黄初，三国时曹丕的年号，其时诗文有建安文学的余风，此二句谓勾景山的诗慷慨悲凉，深得建安时期的余风。

〔5〕鬼谷，即鬼谷子。战国时纵横家之始祖，有辩才。此句以鬼谷子比拟勾景山。

〔6〕缥缈书，指神仙一类虚无缥缈的书。此处盖指勾景山潜心学道的事。

185

〔7〕"臣朔许长钱许少",用典,事见《汉书·东方朔传》。汉武帝时,东方朔公车上书,武帝耗时两月,始读完书简,赏赐丰厚。武帝宠侏儒,东方朔不满,进言曰:"朱(侏)儒长三尺余,奉(俸)一囊粟,钱二百四十。臣朔长九尺余,亦奉一囊粟,钱二百四十。朱儒饱欲死,臣朔饥欲死。"唐庚借东方朔的故事,调侃老朋友,不要嫌县丞薪俸少。公车,此处指代勾景山诗文。

赏析:

据诗题"发万里一笑"看,此诗当作于惠州贬所,具体时间不详。名为调笑,实则是对勾景山的劝勉。

"人言鳌屋似江湖,莫对丞哉叹负余。"首联以他人之言引入正题。江湖,以其水深浪急喻环境之险恶。丞,县丞,县令的副手。全句谓常听人说起,鳌屋虽然地方小,但政治背景深,能够在此地从政,一旦做好了,往往很有升迁机会。希望您千万不要小看了县丞这样的卑微之职,更不要认为这是辜负、埋没了才华而终日叹息。言下之意:老兄你姑且隐忍,机会一定会有的。

据此联揣测,勾在赴任之初,与唐庚书信中似曾透露出不安其位之念头。故唐庚借他人之言委婉规劝。如此措辞,较易为对方接受也。

颔联宕开一笔,从别后情景说开去。"别后耳根无正始,向来纸尾有黄初。"正始、黄初,本帝王年号,其时之文学尚有建安时期慷慨激昂之余风。诗人在此突发奇想,竟然将这两个年号借代为勾景山诗文之风骨与气格,堪称独树一帜,前无古人,后鲜来者!全句言自与老友一别,耳边就再也听不到您铿锵激越的声音了;唯有您不时寄来的书信与诗作,让我依稀感受到建安风骨带给我些许的安慰。

这一联叙别后情景,可谓奇峰突起,生面别开。既有对勾景山的高度评价，也透露出对老友的怀念和对友情的珍惜。

"可怜鬼谷纵横口，今读神溪缥缈书。"颈联笔意再拉回友人目前之境况。"可怜"语带惋惜；纵横口，喻辩才。全句言真没想到当年口若悬河，才智堪比鬼谷子的人，如今却沉浸在神溪先生虚无缥缈的成仙学道的典籍之中，岂不令人可惜！

这一联以勾景山今昔取向对比，隐含委婉批评，意在引起老友的警醒。

"臣朔许长钱许短，何当天子念公车。"尾联以东方朔的故事调侃老友，希望你不要像东方朔一样，老是和侏儒比较身材的高矮和薪俸的多寡，说不定哪一天，当今皇上就会读到你的诗文，你老兄可就一下子出人头地了。

以此照应开头，调侃中见勉励，令人哭笑不得，勾景山读之，不知会作何想？

唐庚此诗，大开大合，笔意纵横，寄大义于诙谐。"正始""黄初"一联，尤为后人称道。

西　溪

西溪霜后更沉涵[1]，　　溪上行人雪半簪。
市散争归桥纳纳[2]，　　橹摇不进水潭潭[3]。
利倾小海鱼盐集[4]，　　味入他乡酒茗甘。
百里源流千里势，　　惠州城下有江南。

注释：

〔1〕西溪，发源于惠州城西，为城周水上交通要道。沉涵，

本义是沉浸，涵咏。宋·俞文豹《吹剑四录》："盖文学故事，在孔门已分为二，……固非沉涵章句者所能办。"此处是沉静、内敛的意思。

〔2〕纳纳，沾湿貌。《楚辞·刘向·九叹》："裳襜襜而含风，衣纳纳而掩露。"

〔3〕潭潭，形容深广的样子。宋·秦观《春日杂兴十首之三》："潭潭故邑井，猗猗正官兰。"

〔4〕倾，本义是偏侧。《老子》："高下相倾。"魏·曹植《洛神赋》："日既西倾。"此处相当于"靠近"。

赏析：

此诗抒写惠州风物，宁静中见淡远。

"西溪霜后更沉涵"，首句正面点题，抒写西溪深秋之景象。岭南少霜雪，"霜后"表明节令已届秋末初冬，木叶凋零，万物皆失去了往昔的勃勃生机，纵目远眺，四野萧瑟，给人一种沉静而聚敛的感觉。

这一句从大处着眼，以诗人之感受落墨，如同画家之大写意。"沉涵"二字，凝练而意丰，予人以无尽的想像空间。

次句回到自身，"溪上行人雪半簪。"溪上行人，诗人自况也。雪半簪，白雪悄然堆满簪子，凸显其垂垂老矣。

这一句诗人将自己置诸寥廓的背景，双鬓如雪，愁思满怀，颇有点工部"江边一树垂垂立，朝夕催人共白头"之况味。

颔联由全景转向局部。

"市散争归桥纳纳"写近景，选取角度为集市。市散，点明时间已是午后，集市渐渐散罢；争归，返程人流如潮，暗示集市之热闹；桥纳纳，状桥面之湿滑，凸显水乡之特点。七个字，分写三个场景，且层层推进叠加，生动再现了西溪集市的繁荣景象。

"橹摇不进水潭潭"，下句写远景，视角转向水面。惠州河港纵横，故赶集者以渔船为便。橹摇不进，状渔船你追我赶，竞相争渡，以致整个水面都堵塞得满满当当，船容与不进之态势。场面宏大而动感十足。"水潭潭"，则述诸诗人之感受，呈现出静态的深邃之美。如此一动一静，动静结合，画面更呈立体。

这一联正面描写西溪集市，选取了"市散争归"和"橹摇不进"两个特定场景。"桥纳纳""水潭潭"，则尽显岭南水乡风物特色，读之如在目前。

颈联变换笔法，由集市而生发出联想。

"利倾小海鱼盐集"，小海，指浅海。惠州靠近浅海，水产丰富，盐场众多，是鱼虾和海盐的集散之地。利倾，谓乡民因靠海而获利。

"味入他乡酒茗甘"，思绪因鱼盐而飞搴，想象其源源不断，远销异地，成为人们品茗清淡和宾朋宴席之美味佳肴，以致口有余香。

这一联上句叙西溪物产之丰饶，着眼于写实，下句因物流而生联想，设情景于虚拟，一实一虚，相互映照，更见充实。

颔颈二联，写足西溪风物，或描摹，或叙议，或联想，曲尽其妙。

"百里源流千里势，惠州城下有江南。"尾联顺势收笔，以概括性语言缩结全诗，全句谓西溪虽然源流不长，但水势宏壮，恍若大江大河，奔腾不息，一泻千里。人立西溪之上，但见水网纵横，帆往船来，仿佛置身江南水乡。以此关照题目，又呼应开头，看似戛然而止，实则余韵悠然，耐人寻味。

故游茂先大夫，元祐初为唐安守……而其子振旅游峤南，相过惠州，作此诗赠之[1]

唐安千指录琵琶，　　故事犹为蜀叟夸。
樽酒何人陪北海[2]，　　练裙今日见西华[3]。
子归未得频芳草[4]，　　我老无成学种瓜[5]。
万里相逢俱白首，　　班荆长语夕阳斜[6]。

注释：

〔1〕游茂先，未详何人。从诗题知曾任唐安郡守。唐安，今四川崇州市。振旅，据唐玲《唐庚诗集校注》，为游茂先两位儿子。兄为游振，弟为游旅。即《游使君诸子歌》中的"大游""少游"。

〔2〕北海，指东汉孔融。汉灵帝时为北海相，后世遂以孔北海称之。北海，今山东益都、寿光、潍坊、高密一带。

〔3〕练裙，素色衣裙，此处用典。《南史·任昉传》载，昉子名西华，"冬日著葛帔练裙。"后因谓贫穷之人为"练裙子"。此处为诗人自况。

〔4〕芳草，盖指天涯遇知己。苏轼《蝶恋花》："枝上柳绵吹又少，天涯何处无芳草。"一说喻君子贤人，所谓"十步之内，必有芳草。"即是，此处似应取前者。

〔5〕学种瓜，用汉初邵平于长安东门种瓜事。《史记·萧相国世家》："召平者，故秦东陵侯。秦破，为布衣；贫，种瓜于长

安东。"瓜美，故世俗谓之"东陵瓜"。晋·阮籍《咏怀诗·十九》："昔闻东陵瓜，近在青门外。"

〔6〕班荆，指在野外铺草为座。《左传·襄公二十六年》："伍举奔郑，声子将如晋，遇之于郑郊，班荆相与食，而言复故。"

赏析：

此诗题目甚长，交代作诗之缘起，游茂先二子过惠州期间，与唐庚有过几次交往，相互颇为赏识，故唐庚作此诗赠之。

全诗先从其父游茂先说起。

"唐安千指录琵琶，故事犹为蜀叟夸。"首句称颂唐安弦索之盛，甲于两蜀，其千人弹奏琵琶的宏大场面，至今还为蜀中老叟津津乐道，传为佳话。

诗一起首，先从游茂先以乐教化民的德政说起，有其父必有其子，故明颂其父，实赞其子也。游之风流儒雅，不言而喻也。

颔、颈二联，正面叙写游某与诗人之间的交往。

"樽酒何人陪北海"，樽酒，谓宴饮也；北海，汉末北海相孔融，"建安七子"之首。此句以孔融比游某，称颂其不仅豪饮，且才华出众，"何人陪北海"，谓宴席中人，论其文采风流，无人堪与游某匹敌，隐含舍我其谁之意。

"练裙今日见西华"，练裙本指贫家子弟，此处自谓也。以任昉之子西华自况，谦辞也。此句言自己以戴罪之身，有幸参与宴席，有荣耀焉。

这一联写宴饮，全不从觥筹交错的场面落墨。上句"何人陪北海"，凸显游某的儒雅风度；下句"今日见西华"，自得之情，隐见笔端。"北海"对"西华"，看是方位对，实为人名对，堪称绝妙！

"樽酒何人陪北海，练裙今日见西华"，两句皆用典，寄意深

191

沉，将二人彼此倾慕，惺惺相惜之情状曲折地传递出来。

颈联则变换角度，深入一层。

"子归未得频芳草，"子，对游某的敬称；归未得，欲归而不可得也；频芳草，频频来看望我，恍若他乡遇故知。全句言游某逗留惠州期间，能放下身段，多次过访，视我为知己，尤为难得，颇让我感动。

"我老无成学种瓜"，下句用汉初东陵侯邵平种瓜故事，曲折表达自身境况。可见其处变不惊，自得其乐的心境。平静中见旷达，耐人寻味。

这一联兼写两面，上句称赞游某，下句叙写自身，两相映照，意趣盎然，诗人与游某之间虽是萍水相逢，却又意气相投，一见如故，则自然流溢其间，可见运笔之妙。

"万里相逢俱白首，班荆长语夕阳斜。"万里相逢，极言其远也。尾联换用浓浓情笔，涂抹出两位白发老人席坐于郊外草地之上，面对夕阳余晖，依依惜别的画面，以此作结，情韵生动，余韵悠然。

此诗写送别，临岐寄语，化情意于健笔之中，不作一毫儿女子之态，故读来俊朗。用典多却能将典故融于意象之中，如此方为不隔。篇末点题，景语中寓无限感怀，令人遐想。

游使君诸子歌

大游落落如长松⁽¹⁾，　　说易妙和韦编翁⁽²⁾。
胸中蕴藉入眉宇⁽³⁾，　　笔下言语驱头风⁽⁴⁾。
少游濯濯如春柳⁽⁵⁾，　　十八书生过秦手⁽⁶⁾。

192

已将文举呼大儿[7]，　　　更举长源为小友[8]。

是家诸郎都几人[9]，　　　传闻一一连城珍[10]。

未识龙川五袴守[11]，　　　端似当年万石君[12]。

注释：

〔1〕落落，犹言磊落。常用以形容人的气质、襟怀。唐·杨炯《和刘长史答十九兄》："风标自落落，文质且彬彬。"如长松，化用《世说新语·容止》："嵇康身长七尺八寸，风姿特秀，……山公曰'嵇叔夜之为人也，岩岩若孤松之独立'。"此处形容身材伟岸，气度不凡。

〔2〕韦编翁，韦编，将皮革搓成细绳以串联竹简。《史记·孔子世家》："孔子晚而喜《易》，……韦编三绝。"此处以韦编翁代孔子。

〔3〕蕴藉，平和宽厚，含蓄内秀。

〔4〕驱头风，用典。据《三国志》，太祖（曹操）有头风病，疾发时甚苦。"是日疾发，卧读陈琳所作，翕然而起。曰'此愈我病，数加厚赐。'"

〔5〕濯濯如春柳，濯濯，明净、清朗的样子。《世说新语·容止》："有人叹王恭形茂者，濯濯如春月柳。"

〔6〕过秦手，过秦，指西汉贾谊所作的《过秦论》。过秦手，谓才华横溢，堪比贾谊。

〔7〕文举，指孔融，建安七子之首。字文举，少以文才名动四海，献帝时为北海相，故后人又称之为"孔北海"。恃才傲物，屡忤曹操，终为操所杀。

〔8〕长源，即李泌。泌字长源，历官玄、肃、代、德四朝，以出谋划策见长，位至宰相，封邺县侯，世称"李邺侯"。

〔9〕是家，是，指示代词，是家，犹言"这一家"。

〔10〕连城珍，珍贵得价值连城。喻出类拔萃，特别优秀。

〔11〕五袴守，亦称"五袴手"，指善理地方政治的贤良官员。《后汉书·廉范传》载，蜀郡旧制禁百姓夜间点灯做事，以防火灾，但火灾仍多。范为蜀郡太守，乃毁削先令，但严使储水而已。百姓为便，乃歌曰："廉叔度，来何暮？不禁火，民安作。平生无襦今五袴。"苏轼《送黄师是赴两浙宪》："愿君五袴手，招此半菽魂。"

〔12〕谢石君，指东晋名相谢安弟谢万（字万石），培育谢家子弟甚多。

赏析：

据诗中"龙川"字样，此诗应作于惠州贬所，时间大致在政和五年之前。

首四句颂扬游氏兄弟中的老大。

"大游落落如长松"，状其身材伟岸，气宇轩昂，若孤松矗立于危岩之巅，自然让人肃然起敬。"落落如长松"寥寥五字，比喻生动，将大游的形象气质立体式地呈现出来，可谓先声夺人，起笔不凡。次句"说易妙和韦编翁"，则转写内质，谓大游学养丰厚，谈《经》解《易》，精妙入微，暗合孔子之意。"胸中蕴藉入眉宇，笔下言语驱头风。"则紧承第二句进一步展开，大游不仅含蓄内秀，其文采风华，从眉宇间亦已透露出来，而笔下文章，更是珠玉联翩，流光溢彩，让人读后心情为之一爽。

首四句赞大游，一用喻，再用典，将其鲜活地展现在读者面前，行文活泼而自然，使人如见其人，如闻其声。

五至八句称许少游。"濯濯如春柳"，还是先从外貌入手，喻其清朗俊秀，若玉树临风，自然光彩照人。后三句直赞其才气。"十八书生"，明言其少年英俊也。"过秦手"，谓其才学出众，直追贾谊；呼孔文举为"大儿"，举李长源为"小友"，泛举其交往之不俗与交游之广，其身边朋辈皆是孔融、李泌这类超凡脱俗的人物，以此衬托少游的出类拔萃也。如此烘云托月，不仅避免了空泛，亦更见运笔的灵活与变化。

以上八句，重点描述游氏诸子中的长兄和幼弟，妙喻迭出，读来眼前为之一亮。

"是家诸郎都几人，传闻一一连城珍。"九、十句转写游氏其他兄弟。"都几人"，可见家族之繁盛，以此照应题目中的"诸子"。"传闻"可见未曾谋面，故仅以"连城珍"一语带过，喻游氏兄弟个个身手不凡，才华横溢也。

以上十句，分写游氏诸子，有详有略，层次分明，虽有溢美之词，但游氏兄弟的气质与才华，还是形象地展现了出来。"落落如长松""濯濯如春柳"，化用成句而不落俗套，让人不能不佩服诗人驾驭语言的能力。

在写足游氏诸子后，笔触自然而然转到游使君。"未识龙川五袴守，端似当年万石君。""未识"，谓无缘与游使君相识，语含遗憾。但游使君当年为政的清廉与德行的儒雅永为士民怀念，像当年谢氏一样培养出如此优秀的儿子，更让我佩服不已。"五袴守""万石君"，体现了诗人对游使君的由衷赞美，以此绾结全诗，不仅呼应了题目，结构也更显完整。

此诗属七言歌行体，四句一换韵，平仄交替，音韵铿锵，音节圆转；全诗取喻生动，用典多却似信手拈来，章法富于变化而又流畅自然，体现了唐庚歌行体的另一种风格。

鸣鹊行

檐前鸣鹊群相呼[1]，　　法当有客或远书[2]。
平生眼中抹泥涂[3]，　　泛爱了不分贤愚[4]。
卒为所卖罪满躯，　　放逐南越烹蟾蜍[5]。
百口寄食西南隅，　　三年不知安稳无。
家书已自不可必[6]，　　更望故人双鲤鱼[7]。
故人顷来绝懒疏[8]，　　况复万岭千江湖。
鸡肋曾足安拳馀[9]，　　至今畏客如於菟[10]。
岂惟避谤谢往还，　　次日谁肯窥吾庐。
杜门却扫也不恶，　　何但忘客兼忘吾。
喧喧鸣鹊汝过矣，　　何不往噪权门朱[11]。

注释：

〔1〕鸣鹊，旧谓鹊噪门前，预示贵客临门之兆。据《西京杂记》："夫目润得酒食，灯花得钱财，乾鹊噪而行人至，蜘蛛集而百事喜。小既有征，大亦宜然。"

〔2〕法当，理当。《后汉书·孔融传》："我儿小，法当取小者。"

〔3〕抹泥涂，眼睛上抹满泥巴。喻目不识人，极易上当受骗。

〔4〕了不，了，完全；了不，完全不能。

〔5〕烹蟾蜍，惠州地处荒蛮，野人以烹食癞蛤蟆果腹。此处喻处境艰难。

〔6〕不可必，必，必然、必定；不可必，谓（家书）未必能收到。

〔7〕双鲤鱼，汉乐府《饮马长城窟》："客从远方来，遗我双鲤鱼。"后遂以之代书信。

〔8〕顷来，近来。魏·曹植《鹞雀赋》："顷来撼轲，资粮之旅，三日不食，略思死鼠。"

〔9〕鸡肋句，言自羸弱，全身如同鸡肋，不禁拳打。典出《晋书·刘伶传》："伶尝醉与俗人相忤，其人攘袂奋拳而往。伶徐曰'鸡肋不足以安尊拳。'其人笑而止。"

〔10〕於菟，音"乌徒"，虎之别称。

〔11〕权门朱，即权贵之门。古代权贵人家大都以朱（红）色漆门，故又称朱门。杜甫《自京赴奉先咏怀五百字》："朱门酒肉臭，路有冻死骨。"

赏析：

此诗属七言歌行体，据诗中"三年不知安稳无"，可知作于政和三年以后。诗题曰《鸣鹊行》，实则借鹊鸣以抒发胸中之愤懑也。

开头两句为全诗之起兴。

"檐前鸣鹊群相呼"，开篇点题，交代作诗之缘由。按照习俗和传统认知，门前鹊噪应该是有贵客临门或远方有书信寄至的征兆。故接下来一句顺理成章，"法当有客或远书"，诗一发端，明写鹊鸣，实则折射诗人离群索居的孤寂与落寞。试想，若是平日宾客盈门，车马喧闹，诗人哪里会去在意门前的群鹊鸣叫呢。正因为整天郁结难以排解，企盼打破这种沉闷的气氛，才会刻意去留心周遭的细微动静。全诗由此生发，引出下面的无限感慨来。

但接下来诗人却有意宕开一笔，撇下鹊鸣而转写自己贬斥岭南的因由："平生眼中抹泥涂，泛爱了不分贤愚。卒为所卖罪满躯，放逐南越烹蟾蜍。"正因为自己平日心智不明，眼睛涂满了泥巴，屡屡被假象所蒙蔽，故忠奸不分，贤愚莫辩，把周围的人都视为好友，推心置腹，一味泛爱，最终被群小构陷，落得个满身是罪，以至于放逐到这荒蛮之地，处境维艰。"罪满躯"，语带夸张，极言罪名之多，影射政敌罗织罪名之卑劣与狠毒。"烹蟾蜍"借南国蛮俗极言生活之艰辛，非实指也。

这四句既是回顾，又是反思，看似自我剖析，实则直抒愤慨，锋芒所向，直指那些靠出卖朋友以染红顶戴的卑鄙小人。

"百口寄食西南隅，三年不知安稳无。"由自身遭遇而延伸到对家人的思念。唐庚贬谪惠州后，一家老小皆寄居于泸南县，家口众多，又无俸禄，其生活的窘迫可想而知。整整三年过去了，海天遥隔，各在一隅，能不魂牵梦绕，日夜悬想！"安稳无"三字，看似平淡，实则饱含辛酸。

关山阻隔，故家书即便早已寄出，亲人也未必就能收到。"家书已自不可必"正是此种心境的真切写照，忧心如在目前。"更望故人双鲤鱼"推进一层，把迫切希望获知友人近况的心情表现得更为强烈，这从侧面衬托出诗人独处的孤寂。

以上四句着重表现诗人目下之处境和对故园亲人故旧的担忧与牵挂，并与首句的"远书"呼应，在全诗起到了承上启下的作用。

"故人顷来绝懒疏，况复万岭千江湖。"这两句紧承"更望"句，从故人角度落墨，设想故人近来书信全无，大概是太疏懒，难得动笔，更何况关山万重，水远天遥，即使寄出怕也无从收到。这两句从字面上看，似是诗人设身处地为友人开脱，实则更见思念之切。

"鸡肋曾足安拳馀，至今畏客如於菟。岂惟避谤谢往还，次日谁肯窥吾庐。"笔意再转，重回自身境况。"鸡肋"句语带戏谑，谓自己羸弱不堪，形同鸡肋，在人前不敢争强好胜，畏敌如虎，哪里是仅仅因为逃避诽谤而主动谢绝与人交往，而以我今日之处境，又有谁肯不避嫌疑而稍稍一顾寒舍呢？"谁肯窥吾庐"暗用"门可罗雀"之典故，以形容居所之冷清。此四句由怨而愤，隐含对世态炎凉的感慨和自身遭受如此打击的愤懑。

但感慨归感慨，愤懑归愤懑，终须自我解脱。故末四句自我宽慰："杜门却扫也不恶，何但忘客兼忘吾。喧喧鸣鹊汝过矣，何不往噪权门朱。"还是关起门来自扫门前雪吧，这其实也不算坏呀。更何况自己正努力探寻物我两忘之境界，不稀罕也不期待什么贵客光临。你们这些大呼小叫的喜鹊，真是找错了对象，你们怎么不向朱门大户去鸣噪呢，那里才是车马喧腾，宾客盈门的所在呀！

末两句看似调侃，实则语带锋机，明是对鸣鹊而言，实则抒发对豪门权贵的极大蔑视与不满。卒章显志，立意顿见。而"忘客兼忘吾"则是诗人面对恶劣环境寻求自我解脱的不二法门，堪称全诗关眼所在。

唐庚此诗借鹊噪门前而恣意发挥，抒发个人感受，但世态之炎凉，人情之冷暖，隐见笔端。"平生眼中抹泥涂，泛爱了不分贤愚"，既是对自己交友不慎的反思，对后人立身处世也不无启发。

全诗一韵到底，转接自然，通篇几不用典，读来流畅上口，继承了汉乐府通俗明快的传统，称得上唐庚七言歌行体的佳作之一。

收家书

西州消息到南州[1]，　　　　骨肉无它岁有秋[2]。
骥子解吟青玉案[3]，　　　　木兰堪战黑山头[4]。
即时旅思春冰坼[5]，　　　　昨夜灯花添穗抽[6]。
从此归田应坐享，　　　　故山已为理菟裘[7]。

注释：

〔1〕西州，此处指代巴蜀地区，即诗人的故乡。

〔2〕骨肉无他，谓家人平安。有秋，指收成不错。

〔3〕青玉案，曲调名。汉·张衡《四愁诗》："美人赠我锦绣段，何以报之青玉案"，此处泛指诗文。

〔4〕木兰，此处代指唐庚之女。黑山头，《木兰诗》："旦辞黄河去，暮至黑山头。"此句言女儿已长大，能解父忧矣。

〔5〕旅思（sì），游子思乡羁旅之愁。宋范仲淹《苏幕遮》："黯乡魂追旅思，夜夜除非，好梦留人睡。"此处指对家人的忧虑。春冰坼，坼，裂开。《淮南子·本经》："天旱地坼"。春冰坼，春天，冰河解冻而开坼融化。此处喻对家人的担忧瞬间消释。

〔6〕灯花抽穗，旧俗，灯花抽穗，有吉兆。杜甫《独酌成诗》："灯花何太喜，绿酒正相亲。"此句言昨夜的灯花预兆今日的家书。

〔7〕菟裘，本地名，引申为退隐之地。《左传·隐公十一年》："羽父请杀桓公，以求太宰，公曰：'为其少故也，吾将受之也。'使营菟裘。"

赏析：

此诗抒发收到家书后的喜悦和对亲人及故乡的怀念。

云山阻隔，独在异乡，能收到亲人的家信，自然是喜极而泣的事，工部云："烽火连三月，家书抵万金"即此意也。

"西州消息到南州"，首句直接破题，由"西州"而到"南州"，直言其路途遥远，家书来之不易也。隐见渴望之情。

"骨肉无它岁有秋"，以下三句抒写家书之内容。

"骨肉无他"，一家大小平安无恙；"岁有秋"，年成不错，衣食无忧也。这一句总写家书内容，寥寥七字，涵盖甚丰。

诗人孤身一人，远在天涯，家人的平安与否，自然是日夜思念，魂牵梦绕的了，得知"骨肉无他岁有秋"，堪堪可以放心了。七个字，看似平淡，但分量极重，诗人阅信后顿然释怀之情状，隐隐可见。

三四句分写子女。"骥子解吟青玉案"，称儿子为"骥子"，寄厚望也。分别几年，儿子不仅能咏诗作赋，且能解读《青玉案》这样的名篇了，可见学业大有长进。下句"木兰堪战黑山头"则又变换手法，以木兰代父从军的故事暗喻女儿已长大，可以为家庭、父母分忧了。

"青玉案""黑山头"为借对，妙！

诗忌平铺直叙，故三四句出以典故，既体现了运笔的变化，又扩展了诗的蕴含，如此方不落俗套。

五六句转而抒写收到家书后的喜悦。"即时旅思春冰坼"，一家骨肉平安，一喜也；年丰岁足，二喜也；子女学业有成，能为家庭分忧解难，三喜也。故长久以来的担心与顾虑瞬间如冰雪消融，能不释怀？"春冰坼"，春和日丽，冰雪消融，比喻生动形象，化无形为有形，堪称神来之笔！

下句"昨夜灯花添穗抽"，则又变换角度，以民间习俗"灯花抽穗"来预示喜事临门，衬托此刻心境之大好。句法可谓灵动活泼，深见功力。这一联为全篇精警。

"从此归田应坐享，故山已为理菟裘。"末两句转入对晚年归隐田园的追求和期待，全联由"从此"二字领起；瞻望未来，已无后顾之忧，家里已为自己告老还乡营造好养颐之地，只待早日归去，坐享天伦之乐了。以此收束全诗，隐隐透露对朝廷的殷切期盼。

此诗集叙述、描写、抒情于一炉，字里行间，洋溢着收到家书后的喜悦之情。写法上颇似杜甫的《闻官军收河南河北》，但尾联用典太生僻，缺乏一气呵成的快感。但总体说来，不失为一首好诗。

重阳后一日从无尽泛舟游处士台，诗人秦龟从所居[1]

皂河经雨水微沙， 船帖台根日未斜[2]。
三径就荒悲白士[3]， 一樽相嘱对黄花。
已将远眺收平楚[4]， 更遣清言到永嘉[5]。
要见仙翁头似漆， 请看醉后落乌纱[6]。

注释：

〔1〕无尽，未详何人，当是唐庚惠州新交之友，无尽盖其法号。处士，古时称不肯出来做官的文士。处士台，应是秦龟从遗址，亦不详。

〔2〕帖，通"贴"，靠紧。台根，指处士台的脚基。

〔3〕三径，据《三辅决录·逃名》载，西汉末，王莽专权，兖州刺史蒋明告病辞官，隐居乡里。于院中辟三径，惟与求仲，羊仲往来。后遂以之代指官吏归隐之家园。晋·陶渊明《归去来辞》："三径就荒，松菊犹存。"白士，即寒士、白衣。《晋书·羊祜传》："以白士而居重位，何能不以盛满受责乎？"

〔4〕平楚，楚，木丛；登高远眺，原野林梢齐平，故曰"平楚"。犹言平野，谢朓《郡内登望》："寒城一以眺，平楚正苍然。"

〔5〕永嘉，地名，其地多佳山水。西晋谢灵运曾任永嘉太

守，在此写过许多山水诗，后世遂以永嘉为佳山水之代名词。

〔6〕仙翁，此处指无尽。醉后落乌纱，用"龙山落帽"之典。晋·陶渊明《晋故征西大将军长史孟府居传》："九月九日，（桓）温游龙山，参佐毕集……时佐吏并著戎服，有风吹君（孟嘉）帽坠落。温目左右勿言，以观其举止。君初不觉，良久如厕，温命取以还之。"后世遂以龙山落帽或龙山会指代重九登高畅饮。此处以落乌纱形容无尽的醉态。

赏析：

此诗抒写乘兴出游，隐寓故园之思也。

"皂河经雨水微沙，船帖台根日未斜。"首句正面点题，写重九后出游。一场秋雨后，天朗气清，与友人无尽，乘兴沿皂河泛舟而下，一路碧波荡桨，微沙轻泛，小船紧贴处士台靠岸，其时天色尚早也。

首联交代出游时地，日未斜，见舟行的轻快，以此反衬心情之轻快。"皂河经雨"也补明了重阳后一日出游的原因。

重九登高，本当开怀畅饮，不意领联却撇开欢会，转写悲情。"三径就荒悲白士"，遥想故园今日，定当清冷幽寂，昔时宾客纷来之小径，早已荒草丛生，一派荒凉；而自己依然一介寒士，如今却飘蓬万里，有家难归，思之能不伤怀！"一樽相嘱对黄花"，下句拉回到眼前，当此重阳佳节，面对满地黄花，唯有与老友举杯相嘱，共慰枯肠。这里"黄花"明是写景，暗指重阳，寓"独在异乡为异客，每逢佳节倍思亲"之慨，可谓寄意深沉。

这一联分写两面，以眼前之景反衬故园之思，读来更见悲怆。

接下来两句转写远景，"已将远眺收平楚"，极目远望，川原平旷，绿树葱茏，尽收眼底。这一句按正常语序，应为"已将平楚收远眺"这样写，也不失为好句；一经诗人倒置，更显诗味益然，生面别开。下句"更遣清言到永嘉"，递进一层，写对此佳山胜水，不由诗兴大发，清辞丽句，奔涌而来，任由驱遣，尽入诗囊。

这一联境界开阔，辞意奔放。一个"收"，一个"遣"，化静为动，极富气势。一扫上联悲瑟之气，读来为之一振。

颔颈二联，即景抒情，顿挫抑扬，各尽其妙。对仗工整而意象鲜明；"三径就荒""一樽相嘱"（典故对熟语），"收平楚""到永嘉"（景语对地名），"悲白士""对黄花"（看似颜色对，白士指贫寒之士，属于借对），"已将""更遣"（流水对），既妥帖又富于变化。诗人刻意锻炼之功，可见一斑。

尾联笔意重新拉回眼前，"要见仙翁头似漆"，"仙翁"指无尽；"头似漆"，一头乌发，见其身板硬朗，精神矍烁。"请看醉后落乌纱"，末句以孟嘉龙山落帽的典故赞许无尽的风流潇洒与不拘小节。全句描写一细节，酒酣耳热之际，一阵清风袭来，将无尽的乌纱帽吹落，露出一头漆发，而他竟浑然不觉，谈笑依然。

全诗以这一特写之镜头作结，不仅将无尽的形象生动地展现出来，也暗示此次出游的酣畅与融洽，给整个画面涂抹出一层亮色，予人以幽默和轻快之感。

采藤曲效王建体〔1〕

鲁人酒薄邯郸围〔2〕，　　西河渡桥南越悲〔3〕。
岁调红藤百万计〔4〕，　　此贡一作无穷时〔5〕。
去年采藤藤已乏，　　今年采藤藤转竭。
入山十日脱身归，　　新藤出土拳如蕨〔6〕。
淇园取竹况有年〔7〕，　　越山采藤输不前。
今年输藤指黄犊，　　明年输藤波及屋。
吾皇养民如养儿，　　凿空为此谋者谁〔8〕？

注释：

〔1〕王建，中唐诗人，诗风清新、平易，大都直言当世时事，时称"王建体"。

〔2〕鲁人酒薄，语出《庄子·胠箧》："唇竭而齿寒，鲁酒薄而邯郸围，圣人生而大盗起。"《音义》注曰："楚宣王朝诸侯，鲁恭公后到而酒薄，宣王怒。恭公曰：'我，周公之后，勋在王室，送酒已失礼，方责其薄，毋乃太甚。'遂不辞而还。宣王乃发兵与齐攻鲁。梁惠王常欲击赵，而畏楚救，楚以鲁为事，故梁得围邯郸。"鲁酒味淡薄，与赵国本不相干，赵国国都邯郸反而因此被围。后世遂以"鲁酒薄而邯郸围"比喻无端蒙罪，或莫名其妙地受到牵连。黄庭坚《观秘阁苏子美题壁》："鲁酒围邯郸，老龟祸枯桑。"

〔3〕西河，泛指黄河以西地区。《史记·廉颇蔺相如列传》："会于西河外渑池。"杜牧《过秦论》："于是秦人拱手而取西河之

205

地。"按：此句出处未详，或为唐庚杜撰。

〔4〕红藤，据《岭表录异》载："南土多野鹿藤，……细于筋。采为山货，流布海内，儋、台、管百姓皆制藤箱编为幕，其妙者亦挑纹为花、药、鱼、鸟之状。业此纳官以充赋税。"

〔5〕作，兴起。《史记·陈涉世家》："桀纣失其道而汤武作。"此处当"开始"讲。

〔6〕拳，通"蜷"，卷曲。

〔7〕淇园，地名，今河南淇县境内，以产竹闻名。

〔8〕凿空，凭空乱说或穿凿附会。唐·韩愈《答刘秀才论史书》："巧造语言，凿空构立善恶事迹。"此处是巧立名目之意。

赏析：

惠州盛产红藤，初始，地方官员以之作为贡品以抵赋税，岁纳百万。后红藤殆尽，朝廷征额却不减，百姓往往因完不成配额无奈卖牛拆屋以抵。原本的便民措施变味成"殃民"，祸莫大焉。此诗即针对此事而大加挞伐，诗题目"效王建体"，易于直陈其事，大声疾呼也。置贬谪之身不顾而大声为民"鼓与呼"，可见唐庚作为儒者之大仁大勇也。

"鲁人酒薄邯郸围，西河渡桥南越悲。"鲁王携带的酒味极淡薄，本与赵国毫不相干，可它最终却导致赵国都城邯郸被围，西河与南越相距万里，西河架设渡桥和南越更是风马牛不相及，何来悲戚？

起首二句，诗人并不从藤贡说起，而端出"鲁酒薄"与"邯郸围"，这个人们熟知的典故来比喻事件的荒唐，可谓深得迂回之法也。如此构思，方能引人入胜，妙极！

"岁调红藤百万计，此贡一作无穷时。"三四句直入正题，谓朝廷每年征调红藤以百万计，而此项召令从一开始实施就没完没了，永无穷期。

"百万计"可见数量之大，红藤终有限，征调无穷期，便民反成人祸。此二句为全诗之纲，统领以下八句。

"去年采藤藤已乏，今年采藤藤转竭。入山十日脱身归，新藤出土拳如蕨。"去年采，今年采，看似重复，实则强调攀采之频繁与无序。如此疯狂的大规模采藤，无异于竭泽而渔，其结果自然是红藤越来越稀少，几乎接近于枯竭，老藤已尽，新藤甫生，状如蕨草，采无可采。以至于"入山十日"，空手而归。

这四句叙写无序的掠夺性采摘造成红藤资源枯竭，山民无藤可采的情状，为下文蓄势。

"淇园取竹况有年，越山采藤输不前。"这两句宕开一笔，谓即便是以产竹闻名的淇园，也不能连年采伐，而必须让它繁衍生息，何况是野藤，就算是翻山越岭，去外地采藤，但路远山遥，运输也是难上加难。"输不前"，谓运输困难，山民只好裹足不前也。

这两句诗人设身处地为山民着想，其仁厚之心，溢于笔端。

红藤已尽无觅处，贡额如山不容减。万般无奈之下，百姓就剩下"今年输藤指黄犊，明年输藤波及屋"这一条绝路了。要知道，耕牛可是百姓赖以生存的生产资料，今年输藤纳贡，犹可指望黄犊，而明年呢，怕是连几间遮风蔽雨的破屋也保不住了。瞻念前途，令人不寒而栗，看来，藤贡之灾已经把当地百姓逼到山穷水尽，家破人亡的境地了。

以上八句层层深入，把以藤纳贡对当地百姓的祸害揭露到极致。"今年输藤指黄犊，明年输藤波及屋。"诗人看似以旁观者的角度直陈事实，语言极为平易，实则寄托对山民的深切同情，读来沉重，带有浓烈的悲剧色彩。

"吾皇养民如养儿，凿空为此谋者谁？"末两句以议论结尾，谓当今皇上视天下百姓为子民，关爱唯恐不至，究竟是谁的馊主意，巧立名目，把百姓逼到这般田地！问句作结，愤激之情，溢于言表。

这两句运笔委婉，有意替皇帝老官开脱，让地方官员把全部罪过兜起来，实则暗含讽刺，明眼人一看就知。北宋皇帝，大都贪图逸乐，不恤民力。仅徽宗就曾全国各地搜求奇花异石，以"花石纲"的名义万里转运，劳民伤财，以致民怨沸腾，农民起义风起云涌。惠州红藤入贡，只是其中一个例子罢了。

此诗通过藤贡为祸的纪实性叙写，折射出最高统治者的穷奢极欲，体现出诗人对国计民生的关注和对百姓的深切同情。全诗对地方官吏的冷酷无情，巧取豪夺，对吏卒的横征暴敛不置一辞，但从山民卖犊拆屋的悲惨遭遇中不难想象，如此运笔，可谓深得"不著一字，尽得风流"之妙。

乙未正月丁丑，与舍弟棹小舟穷西溪至愁绝处，度不可进，乃归

溪侧有双榕，甚奇，清阴可庇数十榻，水东老人尝饮酒其下云[1]

杨梅溪上柳初黄，	荆竹冈头日正长。
独木小舟轻似纸，	一尊促席稳于床。
树从坡去无人识，	水出山来带药香。
应有居民解秦语[2]，	为言昭代好还乡[3]！

注释：

〔1〕乙未正月，即政和五年正月，时唐庚仍在惠州。愁绝处，指风景让人绝倒之处。水东老人，水东，地名。水东老人，诗人在惠州结识的朋友。唐庚《双榕》诗云："水东双榕间，有

叟时出游。清风衣履古，白雪须鬓虬。"水东老人，或即指此。

〔2〕秦语，西蜀一带古属秦地，秦语指川西一带方言。

〔3〕昭代，指清明的时代，多用以称颂本朝。杜甫《奉留赠集贤院雀于二学士》："昭代将垂老，途穷乃叫阍。"

赏析：

此诗亦惠州风物诗，抒写早春舟行的愉悦。

首二句描写小舟行进中两岸之景色。

"杨梅溪上柳初黄"，惠州盛产杨梅，早春时节，乘舟溪行，夹岸杨梅丰茂，水边杨柳新芽初绽，呈现一派鹅黄，显得极为娇嫩。寥寥七字，洗练而概括地勾勒出一幅惠州水乡的早春景象图。"荆竹冈头日正长。"则直叙舟行的进程，两岸风景目不暇接，不知不觉中，小船已驶到荆竹岗头。"日正长"，天色尚早也。

这两句写景中隐隐透露诗人的喜悦之情。

三四句变换角度，抒写乘船的感觉："独木小舟轻似纸，一尊促席稳于床。"溪面狭窄，故只容小舟一叶，唯其体形小，故"轻似纸"；"促席"，狭窄的舱位；"稳于床"，比睡床还平稳，可见水流的平缓。

这两句上句写船行的轻快，下句写小舟的安稳舒适。全联以舟行的轻快反衬心情的轻快。"轻似纸""稳于床"，尽显惬意。

随着舟行的深入，两岸的景物也不断变换。颈联再次换用视角。"树从坡去无人识，水出山来带药香。"从，随着；出，穷尽。随着坡度的起伏，舟行加快，两岸的绿树也渐次从视线退去，以至于根本辨别不出树的名目；小船行进到水穷处，远处的青山也仿佛迎面扑来眼底，山风徐来，带给人一阵清新的草药香，让人神清气爽。

"树从坡去""水出山来"，动感十足，描写逼真。"来"字用拟人，不仅再现了舟行过程中远山予人视觉的撞击，读来亦更显亲切。"水出山来"，让人想起王维的"行到水穷处，坐看云起时"之意境，尤觉生面别开。

末两句"应有居民解秦语，为言昭代好还乡。"写在山里偶然遇到蜀人，顿时拉近了距离。随意地攀谈起来，乡音倍感亲切，交谈之间，语多劝慰，当今时世清明，先生应该不久便可遇赦还乡了吧。

借乡民之口，抒渴望北归之念，以此收束全诗，巧妙而自然。

此诗作于唐庚贬谪惠州的第五个年头，但全诗无一丝颓丧之气。通篇不用一典，写景纯用白描，将惠州早春的景物与诗人愉悦之情有机地融为一体。风格清新俊健，语言干净畅达，写法上与诗人另一名篇《春日郊外》相似，而意象则各不相同，应视为唐庚景物诗佳作之一。

有感示舍弟端孺并外甥郭圣俞

一出湟关五见梅[1]，　　愚忠几欲伴黄埃。
弟兄手足穷孤竹[2]，　　母子肝肠泣老莱[3]。
好语忽从天上落[4]，　　行人直向海边回[5]。
此生报国无他事，　　力穑供输莫待催[7]。

注释：

〔1〕湟关，在广东境内，宋时属连州。

〔2〕穷，穷途潦倒。孤竹，古国名。《史记·周本纪》："伯

夷、叔齐在孤竹。"故治在今湖北省卢龙一带,此处泛指沦落
天涯。

〔3〕泣老莱,老莱,即老莱子。《列仙传》:"老莱子,楚人,
当时世乱,逃世耕于蒙山之阳。……蓬蒿为室,溢荠为食。"世
传老莱子八十而娱于母亲之前,自己年未满五十,却母子隔天
涯。泣老莱,即指此也。

〔4〕好语,即好消息。指朝廷恢复唐庚官职并重返京师的
赦令。

〔5〕行人,诗人自谓也。

〔6〕供输,缴纳赋税。唐·杜荀鹤《题田翁家》:"州县供输
罢,追随箫鼓喧。"

赏析:

此诗作于赦令下达即将北归之际,喜悦之情,溢于言表。

唐庚自大观四年(1110)冬南迁惠州,直至政和五年
(1115)六月,徽宗立太子,大赦天下,始遇赦北归。他在《惠
州谢复官表》中写道:"今月八日,惠州送到告身(委任状)一
道,伏蒙圣恩,复官承议郎。……移居万里,烟瘴六年。"首句
"一出湟关五见梅"即直陈其事,明言自己贬斥惠州,已经整整
五个年头了。不曰"五个年头"而曰"五见梅",化直白于形象,
婉曲生动,见其匠心也。

次句"愚忠几欲伴黄埃","愚忠"谓自己不识时务,一味竭
诚进言而有忤圣听。自分必死,屍骨也将长埋黄沙,不得返归故
里也。这一句将自己遭遇贬谪归结在"愚忠",颇似东坡"小臣
愚昧自亡身"之意,刻意向朝廷表明心迹也。

起首二句,采用"欲擒故纵"之法,先退一步跌入谷底,为
下文反弹伏笔。

"弟兄手足穷孤竹,母子肝肠泣老莱。"颔联紧承"伴黄埃"

而拓展开去：骨肉亲人远在万里之遥，穷途困顿；自己却独在天涯，久滞不归。而一想到母子分离，自己不能像老莱子一样晨昏省问，以尽子道，怎能不肝肠寸断，悲从中来？

这一联直面自身当前境况，以老莱子八十尚能娱亲的典故反衬自己的骨肉分离，既避免了平铺直叙，又具体可感。一个"穷"一个"泣"，更见悲怆。"穷孤竹""泣老莱"，故用顿挫，为下文"好语"蓄势。

"好语忽从天上落，行人直向海边回。"颈联峰回路转，柳暗花明：好语，好消息也；忽从，出人意表，喜出望外也；天上落，天上指皇上、朝廷也；全句谓朝廷的赦令突然间从天而降，真真让人喜出望外。而我这个戴罪之身，终于可以一扫阴霾，收拾行装，告别海角天涯，重新奔向中原大地的怀抱了！

这一联大气磅礴，其喜悦之情如高瀑飞泻而下，卷洪波巨澜于方寸之间，兼有太白"两岸猿声啼不住，轻舟已过万重山"与工部"即从巴峡穿巫峡，便下襄阳下洛阳"之意境，读来酣畅淋漓，十分快意，堪称全诗高潮。

这一联对仗也极为工整讲究，"好语""行人"（名物对）；"忽从""直向"（趋向对），"天上""海边"，则看似方位对，而"天上"却别有内涵，此为借对，妙极！整个上下句则又形成流水对，诗人推敲锤炼之工，可见一斑。

尾联则紧承"海边回"而再竭愚诚，表明心迹："此生报国无他事，力穑供输莫待催。"既然意外地遇赦放还且官复原职，还有什么可奢望的呢？余生别无他求，唯愿早日告老还乡，尽力农事，按时缴纳赋税，以报效圣主隆恩吧。

其言辞之恳切，若出肺腑，细读之隐隐透露虽蒙赦免，仍须夹着尾巴做人的意味，这大约可看作诗人惠州六年的经验教训吧。

此诗风格沉郁悲壮，追踪工部而能自成面目，叙事中透抒情，用典中露婉折，尺幅千里，波澜起伏，是唐庚后期七律中的佳作之一。

即事三首（其一）

归心急似陇头水，华发多于岭上梅。
正是尧朝犹落此，当时湘浦亦宜哉。

赏析：

此诗作于遇赦北归途中，看似表达归心之急切，隐隐透露几分重返朝廷的得意之情。全诗共三首，今选其一。

"归心急似陇头水"，首句开门见山，点明北归也。陇头水，从高丘直泻之水，喻归心似箭，似乎一天也等不得了，可见心情之急切。

诗人无端获罪，投荒万里，且一贬就是六年，其中况味，哪堪尽诉。一纸赦令，天外飞来，能不喜出望外？故恨不得两肘生翅，飞回故乡。"归心急似陇头水"，正是诗人遇赦放还心境之真实写照。寥寥七字，蕴含丰富，颇有点工部"即从巴峡穿巫峡，便下襄阳下洛阳"的味道。

"华发多于岭上梅"，次句撇开一路上的千难万险，转而抒慨。岭上，指大庾岭，又称梅岭，乃诗人返程必经之路也，一过大庾岭，则重回中原怀抱，能不感慨万端！自己虽行年五十，却早已两鬓如霜，此番有幸生还，睹岭上之梅花，自然生出许多联想。以岭上之梅花，喻头上之白发，形象而妥帖，奇思妙想中更见悲怆。

首二句对起对结，意思大开大阖，华发对归心，工稳中见匠心。

"正是尧朝犹落此"，第三句笔锋一转，尧，中国古代三皇之首，与舜、禹并称。尧朝，圣明之世也。从表象看，将当时的北宋王朝比拟为"尧朝"，似乎含有"皇上圣明，臣罪当诛。"这种遇赦后的感戴之情，实则语带讥讽，耐人咀嚼。犹落此，犹落得如此下场也。全句犹言：正是在这号称似尧朝的清平盛世，我尚且落得个发配岭南，且一待就是六年的厄运，实在让人郁闷！

这一句与王勃《滕王阁》中的名句"屈贾谊于长沙，非无圣主；窜梁鸿于海曲，岂乏明时"，异曲同工，但运笔更婉曲，寄意更深沉，实为全诗关眼。

"当时湘浦亦宜哉"，结尾紧承上句"犹落此"而逆收。湘浦，湘江和叙浦，泛指湖南南部。宜，适宜，反语。全句针对当局而言，谓当初你们就算把我贬到湘南这样的边远之地，也该是够狠的了吧，何必非要斩尽杀绝，硬将我扔到惠州这样的瘴疠之乡呢？其潜台词是，可如今我不是活得好好的，又回来了吗？末句看似平和，实则暗含对当朝权贵的蔑视和挑战，颇有点刘禹锡"前度刘郎今又来"的意味，可谓蕴意深长。

"正是尧朝犹落此，当时湘浦亦宜哉。"尽管诗人弄了点"障眼法"，但其中的寓意，明眼人一看便知，不知当朝诸公读后作何想？

全诗短短四句，却跌宕起伏，不落凡套，"当时湘浦亦宜哉"，平中见奇，尤见筋骨。

赠博士承议无尽

南归迁客气平和[1]，磊落胸中所得多[2]。
白日过从唯陆胥[3]，清宵梦想适维摩[4]。
徘徊未忍指鸡肋[5]，寂寞犹能顾雀罗[6]。
好与乡人敦薄俗[7]，莫因哺啜负岷峨[8]。

注释：

〔1〕南归迁客，诗人自指。

〔2〕磊落，多而错杂。《后汉书·蔡邕传》："连横者六印磊落，合纵者骈组流离。"

〔3〕过从，互相往来，交往。唐·李公佐《南柯太守传》："不与生过从旬日矣。"陆胥，即绿醑，谓美酒。苏轼《谒金门》："孤负金樽绿醑，来岁今宵圆否？"唐庚曾写过《陆语传》，将酒拟人化。

〔4〕维摩，佛家语，即维摩诘，与释迦牟尼同时。苏轼《殢人娇》："白发苍颜，正是维摩境界。"

〔5〕鸡肋，比喻有名无实，欲弃而不舍之物。宋·杨万里《晓过皂角岭》："半世功名一鸡肋，平生道路九羊肠。"

〔6〕雀罗，"门可罗雀"之省称。《史记·汲郑列传》："时翟公为廷尉，宾客阗门，及废，门外可设雀罗。"喻门前冷落之状。

〔7〕敦薄俗，敦，督促、勤勉。薄俗，轻薄的习俗。《汉书·元帝纪》："民渐薄俗，去礼义，触刑法，岂不哀哉！"敦薄俗，谓以自己的言行去影响百姓，使之改变轻薄的坏习俗。

215

〔8〕哺啜，即吃喝。《孟子·离娄上》："子之从於子敖来，徒哺啜也。"苏轼《腊雪》："耕耘终亦饱，哺啜定谁邀？"此处指薄俸。岷峨，岷江和峨眉山，代指诗人故乡。

赏析：

此诗作于自惠州北返朝廷之后，承议无尽，应是诗人故友，未详。

"南归迁客气平和，磊落胸中所得多。"南归迁客，点明自己身份之特殊，唯其"南归迁客"，故须处处小心，低调行事，夹着尾巴做人。"气平和"，有隐衷焉。磊落，形容心中郁积层层叠叠，压得喘不过气来。

好不容易遇赦放还，故人相逢，能不感慨万端？故诗一发端，即尽诉目前之心境。看似平平而起，个中苦涩，唯故人知之。"玄都观里桃千树，尽是刘郎去后栽。"心气岂能平和？然不平和又何如之？

既然胸中磊落多，又何以排遣呢，自然引出颔联。

"白日过从唯陆胥，清宵梦想适维摩。"胸中块垒，唯有以酒浇之，以消磨漫长的白昼；夜晚清寒，寂寞难耐，则潜心礼佛，以调养身心，摈除妄念。

这两句以"白日""清宵"领起，叙写日常生活，字里行间，尽显愤懑与无奈。

这一联对仗极讲究，"白日"对"清宵"，属时间对，"白"对"清"（谐"青"），又属颜色对，"陆胥"（唐庚写过《陆醑传》，将酒拟人化）对"维摩"，化酒名为人名，堪称绝妙！一个"唯"，一个"适"，则写尽其百无聊赖与心灵的苦痛，下得极为精准。

颈联深入一层，进一步向友人倾诉心中的苦水。

"徘徊未忍指鸡肋，寂寞犹能顾雀罗。""鸡肋"典出《三国志·武帝纪》，原意是"食之无味，弃之可惜。"此处代指职事的无趣和俸禄的微薄。徘徊未忍，状其踌躇再三而难以决断之心态，可谓穷形尽相，下句极言门庭之冷落，不曰"寂寞难耐"而曰"寂寞犹能顾雀罗"，耐人寻味。

这一联诗人将两个人们耳熟能详的典故巧妙地融入句中，若盐渗于水，浑然无迹。把自己面对闲曹冗职割舍不定的心理矛盾和旧交零落，"门前冷落车马稀"的孤寂难耐，曲折委婉地表露出来，蕴含深沉而又诗味浓郁，"未忍""犹能"，尤见蕴藉。

颔颈二联，在细细向故人倾吐自己心中的郁结与苦痛后，水到渠成，自然拈出尾联："好与乡人敦薄俗，莫因哺啜负岷峨。""既自以心为形役，奚惆怅而独悲？"是该下决心的时候了，这份"食之无味，弃之可惜"的薄俸实在不值得贪恋。还是早日还乡，凭自己的安贫乐道，来感化、敦促乡民。净化一方风俗，不辜负故乡山山水水的哺育之恩吧。

结尾笔锋一转，向承议无尽表达自己义无反顾，决心归隐的强烈愿望。卒章显志，绾结全篇。

此诗采用向故人吐露心声的笔法，娓娓道来，一气呵成，纯用情笔，风格细腻而婉曲，于小桥流水中隐见波涛，这在唐庚诗集中颇不多见。

次韵强幼安冬日旅社〔1〕

残岁无多日，　　此身犹旅人〔2〕。
客情安枕少，　　天气举杯频。
桂玉黄金尽〔3〕，　　风埃白发新〔4〕。
异乡梅信远，　　谁寄一枝春〔5〕？

注释：

〔1〕强幼安，即强行父，字幼安，浙江钱塘人，唐庚友人。宣和元年辞官后小住京师，与唐庚同寓于京东景德寺。其间往来酬唱，过从甚密。此诗即唐庚次韵奉和强幼安之作。

〔2〕旅人，唐庚遇赦返京后，挂名"提举上清太平官"，实则受禄闲置，未置产业，只身一人，暂住于京东僧寺。故以"旅人"自况。

〔3〕桂玉黄金，用典。《战国策·楚策三》载，苏秦入楚，经三日便行。楚王问其故，苏秦曰："楚国之食贵于玉，薪贵于桂，谒者难见如鬼，王难见如天帝。今令臣食玉炊桂，因鬼见帝。"唐庚以此喻自己在京都的困窘。

〔4〕风埃，埃，尘埃；风埃犹言风尘。

〔5〕结句化用晋·陆凯《赠范晔》："折梅逢驿使，寄与陇头人。江南无所有，聊赠一枝春。"诗意。

赏析：

此诗抒发独寓京师思乡怀人的情怀。

政和六年，唐庚遇赦北归，在京赋闲，越明年，复官"提举上清太平宫"，无所事事，郁郁寡欢，身体又每况愈下，遂有归隐之念。此诗即当时心境的写照，时间大致在宣和元年。

"残岁无多日，此身犹旅人。"首联直写自身当下的境况；"残岁"，谓一年将尽，"无多日"，离年关越来越近了。下句推进一层，"犹"如同，"旅人"，羁旅之人。诗人虽已返归京师，但一家妻小仍在泸南，独在异乡，且是寓居，当年的同侪好友，早已风流云散，故寂寞孤索，无所依傍，其心境诚如他在《次韵幼安留别》中所描绘的那样："白头重踏软红尘，独立鹓行觉异伦。"深感失落与另类也，这与羁旅之人有何区别？

首二句照应题目"冬日旅社"，"旅人"一词为全诗关眼，以下四句由此生发。

"客情安枕少，天气举杯频。"重返京师，没有安定的居所，犹如异乡之客，自然不会有好心情，海天遥隔，思乡情切，故夜夜难以入寐，"安枕少"，状其心情之郁结也。时近深冬，汴京地处北国，天气奇寒，对于一个刚刚在南方滞留了六年的人而言，则尤见恶劣，故不得频频举杯，一者赖以御寒，二则借此打发孤寂的日子也。

这一联紧承"旅人"而进一步展开。"客情""天气"分写两面，既抒写自身心绪，又照应友人（强幼安）之处境，可谓凝练概括、言简意丰，因"客情"而"安枕少"，苦"天气"而"举杯频"，采用递进式，对仗极工。

接下来"桂玉黄金尽"，转而用典，以"薪贵于桂"，"食贵于玉"，反衬薪俸的微薄，看似夸张，实则将"客情"之苦叠加坐实。下句"风埃白发新"。则又变换角度，谓自己自岭南辗转万里，一路风尘，平添了许多白发，思之能不怆然！

颔联二联，从不同侧面抒写独寓京师的困窘与心情的郁结，层层推进，为尾联蓄势。

"异乡梅信远，谁寄一枝春？"故乡远在天涯，雁信难达，又有谁能记得我这异乡之客，给我一丝安慰呢？结尾化用陆凯赠友人的名句，抒发对故乡亲人的深切怀念。问句作结，苦涩之情，溢于言表。

全诗八句，紧扣诗题，丝丝入扣，密合无间，中间两联，尤得唐人之正。结尾化用无痕，不仅深化了主题，又造成了一种余韵绕梁之趣，读来有味。

次韵幼安留别[1]

白头重踏软红尘[2]，　　独立鹓行觉异伦[3]。
往事已空谁叙旧，　　好诗乍见且尝新。
细思寂寂门罗雀[4]，　　犹胜累累冢卧麟[5]。
力请宫祠知意否[6]，　　渐谋归老锦江滨[7]。

注释：

〔1〕幼安，即强行父（见前一首注释〔1〕）。

〔2〕软红尘，指繁华热闹，灯红酒绿的都市生活。苏轼《次韵蒋颖叔、钱穆父从驾景灵宫》："头白不差垂领发，软红犹悬属车尘。"

〔3〕鹓行，鹓，鹓鸟，飞行时按序列行进，此处喻朝班。杜甫《至日遣兴奉寄两院遗补》："去岁滋辰捧御床，五更三点入鹓行。"

〔4〕门罗雀，谓门庭冷落，鲜有来往。语出《史记·汲郑列传》："时翟公为廷尉，宾客阗门；及废，门可设雀罗。"

〔5〕冢卧麟，秦汉间公卿墓前，往往立石麒麟镇之。杜甫《曲江二首》之一："江上小堂巢翡翠，苑边高冢卧麒麟。"

〔6〕宫祠，"宫使观"的省称，宋徽宗信奉首教，故在官中设道观以崇奉。观中设主管、都监等职，用以安置闲散官员。力请宫祠，谓极力恳请在官观中谋职。

〔7〕锦江，府河流经成都一段，此处借指诗人蜀中之故乡。

赏析：

唐庚遇赦北归后，在京赋闲，后提举上清太平宫，渐萌退意。次年离京，与强幼安作别，离情别意中，表露归隐的决心。

"白头重踏软红尘，独立鹓行觉异伦。"首联直叙自己北归后之境况。"白头重踏"，两鬓斑白，身心疲惫，始蒙赦令。寥寥四字，含无限感慨。"软红尘"，喻倚红偎翠，终日沉醉于温柔之乡也。"独立鹓行"，喻每天点卯朝班，依序朝请的枯燥与无趣。

全句言自己盛年遭逢打击，白头始重返这繁华扰攘，灯红酒绿的京城，终日依例朝请，当年的朋辈早已风流云散，自己孤零零地置身朝臣行列，深有另类之感。

首联开宗明义，为全诗定调。"软红尘""独立鹓行"，抒写心理感受，取喻生动，吐露对官场的厌倦和物是人非之慨，为尾联伏笔。

接下来"往事"一联则撇开一笔转入对友情的追求。"往事已空谁叙旧"时光如水，转眼成空，四顾茫茫，还有谁能像你我一样，开诚相对，重叙旧谊？"好诗乍见且尝新"，此时此刻，唯有老友的佳作，能给我些许的慰藉，让我恍如品咂时鲜瓜果一样，格外开心。

这一联紧扣"留别"，字里行间，流露出对友情的珍重。将好诗喻为新鲜瓜果，尤为新颖。

"细思寂寂门罗雀，犹胜累累冢卧麟。"颈联峰回路转，重回自身遭际。门罗雀，极写门庭之冷落；冢卧麟，尽显死后之风光。妙用典故，化抽象为鲜活，两相比照，将"好死不如赖活"具象化，"细思""犹胜"委婉而蕴藉，调侃中见愤激，诙谐中透酸涩。如此翻跌，直如平地起波澜，引人入胜。

临别之际，故作健语，既慰已，又勉人，是互道珍重的另类表述，读来别有况味。

"力请宫祠知意否，渐谋归老锦江滨。"知意否，针对老友而言，渐谋归老。可见对归隐早有谋划。结尾再度向强幼安表明心迹：自己之所以极力恳请担任"提举上清太平宫"这样的闲曹散职，远离权力中心，就是为淡出官场，告老还乡预作打算，我的这点初衷，恐怕也只有你才明白呢。其言下之意，今日终于得遂心愿，老友你应该为我高兴吧。

卒章见志，抒发诗人渴望早日还乡，归隐林下的情怀。以此呼应开头，绾结全诗，无缝对结，浑圆无迹。

此诗为酬答友人送别之作，词意绵密，蕴意深沉，"门罗雀""冢卧麟"一联，巧于用典，尤为后人称道。

可惜天不假年，唐庚此番离京返蜀后不久即因病辞世，年仅51岁，空留无尽遗憾。

儿曹送穷，以诗留之[1]

世中贫富两浮云[2]，　　已著居陶比在陈[3]。
就使真能送穷鬼，　　自量无以致钱神[4]。
柳车作别非无意[5]，　　竹马论交只汝亲[6]。
前此半痴今五十[7]，　　欲将知命付何人[8]。

注释：

〔1〕送穷，唐人盛行在正月晦日（即正月最后一天）送穷鬼，以祈来年财运亨通。唐·姚合《晦日送穷三首》之一："年年到此日，沥酒拜街中。万户千门看，无人不送穷。"儿曹，犹儿辈。韩愈《示儿》："诗以示儿曹，其无迷厥初。"

〔2〕浮云，本指虚无缥缈，转瞬即逝。比喻完全不把某种事物放在心上。《论语·述而》："不义而富且贵，于我如浮云。"杜甫《丹青引赠曹将军霸》："丹青不知老将至，富贵于我如浮云。"

〔3〕已著居陶比在陈，著，通"贮"，贮积。陶，指春秋末期著名的政治家、军事家范蠡，曾辅助越王勾践复国，功成身退，经商成巨富，后世称"陶朱公"。在陈，用孔子游学困于陈七天吃不上米饭的典故。

〔4〕钱神，喻钱财之力，有如神力。《晋书·鲁褒传》："元康之后，纲纪大坏，褒伤时之贪鄙，乃隐姓名，作《钱神论》以刺之。"

〔5〕柳车作别，见唐·韩愈《送穷文》："元和六年正月晦，主人使奴星结柳作车，……三揖穷鬼而告之曰……"意思是用柳木结车来送别穷鬼。

〔6〕竹马论交，指儿时之交。竹马，儿童游戏时所骑之竹竿。李白《长干行》："郎骑竹马来，绕床弄青梅。"

〔7〕半痴，晋·顾恺之自谓"痴黠各半"，诗人取其意以自况。

〔8〕知命，《论语·为政》："五十而知天命"，后世遂以五十为知命之年。

赏析：

唐庚遇赦自惠州返京后，提举上清太平宫，基本上处于赋闲

223

状态，渐次勘破官场，萌生归隐之意，此诗即当时心境之写照。人皆送穷，诗人却特以诗留之，虽为戏谑语，亦见牢骚之盛也。

"世中贫富两浮云，已著居陶比在陈。"首句直抒胸臆，引《论语》名言，表明自己超然物外，视富贵为草芥的清高与自傲。第二句寄意深沉，谓即使像陶朱公一样，富可敌国，而今安在？而孔子游说诸侯，厄于陈国，七天吃不上米饭，终不改其志，穷又奈其何哉！

"世中贫富两浮云"，大有"跳出三界外，隐然物我忘"之境界，故众人送穷，我独留之，又何妨！

这一句实为全诗之纲，纲举则目张，由此引出下面之议论。

"就使真能送穷鬼，自量无以致钱神。"就使，纵使，表示退让一步，谓就算是真的能送走穷鬼，料想财神爷也绝不会来光顾我。言下之意，既然送穷无益，不如留之。

这一联"就使""自量"，一顿一折，故生波澜，"自量无以致钱神"推进一层，更见愤激。

颈联宕开一笔，笔触回到儿曹："柳车作别非无意，竹马论交只汝亲。"柳车作别，描绘儿辈以柳木拼结成车送别穷鬼的情状。非无意，倒像真有那回事。可见小儿的认真。竹马论交，表现儿辈无忧无虑，终日嬉戏的样子。只汝亲，汝，指儿辈。诗人在惠州一待便是六年，重返京城，故友寥落，唯有儿辈承欢膝下，故曰"只汝亲"也。

这一联以儿辈的天真无邪，反衬诗人心情的落寞，可谓寄意深婉。

结尾回转到自身境况，"前此半痴今五十"，寓"五十而知四十九之非"之意，是对前半生的深刻反省，暗指自己前半生太相信别人，以致为人所卖，沦落瘴乡，如今行年五十，未来还会有多久呢？"欲将知命付何人。"如今已届知命之年，自己这把老骨头，到底要把它托付给谁呢？

深自喟叹中，流露出来日无多，渴求归隐的隐衷，语调悲瑟而低沉，令人伤感。

东 麓[1]

经旬不见小匡庐[2]， 　　忽而相逢喜欲呼。

自入秋来更韶润[3]， 　　却从瘦里带敷腴[4]。

人间信有伤心碧[5]， 　　坐上那无满眼沽[6]。

可是清晖解娱客， 　　能令肠断到愚儒[9]。

注释：

〔1〕东麓，山名，未详。

〔2〕匡庐，指江西庐山，曰"小匡庐"，谓东麓秀美如庐山也。

〔3〕韶润，本义是光彩而华美。《世说新语·品藻》："时人谓阮思旷骨气不如右军，简秀不如真长，韶润不如仲祖，思致不如渊源，而兼有诸人之美。"此处当"葱茏"讲。

〔4〕敷腴，丰腴，腴润。苏轼《程德子孺惠海中柏石兼辱佳篇辄复和谢》："岚薰瘴染却敷腴，笑饮贪泉独继吴。"宋·刘学琪《梅说》："梅贵清瘦，不贵敷腴。"此处形容山体的丰茂。

〔5〕伤心碧，语出李白《菩萨蛮》："平林漠漠烟如织，寒山一带伤心碧。"形容山色苍翠可爱，令人沉醉。

〔6〕满眼沽，指酒。宋·蔡梦弼《草堂诗笺》："说者谓蜀人酤酒挈以竹筒，竹筒上有穿绳眼。其酤酒者曰'满眼酤'，言其满迫筒眼也。"

〔9〕愚儒，昧于事理的儒者。《史记·秦始皇本纪》："今陛下创大业，建万业之功，固非愚儒所知。"此诗人自谓，属谦辞。

赏析：

此诗为登东麓所作，时在宣和二年。

首联直叙登临。

"经旬不见小匡庐，忽而相逢喜欲呼。"经旬不见，忽而相逢，全用拟人手法，读来亲切。不直呼东麓而曰小匡庐，可见其娇小而秀美。仅经旬不见，山光水色竟让人耳目一新，惊喜欲呼，先声夺人，为全诗定调。

"自入秋来更韶润，却从瘦里带敷腴。"颔联继而抒写山色予人之感受，重点突出两个词：韶润、敷腴。韵润，重在描写色泽之鲜亮，苍翠欲滴；敷腴则重在刻画山的体貌，凸显树木的繁茂与丰荣，二者相得益彰。"更韵润""带敷腴"，是对"喜欲呼"的最好注脚。

这一联正面写山景，全从大处落墨。"自入秋来"，点明登临之季节，"却从瘦里"，突出山势的峭拔与瘦劲，"韵润"与"敷腴"意在体现山色予人之感观印象，对于具体景物反倒不置一词。此种笔法，可谓一反前人窠臼，而另辟新径也。

颈联则又变换角度，笔意再转。"人间信有伤心碧"，信有，确有，伤心，谓让人心荡神移。这一句化用太白诗意，全句言如此连天碧色，确让人心旌动摇，流连不已。"坐上那无满眼沽。"下句宕开一笔，谓面对如此美景，能不开怀畅饮！满眼沽，一作"满眼酤"，即眼中全是酒也，足显兴致之高。

"人间信有伤心碧，坐上那无满眼沽"，刻意将两组毫不相干的景物捏合在一起，明显看得出黄庭坚江西诗派的影响，典型的宋诗风调。

诗人流连山色，乐而忘返，明月朗照，清辉可人，不由得浮想联翩；"可是清晖解娱客，能令肠断到愚儒。"看来还是月光善解人意，慷慨惠我，让我沉醉于这美妙的山色中，好不惬意啊！

尾联平添一段月光，戴月而归，如此抒情结笔，言有尽而余韵袅袅，读来饶有兴味。

生还至宜都逢李六〔1〕

更把余年着酒浇，	莫谈前事废灯挑〔2〕。
地缘有语封还止，	印为无功铸复销〔3〕。
赖是诗书能却瘴〔4〕，	到今魂梦亦闻潮。
头西归去君休怪〔5〕，	尾段无多不奈焦〔6〕。

注释：

〔1〕宜都，今湖北省宜都市，位于长江边上，为水路入川之门户。李六，未详，结合诗的内容看，应是唐庚故人。

〔2〕灯挑，即"挑灯"，为押韵而倒装。古人夜间以灯芯置诸油灯以照明，为防灯熄灭，须时时往上拨动灯芯，故曰"挑灯"。宋·辛弃疾《破阵子》："梦里挑灯看剑，梦回吹角连营。""废灯挑"，废，此处通"费"，"废灯挑"即枉自浪费时光。

〔3〕三四句用《史记·留侯世家》典故。汉三年，项羽围汉王刘邦于荥阳，汉王忧愁，郦食其建议分封六国之后以扰楚，汉王称善，即铸印以备郦生行事。恰逢张良来谒，闻之，具道封侯之弊。汉王大悟，骂曰："竖儒，几败而公事！"即令趋销毁印章以止封侯之事。"封还止""印复销"即指此事。唐庚借此典委婉地表明自己决心归隐的正确。

227

〔4〕赖，凭、靠。却瘴，驱除瘴气。

〔5〕头西，指面向西（入川）。

〔6〕尾段，尾巴一段，针对上句"头"而言。尾段犹言余生。不耐焦，焦，犹"烧"也，用比喻。全句谓自己的余年再也经不住官场的煎熬了。

赏析：

题目叫"生还"，道尽贬谪生涯之辛酸苦楚，颇有深意。

宣和三年（1121），唐庚辞官，由水路入川，春末夏初之际，至宜都，故人重逢，喜出望外，遂有此作。此前由旱路经陕西凤翔时，曾大病一场，几死。曰"尾段无多"虽语带调侃，亦自知来日可数矣。唐庚当年返乡后病逝于四川泸南，可谓一语成谶也！

"更把余年着酒浇，莫谈前事废灯挑。"首联即作旷达语。"余年"，残存的时日；"着酒浇"，即以酒浇注，图一醉也，语带戏谑。全句谓自己来日无多，早已不存什么奢望，昔日的功过是非，纷纷扰扰，都如过眼烟云，不屑一顾，再也不用挑灯纵谈，枉费时光了，还是借酒浇愁，听其自然吧。

这两句看是自我宽慰，实则语带机锋，隐见牢骚。"莫论前事"须从反面理解，诗人无端获罪，投荒万里，自分必死。如今获准辞官返乡，得遂初愿，适逢故人，感慨万千，岂能不彻夜促膝长谈，一吐为快？

"文似看山不喜平"唐庚此诗尤其如此，"地缘有语封还止，印为无功铸复销。"颔联有意宕开一笔，转写汉张良劝阻汉王刘邦废止分封诸侯的典故。用词婉曲，看似不相干，实则借此表明自己厌倦官场，辞官归隐的决心，隐含"悟以往之不谏，觉今是而昨非"之意。

老友重逢，不能不问及当年。"赖是诗书能却瘴，到今魂梦亦闻潮。"故颈联笔意再转，道及贬窜惠州之境况。南方湿热，故早晚多瘴气，北人初入，往往极不适应。而诗人终日浸淫于儒家典籍之中，自得其乐，远离悲苦，故虽有瘴气，其奈我何。下句谓六年的经历，早已融入身心，故北归之后，梦寐之间，潮涨潮落之声，犹在耳际萦绕。

这一联抒写惠州遭际，诗人仅选取了"诗书却瘴"，"魂梦闻潮"两个典型场景，可谓凝练而概括。轻描淡写，一笔带过，却又别开生面，显得刚健清新，体现出诗人面对逆境随缘自适，乐观放旷之心境。

此联在构思上颇有讲究，上句状惠州环境之恶劣，凸显其处变不惊；下句叙遇赦归来后，对惠州之魂牵梦绕。诗意大开大合，呼应自然，"诗书能却瘴""魂梦亦闻潮"工稳妥帖，堪称全诗精警。

末两句为诗人与故人的告别语。"头西归去君休怪，尾段无多不奈焦。""头西归去"，面向西入川而去；"君休怪"针对李六的挽留而言。全句谓我归心似箭，决意一路向西，不敢稍有盘桓，请老友千万不要见怪。（自己这一生大半截都为儒冠所误），剩下的岁月无多，再也经不起官场的折腾了。

结句以尾段喻余生，形象而鲜活，寓庄于谐，既是对朋友的戏谑，亦有对自己终于得脱笼牢的庆幸。以轻松的笔调作结，读来饶有兴味。

北　嵌〔1〕

双鬓茎茎白，　　孤舟寸寸移。

北嵌方守霁〔2〕，　南亩定何时〔3〕。

无处谋春酌，　　他村博野炊。

频年卧江海，　　宁衃一滩迟〔4〕。

注释：

〔1〕北嵌，地名，具体不详，为唐庚返乡途中一泊舟之地。

〔2〕守霁，霁，雨过天晴；守霁，等待雨霁天晴。

〔3〕南亩，谓农田。南坡向阳，利于农作物生长，古人田土大多向南开辟，故称。唐·杜牧《阿房宫赋》："使负栋之柱，多于南亩之农夫。"

〔4〕宁衃，宁，岂，表反诘；衃，同"恤"，本义是怜悯、怜惜，此处相当于"吝惜"。

赏析：

此诗作于辞官返归泸南老家途中，遇赦放还，已属意外，此番获准返归故里，得遂初愿，其心情之急切可想而知。诗题为北嵌，实折射其归心似箭之心境矣。

"双鬓茎茎白，孤舟寸寸移。"首联直写归途。寥寥十字，勾勒出一幅萧瑟而冷寂的画面：一叶孤舟，逆长江而缓缓上行，诗人独坐舟中，心情很不平静。当初少小离家，满头青丝，一腔抱负，转瞬之间，已是两鬓斑白，茎茎可数。此刻遥望长天，真恨不得明日即踏上家门啊!

这一联,上句摹写自身之衰朽;下句极言舟行之缓慢,反衬归心之急切。双鬓,孤舟、茎茎白,寸寸移,为全诗笼上浓浓的一层暗色。"双鬓茎茎白,孤舟寸寸移",既是写实,亦是渲染。为全诗定调。

"北嵌方守霁,南亩定何时。"颔联正面点题,写因雨而阻滞北嵌,思乡更切。方守霁,正等待雨霁,点明阻滞原因;南亩,指代家园;定何时,究竟何时才能到达。

这两句紧承"寸寸移"而推进一层,思乡情切,本来就嫌舟行太慢,又因雨而停泊于北嵌,何时才能重回故乡怀抱呀?能不着急!

这一联构思也极具匠心,南亩对北嵌,看似方位对,实则以地名对故园,绝妙!

"无处谋春酌,他村博野炊。"颈联承守霁而展开,叙写阻滞北嵌之情状。春酌,春酿之酒;晚炊,犹言晚餐;无处、他村,形容地僻人稀,衬托北嵌之荒凉;谋,设法搜求;博,讨取;状酒食之难觅。

这一联叙写夜泊北嵌的窘境,看似轻描淡写,字里行间,隐见焦虑与不安。阻滞于此,能不更增孤寂?

酒无处沽,饭亦无趣,兼之风雨如晦,急又有何补?故尾联退一步自我宽解。"频年卧江海,宁岬一滩迟。"全句谓自己连年困滞于惠州这样的江海之滨,这么多年都过来了,又哪里在乎在这滩头上多留一夜呢!全诗以此作结,看似宽解,更见无奈也。

此诗写归程夜泊,却无一毫喜悦之色,缘于诗人早已厌倦官场,心灰意冷,郁结难开也。"双鬓茎茎白,孤舟寸寸移。"读之怆然。

题泸川县楼〔1〕

百斤黄鱼鲙玉，　　万户赤酒烧霞〔2〕。
榆甘渡头客艇〔3〕，　　荔枝林下人家。

注释：

〔1〕泸川，据《方舆纪要·泸川》记载："泸州废县，今州治。汉置江阳县，属巴郡。隋大业改县曰泸川，仍为郡治。唐因之。"旧址在今四川泸州市境内。

〔2〕赤酒烧霞，泸州烧酒宋时已盛，烧霞，形容烤酒时之盛况。

〔3〕榆甘渡，地名，又名"馀甘渡"，在县城东北。

赏析：

据唐庚《再上张观文书四幅》其一："某（宣和三年）六月五日到泸南，傺居安夷门外。……然老弱俱在，无所损失，胜杜子美归鄜州矣。"可知此诗作于宣和三年，盖唐庚诗集中现存最后一首诗也。

这是一首抒写风物的即兴小诗，属六言绝句，在唐庚诗集中颇不多见。

"百斤黄鱼鲙玉"，首句抒写盘飧之美。泸县紧邻金沙江，盛产黄鱼，肉质肥美细腻。百斤，极言其大，与下句"万户"对仗，非实指。将硕大肥美的黄鱼细细切制成鲙，简直形同白玉，鲜美异常，令人赏心悦目。

232

"万户赤酒烧霞。"次句续写泸县酿酒之盛况。泸县盛产烧酒，宋时更是名闻遐迩，民间小作坊遍布乡野。万户，极言作坊之多。赤酒烧霞，谓作坊盛放的酒，在炭火映照下流光溢彩，呈现一派金色，宛如天边燃烧的晚霞。"万户赤酒烧霞"，描绘酿酒之宏大场面，色彩绚丽，蔚为大观。

首二句抓住黄鱼、赤酒这两大特产，称颂泸县物产之丰饶。凝练概括，言简意丰，"黄鱼鲙玉""赤酒烧霞"，色彩斑斓，意象丰满，令人浮想联翩。与友人聚会酒楼，对此美酒佳肴，能不大快朵颐。

三四句将镜头切换到远处。

酒酣耳热之际，诗人从县楼纵目远眺，但见"榆甘渡头客艇，荔枝林下人家"，这里，诗人选取了两组特写：近处，榆甘渡头，客艇往来，川流不息，一派繁忙；远处，荔枝繁茂，绿荫深处，稀稀疏疏几户人家，自成村落。

这两句采用白描手法，一动一静，一近一远，画面疏朗淡远，极有层次。绝似宋元山水画轴，淡而有致，韵味盎然。

唐庚贬窜岭表，历经六载，如今终于叶落归根，得偿平生夙愿，虽是侨居泸南，但所幸一家老小俱在，差可抚慰孤寂之心情。故心境为之一变。"以我观物，故物皆著我之色彩。"全诗寥寥二十四字，但写得飞动斑斓，熠熠生姿，折射出诗人冲淡平和，悠闲容与之心境。全诗采用平列式，一句一景，连篇并举，意象生动，堪称一幅绝妙的泸县风物图。

春日杂兴[1] （一）

曦阳潇洒燕台诗[2]，　　谁解知音似柳枝[3]。
寂寂闲庭春已过，　　露花无语背人垂[4]。

注释：

〔1〕春日杂兴，共七首，最具唐人风韵，写作年代不详。

〔2〕燕台诗，本为李商隐仿"长吉体"所作的一组爱情诗，分为春夏秋冬四首。此处自况，指代唐庚自己有关情爱的诗。

〔3〕柳枝，唐代歌妓。据李商隐《柳枝三首》序里提到，其从兄在洛阳吟诵《燕台诗》时，曾得到少女柳枝的赞赏并因此而产生对李商隐的爱慕之情。

〔4〕背人垂，唐鹏本作"背人悲。"

赏析：

"曦阳潇洒燕台诗"，首句写晨光初上，霞光万缕，正透过纱窗斑斑驳驳地洒落在书案上。燕台诗，本为李商隐的一组爱情诗，此处代自己之诗稿。

这一句画面生动而情韵飞扬，给人以遐想。而此时此刻，诗人正临窗而坐，面对这暮春之晨曦，又在想些什么呢？

"谁解知音似柳枝。"次句由"谁解"而翻跌出另一番况味来：春光如此烂漫，频频顾我，可心上的人不在眼前，又有谁能像当年柳枝倾慕于李商隐的燕台诗一样，理解我此刻的苦心呢？

首二句以乐景写悲，则愈见悲苦。引李商隐以自况，惆怅中隐见自负。

第三句目光转向室外。"寂寂闲庭"，庭院空无一人，寂然无声，衬托诗人心境的孤寂无奈。"春已过"，百花渐次凋零，春意阑珊矣，意思更推进一层。

全句点染暮春景象，寂寂/闲庭/春已过，七个字，含三层意思，且层层递加，密度极大，实为全诗关眼。

"露花无语背人垂。"末句紧承"寂寂"进一步渲染。"露花"指花朵上沾满清露，"背人垂"，露花经湿而显重，花枝自然下坠。全句用拟人手法，谓沾满露珠的花瓣低垂着头，背向着人，似乎正在低声哭泣呢。一个"背"，一个"垂"，情态立见，极为传神，若换用"悲"字，则词意显露而韵致全无矣。

这一句与欧阳修的"泪眼问花花不语，乱红飞过秋千去"，意境相似，花本无言，何来话语，然花解人意，故脉脉垂首，依依不舍。此诗人之主观感受也。

全诗由"曦阳潇洒"而转跌到"寂寂闲庭"再归结于"露花无语"，借暮春之景，传递诗人伤春惜春但又孤苦而无从诉说的心情，融情入景，情景交融，极似唐人之感兴诗。

春日杂兴（二）

爱梅常恐著花迟，　　　　日祷东风莫后期。
及得见梅还冷淡[1]，　　　东风全在小桃枝。

注释：

〔1〕冷淡，亦作"冷澹"，不浓艳，素净淡雅。白居易《白牡丹》："白花冷淡无人爱，亦占芳名道牡丹。"宋·刘子翚《满庭芳·桂花》："清真冷淡，无艳寄凡尘。"

赏析：

历代咏梅诗汗牛充栋，此诗却别具只眼，以冷淡出之，可谓别开生面，自成一格。

"爱梅常恐著花迟"，劈头一句，直言自己平生酷爱梅花，唯其酷爱，故总是担心她开花太迟。何哉？因为花期太晚，天寒地冻，霜欺雪压，生怕自己心中的爱物受不了严寒，冻坏了她。

"日祷东风莫后期。"次句紧承"常恐"，"日祷"，天天祈祷，见爱之深切也，唯其深爱，故日日祈祷，盼望东风如期而至，寒尽阳回，梅花免受霜雪的欺凌。

这两句欲擒故纵，其实梅之可贵正在于她的凌霜冒雪，笑傲严冬。"万木冻欲折，孤根暖独回。前村深雪里，昨夜一枝开。"正是她精神品格的写照，可诗人却反其理而言之，"常恐""日祷"，全在为第三句蓄势，如此故生波澜，方见曲折，此诗人构思之妙也。

第三句正面抒写梅花，"及得见梅还冷淡"，全句由"及得"推出，"还"依然也。全句谓待到梅花真的绽放了，她依然像往常一样的冷淡素雅，不骄不媚，不与群芳争艳，不同桃李争春，即便"零落成泥碾作尘"，也依然馨香如故。"冷淡"一词，全篇诗眼。

"东风全在小桃枝"结句再转，诗人企盼"东风莫后期"，可东风却极为吝啬，姗姗迟来。只有等到桃红李白，百花竞相争奇斗艳的时节，才肯出来凑凑热闹，也就是锦上添花而已。看来这

"东风"也太势利了点吧。其实冬去春来，天气转暖，东风自然而来，何曾"后期"？诗人这样说，刻意故生波澜也。

诗贵新生，此诗抒写梅花，一反前人窠臼，全不从不畏严寒，凌霜傲雪处落墨，全篇纯以议论，正面写梅，仅"冷淡"一词，但其内涵却极为丰富，以梅花的素净淡雅，自甘寂寞传递出诗人淡泊自守，与世无争的情怀。全诗一波三折，含蓄蕴藉，"东风"迭用，隐含贬义，耐人咀嚼。

春日杂兴（三）

茸茸小雨弄春晴[1]，　　已有狂花未见莺。
便使一年惆怅在，　　晓窗寒梦别轻盈[2]。

注释：

〔1〕弄，此处是酝酿、逗弄之意。

〔2〕晓窗，历代县志均作"小窗"，与首句"小雨"犯重，依《宋诗钞》改。寒梦，早春寒气未尽，梦醒犹带寒意，故曰"寒梦"。

轻盈，本指女子动作、姿态之优美轻柔。李白《相逢行》："下车何轻盈，飘然似落花。"亦指花落之姿态。唐·韩愈《戏题牡丹》"幸自同开俱隐约，何须相倚斗轻盈。"此处似指落花。

赏析：

此诗抒写春景，格调婉约，尤见风致。

"茸茸小雨弄春晴"，首句直写春雨。茸茸，状春雨之细密轻柔，似有若无，润物无声，形象地刻画出春雨的特点。弄春晴，弄，逗弄，全句著一"弄"字，境界全出。试想，本来风和日丽，晴空万里，不意小雨却不期而来，密密斜织，游丝欲断，欲雨还晴，别是一番情韵。似乎是有意跟天公逗乐似的。放眼望去，郊原草色经过春雨的洗礼，更显葱翠亮丽，映衬着红桃绿柳，愈见生气勃勃，生机满眼。

次句由全景而推向局部。"已有狂花未见莺"，狂花，摹写花朵怒放之态势。令人联想到经过春雨滋润，群芳竞相开放，争奇斗艳，姹紫嫣红的景象，极写春光之烂漫。未见莺，雨后花枝沾湿，群鸟皆息集于高树，故未闻鸟啭莺啼也。既为写实，又符事理。已有狂花，几分欣喜；未闻莺啼，些许遗憾，颇见错落之致。

前两句抒写春景，意象丰满，情韵生动。状春雨，用"茸茸"，体物入微；摹花态，用"狂"，凸显花势之旺盛，可谓精妙传神。"茸茸小雨弄春晴"，纯为写意；"已有狂花未见莺"，尽显工笔。"弄春晴"三字尤具神采，令人想起"烟花三月，江南草长，杂花生树，群莺乱飞"之烂漫春光。

小诗之妙，唯在转接，故第三句笔锋一转，出以议论。

"便使一年惆怅在"，便使，纵使、即便，表示退一步说话。惆怅，将过去一年许多的愁怀别绪与不如意处，统以"惆怅"二字代之。

这一句为全诗过渡，谓过去的一年，纵使有各种各样的烦闷忧思，离愁别绪，对此绚丽春景，亦当释怀了吧。

"晓窗寒梦别轻盈"，结句写梦境。拂晓时分，甜梦醒来，衾被犹带几分寒意，回味梦中，那轻盈的落花，飘然作别，恰如婀娜的少女，脉脉含情，依依不舍……此情此景，恍若犹在窗前，令人神往。

这一句意境朦朦胧胧，隐隐约约，人耶，花耶？又似兼而有之，情乎，景乎？融情入景，水乳交融。一个"别"字，韵味无穷，若余音绕梁，袅袅不绝。

三四句转接无痕，深得绝句之妙。

此诗融描写、抒情，议论于一炉，写得含蓄隽永，意趣盎然。"晓窗寒梦别轻盈"一句，意境极佳，直欲与李商隐无题诗媲美。

春日杂兴（五）

短帽轻衫信马行，　　郊原春色太牵情。
兔葵燕麦浑闲事[1]，　　最有芜青到处生[2]。

注释：

〔1〕兔葵燕麦，免葵，野草名；燕麦，北地植物，可入食。唐·刘禹锡《再游玄都观》："重游玄都观，荡然无复一树，唯兔葵燕麦，动摇于春风耳。"后遂以之形容景象荒凉。

浑闲事，唐时口语，即寻常事。唐·刘禹锡《赠李司空妓》："司空见惯浑闲事，断尽江南刺史肠。"

〔2〕芜青，青芜的倒装，形容荒草芜杂，灌木丛生。杜甫《徐步》"整履步青芜，荒庭日欲哺。"

赏析：

本诗写春日郊游，寓悲凉之感，别具一格。

"短帽轻衫信马行"，首句直陈春日郊游，短帽轻衫，明写装束，衬托天气融和，心情之愉悦；信马行，信马由缰，流连春色，状其情态，衬游兴之炽烈。

　　起笔直叙乘兴郊游，写得悠然洒脱，令人想起王舜俞《山行》中的"纵马悠悠野兴长。"读来轻快。

　　按正常思路，接下来该是浓墨重彩，著力描绘郊原春色了。试想，阳春三月，天朗气清，春光明媚，纵马在开阔的原野上，脚下碧草如茵，蹄痕染绿；抬眼姹紫嫣红，莺歌燕舞，应接不暇，何等惬意！对这题中应有之景，诗人却只字不提，竟然翻跌出"郊原春色太牵情。"的一句来，完全出人之意表！究竟是怎样的春色，何以又如此地牵动诗人的心绪？让人不得其解，诗意急转直下，由此引出三四句来。

　　"郊原春色太牵情。"承上启下，全诗关眼。

　　三四句对郊原春色展开具体申说。

　　"兔葵燕麦浑闲事"，触目所及，但见兔葵燕麦，一派荒芜，浑闲事，随处即是，不足为奇。

　　这一句中，兔葵燕麦，既是写实，又寓旧地重游，景物全非之慨，可谓寄意深沉，耐人寻味。

　　"最有芜菁到处生。"最有，更有也，意思推进一层。如果说遍地兔葵燕麦已经写尽荒凉了，那么，随处可见蓬蓬簇簇的灌木丛更给人一种萧条、破败的感觉，简直可以说让人触目惊心！

　　春天，带给人的本来应该是生气勃勃、春光满眼，可诗人笔下的郊原春色却是遍野荒芜，没有田园风物，不见炊烟袅袅，没有一丝生气，有的只是死一般的冷寂，只是疯长的野草杂丛。这一切的一切仿佛都在向人诉说着郊原的凋敝与残破。"最有芜青到处生"，"最有"二字，含无限酸楚与痛惜。这不能不令人想起唐代诗人韩偓描写安史之乱后国破家残的名句"千村万落如寒食，不见人家空见花"。

　　"兔葵燕麦浑闲事，最有芜青到处生"，这两句对郊原荒凉景象的描写，与首句"短帽轻衫信马行"的轻快愉悦形成强烈反差，到此，诗人信马由缰的游兴荡然无存。

　　更令人值得深思的是，诗人所描述的不是人迹罕至的荒山野岭，而是城市郊外平旷的原野（郊原），是什么原因造成如此的"兔葵燕麦"、"芜青到处生"，诗人并不明说，仅以"太牵情"三字带过，无尽感慨，几多辛酸，尽在此三字中矣。千载后读之，依然让人唏嘘不已，而这正是这首小诗的魅力所在。

春日杂兴（六）

月团新碾破春醒[1]，赖有归鸿寄好音[2]。
人在天涯莫回首[3]，恐输华发上瑶簪[4]。

注释：

〔1〕月团，将新茶加工制作成饼状，形同圆月，故称。唐·卢同《走笔送孟谏议新茶》："手阅月团三百片，开缄犹见谏议面。"碾，研磨使碎。宋·秦观《秋日》："月团新碾泺花瓷，饮罢呼儿课楚辞。"春醒，醒，酒醉后神志不清貌；形容春日醉酒后的困倦。唐·元稹《襄阳为卢窦纪事》："犹带春醒懒相送，樱桃花下隔帘看。"

〔2〕归鸿，本指鸿雁，中国古代有鸿雁传书的故事，后遂以之代书信。

〔3〕回首，回顾、回想。杜甫《将赴荆州别李剑州》："戎马相逢更何日，春风回首仲宣楼。"宋·辛弃疾《京口北固亭怀古》："可堪回首，佛狸祠下，一遍神鸦社鼓。"

〔4〕瑶簪，玉石做的发簪。

赏析：

此诗绝似唐人感兴之作，主旨是伤离怀远。

"月团新碾破春醒"，月团，状茶饼之浑圆，新碾，新近才研磨好；起笔极为轻快。春日融和，诗人难免贪恋了几杯，酒酣耳热之际，困倦自然袭来，还好，有刚刚研磨好的新茶，泡上两杯，顿觉神清气爽，倦意全无。一个"破"字，下得极为精当。王国维《人间词话》云："'红杏枝头春意闹'，著一个'闹'字，境界全出；'云破月来花弄影'，著一'弄'字，境界全出。"此处著一"破"字，全句顿活矣。

这一句面对满眼春光，诗人竟一字不著，花间独酌的场景，亦略过不提，仅以"破春醒"三字透过，省却许多笔墨，而将着眼点放在"月团新碾"四字上，写茶饼如团团圆月，状其可爱；新研则可见茶之清香可口。全句寥寥七字，却浓墨重彩，写尽惬意，此不言情而情已尽在其中矣。

何以心情如此清爽？次句水到渠成，补出原因。原来是"赖有归鸿寄好音。"赖，凭借；赖有，含有更兼之意，推进一层；好音，好消息也，人在异乡，"家书抵万金"，况是一家安好，能不释怀！

按常理说，应是先有家书"寄好音"，故情不自禁，开怀畅饮，再叙月团新碾，以解春醒也。但若这样写，便平淡无奇，索然无味了。将"月团新碾破春醒"置之首句，则不但形象鲜明，跃然纸上，且收奇峰突起，先声夺人之妙，可见诗人匠心所在。

"人在天涯莫回首"，第三句撇开眼前情景，直以议论。人在天涯，极言其远也，远离故乡，自然"每逢佳节倍思亲"。即使偶有家书，又怎能消思亲之渴？莫回首，自我宽解也，还是不要想那么多吧。其实人在天涯，往事不堪回首，但又哪能不回首呢？

"恐输华发上瑶簪。"恐，担心也；输，送也。结句化用工部

"白头搔更短，浑欲不胜簪"之意境而稍加变化，明言之所以往事不堪回顾，是因为担心白发悄然爬上簪子。诗人不言思念愈多，忧怀难抑，以致白发丛生，而将白发人格化，曰"恐输白发上瑶簪"。这就化俗套于新奇，读来别有况味。一个"输"，一个"上"，动态十足，更见鲜活！

"人在天涯莫回首，恐输华发上瑶簪"，三四句情绪急转直下，几多感慨，几多沧桑，悲凉之气，直扑眼脸。

此诗融叙事、抒情、议论为一体，融眼前景物于思乡怀远之中，表达的感情复杂而深沉，曰"春日杂兴"，宜乎！

春日杂兴（七）

故人不见空凝睇[1]，　　过雁全疏只断魂[2]。
犹有野梅临水在，　　一枝无语伴黄昏。

注释：

〔1〕凝睇，凝神注视，唐·白居易《长恨歌》："含情凝睇谢君王，一别音容两渺茫。"

〔2〕过雁，代书信。宋·李清照《蝶恋花》："好把音书凭过雁，东莱不似蓬莱远。"疏，稀少。宋·晏几道《阮郎归》："一春犹有数行书，秋来书更疏。"

赏析：

此诗抒发对友人的怀念，隐隐透露伤春惜春之情。

"故人不见空凝睇"，起笔即点明题旨。不说老友而曰故人，可见相识已久，交谊甚厚。可如今却天各一方，怎么不令人怀想？空凝睇，空，徒然，枉自；凝睇，目不转睛，凝神注视，可见思念之切。全句言与老友分别已然太久，枉自天天盼望，依然不见踪影。一个"空"字，惆怅之情，溢于言表。

"过雁全疏只断魂。"次句推进一层，由"空凝睇"而粘接出"过雁"。过雁，一语双关，既指远飞之雁，又代指书信。"一春犹有数行书，秋来书更疏。"故人不仅许久不见，甚至连书信也没有一封，怎不令人更加牵挂！只断魂，黯然神伤也，极言思念之强烈。

首二句由"故人不见"写到"过雁全疏"，由"空凝睇"推进到"只断魂"，把对故人的思念之渴表现到极致。

小诗之妙，贵在转折。当此黯然魂销，情感脉络已然难以为继之处，诗人却宕开一笔，转写眼前之景，让人顿感峰回路转，柳暗花明。

"犹有野梅临水在"，犹有，还有，语带惊喜。野梅，无主之花也。春季梅花已然凋谢，不料这边竟然还有一树，傍水而开。这一句点明梅花生长的环境，野梅而临水，暗示其荒凉、孤寂，不被人欣赏，其意境与陆游的"驿处断桥边，寂寞开无主"极为相似。

"一枝无语伴黄昏。"一枝而不是数枝，见其孤傲也；无语，用拟人手法，赋梅花以人格化。花本无言，然花解我心，故脉脉含情，在这黄昏暮色中，自开自落，"只有香如故"。伴黄昏，暗寓在这孤寂无奈的暮色中，唯有这一枝梅花肯与自己相伴，共慰枯肠。

三四句撇开故人而转写梅花，其实这寂寞无主，孤高自傲，独伴黄昏的梅花，不正是枯坐书斋，无从诉说的诗人的写照吗？

此诗一反前人窠臼，先怀人而后写景。前两句怀念故人，直抒胸臆，一往情深；后两句写梅花则极尽渲染，以野梅的孤清冷寂隐喻自己的凄苦无助、郁郁寡欢。写法上属于借景抒情。末句"一枝无语伴黄昏"，既含蓄蕴藉，又寄意悠远，为全诗平添一份悲凉，尤耐人寻味。欧阳修"泪眼问花花不语，乱红飞过秋千去"，庶几近之矣。

诉衷情·旅愁[1]

平生不会敛眉头[2]，诸事等闲休。

元来却到愁处[3]，须着与他愁。

残照外，大江流，去悠悠。

风悲兰杜[4]，烟淡沧波，何处扁舟[5]？

注释：

〔1〕诉衷情，词牌名。此词见《唐宋诸贤绝妙词选》卷八，《花庵词选》卷八，《全宋词》亦有载，为唐庚集中唯一的词作。

〔2〕敛眉头，敛，聚拢、收拢；敛眉头，眉头紧锁，心里有事放不下也。

〔3〕元来，即"原来"。

〔4〕兰杜，兰草和杜若，隐喻芳草贤士。屈原《楚辞·九歌·湘夫人》："采芳洲之杜若，将以遗兮下女。"

〔5〕何处扁舟，即"扁舟何处"，为押韵而倒装。

赏析：

从"何处扁舟"看，此词似应作于南迁途中，时间大致在大观四年（1110）。

词的上片看似写羁旅之愁，实则寄意深婉。

"平生不会敛眉头，诸事等闲休。"首句劈空而来，尤显突兀。意思是说自己平生生性豁达，不管遇到什么事情，全都等闲视之，从来"不识愁滋味"也。何以如此，须从诗人前半生的宦途说起。

唐庚二十岁即高中进士，少年得志，之后历官益州，凤州、阆州，年甫四十，便因诗名为丞相张商英赏识，大观四年即调任京师"提举京师常平"（主管粮政官员），仕途正处于春风得意，抱负满满的阶段。"平生不会敛眉头"正是此种心境的写照。谁知白云苍狗，世事难料，唐庚因诗得名，"亦以是得谤"（郑康成《唐庚集后跋》），同年，诗人即因张商英失势而横遭打击，播放岭南。"元来却到愁处，须着与他愁。"笔锋陡转，谓遭此不白之冤后，终于尝到愁苦的滋味，才真正体味到原来愁真的来了，真真是让人驱之不去，欲遣愈多。既然如此，只好愁就让它愁吧。"须着与他愁"，看似豁达，亦尽显无奈与苦涩。

上阕由"平生不会敛眉头"而急转直下，跌落到愁来驱之不去，深寄诗人对人生遭际的唱叹，其寓意与辛弃疾的《丑奴儿》中的"少年不识愁滋味，爱上层楼……而今识尽愁滋味，欲说还休。……却道天凉好个秋。"极为相似，只不过唐庚之愁只系个人遭遇之愁，而辛弃疾的愁则更寄家国之恨，境界有高下之分耳。

下阕转写眼前之景。"残照外，大江流，去悠悠。"诗人纵目远眺，但见一派斜阳之外，大江滚滚东流，滔滔不息。这一句化用鲍照"大江流日夜，客心悲未央。"所不同的是，诗人将日夜奔腾不息的大江置于残阳的背景之下，以空间的浩渺寥廓与时间的无穷无尽反衬个人的渺小与无助，更增悲凉色彩。

这一句从大处着眼，境界极为开阔，气象直追盛唐。

接下来"风悲兰杜，烟淡沧波，何处扁舟?"则又将视角拉回到眼前：只见傍晚时分，浓浓的烟霭笼罩着漫江的碧水，两岸枯黄的秋草伴着无主的兰杜在寒风中瑟缩摇动，更搅动着诗人无尽的愁思。再看眼前的一叶扁舟，在这浩渺的大江中飘荡，真不知它究竟要驶向何处？

末句将扁舟一叶置于茫茫大江之上，形成强烈反差，问句作结，诗人瞻念前程，无所依傍而又孤苦无告的心境如在目前，读来极富感染。

词的下阕，句句写景，实则借景抒情，以景物来渲染诗人的悲苦与无助。"风悲兰杜"更寄寓自己无端遭受打击的凄怆。但气势宏壮，悲而不伤，体现了唐庚诗作的一贯气格。

全篇上下阕笔调迥异，上阕直陈其愁，全用叙笔；下阕宕开愁字，纯用写景，却又句句写愁，不仅将愁具象化，更将之拓展到无尽的时空，予读者以无限的想象空间，并抬升了词的分量。

午起行

细藤簟展波纹绿[1]，　　瓦枕竹床殊不俗。

白日寥寥午眠熟，　　起来更觉精神足。

万缘寂静数瓯茶，　　半偈消磨棋一局[2]。

此间真味有余清，　　未羡纷纷厌粱肉[3]。

题解：

此诗抒写闲居生活，写得悠然自得，折射出诗人自甘澹泊的情怀。"万缘寂静数瓯茶，半偈消磨棋一局。"淡而有味。

注释：

〔1〕簟，竹制之凉席。

〔2〕偈，佛经。

〔3〕厌粱肉，见杜甫《醉时歌》："甲第纷纷厌粱肉，广文先生饭不足。"厌，饱食。

题崔令曲海后

崔令饮酒五七斗，　　崔令唱辞一千首。

时时浪饮辄高歌，　　利锁名缰总无有。

人称崔令为颠狂[1]，　　我知崔令非颠狂。

承流宣化有馀方[2]，　　高歌浪醉也何妨[3]。

题解：

此诗作于绍圣年间，时在益昌通判任上。诗中塑造一酒仙形象，笔意酣畅，意态生动，大有"李白斗酒诗百篇，长安市上酒家眠"之况味。

注释：

〔1〕颠狂，放浪不羁。

〔2〕承流宣化，承受风尚教化，宣布恩德。指官员奉君命教化百姓。《汉书·董仲舒传》："今之郡守，县令，民之师帅，所使承流而宣化也；故师帅不贤，则主德不宣，恩泽不流。"

〔3〕高歌浪醉，化用杜甫《赠李白》："痛饮狂歌空度日，飞扬跋扈为谁雄"之意。

别永叔

巴江滟滟巴山空[1]，　　十里五里蕉花红。
少年锐意立功业，　　破烟一棹轻如风[2]。
却思三岁相欢聚，　　说剑论诗轻李杜。
平生不作儿女悲[3]，　　今日为君重回顾。

题解：

此诗作于益昌通判任上。抒写少年意气，明快而雄放；叙别离，反作健语。"破烟一棹轻如风"，意象丰满而富神韵。

注释：

〔1〕巴江，此处指嘉陵江。

〔2〕破烟，形容轻舟冲破烟波浩淼之态势。

〔3〕不作儿女悲，化用王勃《送杜少府之任蜀州》："无为在歧路，儿女共沾巾"之意。

送乡人下第归乡

闭门读书史，　　已读万卷破[1]。
养气塞天地，　　不受一毫挫。

名声落空廓， 踪迹长坎坷。

尘埃相邂逅， 齿发嗟老大。

文章心未死， 功业手犹唾[3]。

世事若循环[4]， 天理犹转磨。

朝得暮还失， 俯吊仰辄贺。

行看风云会， 惊起南阳卧[5]。

点评：

此诗属劝勉之作，首赞其才，中嗟其遇，尾以勉励作结，章法分明、层次井然。"行看风云会，惊起南阳卧"以典收束，笔调昂扬，寄寓无限。

注释：

〔1〕万卷破，化用杜甫《上韦左丞丈二十二韵》："读书破万卷，下笔如有神。"

〔2〕养气句，化用《孟子·公孙丑上》："我善养吾浩然之气。……其为气也，至大至刚，以直养而无害，则塞于天地之间。"

〔3〕手犹唾，谓唾手可得也。《新唐书·褚遂良传》："但遣一二慎将，付锐兵十万，翔旆云翻，唾手可取。"

〔4〕世事循环，俯吊仰贺，化用《淮南子》："塞翁失马"之故事。吊，安慰；贺，道贺。俯仰，极言时间之短暂。晋·王羲之《兰亭集序》："俯仰之间，已成陈迹。"俯仰之间，祸福转换，此为诗人安慰落第乡人之话。

〔5〕惊起南阳卧，用诸葛亮隐居南阳之典。见《三国志·蜀书·诸葛亮传》。

述　怀

名字虽云系列曹[1]，　　　儒风门户只萧骚[2]。
头颅自揣宜藏拙[3]，　　　指目何妨笑养高[4]。
本以食贫来仰禄[5]，　　　岂于王事更辞劳。
老来精力堪惊叹，　　　一纸文书辄数遭[6]。

点评：

此诗以儒风门户自居，亦以儒冠误身自嘲。"头颅自揣""指目何妨"，调侃中见自负，耐人寻味。

注释：

〔1〕列曹，古代州县僚属分职治事之官署。此处指官卑人微。

〔2〕萧骚，萧条凄凉。宋·范成大《公辨再赠复次韵》："书生活计极萧骚，熠火微明似束蒿。"

〔3〕藏拙，掩饰拙劣，不让人知。此处属谦词。唐·罗隐《自贻》："纵无显效亦藏拙，若有所成甘守株。"

〔4〕指目，手指而目视之。《礼记·大学》："曾子曰'十目所视，十手所指，其严乎！'"后以指目谓众所注视或众所指责。宋·司马光《辞接续支俸札子》："四海指目，何以自安。"养高，隐居不仕，以保持高尚节操。《三国志·魏书·高柔传》："遂各偃息养高，鲜有进纳。"

〔5〕仰禄，仰，仰仗；禄，俸禄。谓依赖官俸以维持生计。

〔6〕辄，唐鹏版作"辙"，无解。数遭，犹言"数遍"，此句谓其视力不济也。

将家游治平院〔1〕

年年官职如冰样，　　只有登临作酬赏。
好山一一如佳客，　　令人欲作倾家酿〔2〕。
昨日西楼吊王孙〔3〕，　今日东津悲逐臣。
江边盛事寻略遍〔4〕，　不见海棕高入云。

点评：

写登临，能别开生面。"好山一一如佳客，令人欲作倾家酿。"千古几人能道？惜尾联不称，难为完篇也。

注释：

〔1〕将家，携带全家。
〔2〕倾家酿，谓愿倾家中所有而与佳客共饮。《世说新语·赏誉》："刘尹（惔）云：'见何次道饮酒，使人欲倾家酿。'"
〔3〕吊，慰别。
〔4〕寻略，寻访、浏览。

天马歌赠朱廷玉

贰师城中天马驹[1]，　　眼光掣电汗流朱。
将军出塞万里余，　　　得此龙种来执徐[2]。
朝踏幽燕暮荆吴，　　　历块一蹶旁人呼[3]。
向来价重千金壶[4]，　　一朝不值半束刍[5]。
千马万马肥如猪。

点评：

此诗借天马之遭遇抒发怀才不遇之慨。"朝踏幽燕暮荆吴"，当年驰骋万里，何等风光；一朝弃置，"不值半束刍"。同为一马，用以不同，形同天壤，可叹！

注释：

〔1〕贰师，汉时大宛地名，以盛产良马著名。

〔2〕执徐，"徐执"的倒装。古时以天干地支纪年，天干在辰曰"徐执"。《尔雅·释天》："（太岁）在辰曰徐执。"言得此良马在辰年。

〔3〕历块，超越大地。杜甫《戏为六绝句》之三："龙文虎脊皆君驭，历块过都见尔曹。"此处状天马之腾飞。

〔4〕千金壶，喻天马之贵重。

〔5〕一束刍，一束野草，喻其一文不值。

蓬州杜使君洪道屡称我于诸公，闻之甚愧，赋诗答谢〔1〕

去天一尺古蓬州〔2〕，　　年来除受得胜流〔3〕。

渠家本是城南杜〔4〕，　　诗律胜我三千筹。

如此才高却解事，　　入眼人才皆可意。

它邑犹分刺使天〔5〕，　　片言每为将军地。

故应怜我退无田，　　理相推挽令向前。

旁人闻说皆抚掌，　　竹竿那使鲇鱼缘〔6〕。

点评：

此诗称颂杜蓬州之才德威权，寓企盼其引荐之意。然造语雄迈，无一毫乞讨相。篇末引俗语喻己仕进之窘，形象而有味。

注释：

〔1〕杜洪道，未详，时为蓬州刺史。

〔2〕去天一尺，天，指天子；谓离朝廷很近。

〔3〕胜流，犹言名流。晋·顾恺之曾作《魏晋胜流画赞》。

〔4〕渠家，渠，唐宋时口语，犹言"你"。城南杜，称赞杜蓬州乃城南杜甫家后代。

〔5〕刺史天，将军地，极言刺史威权之重，可专一方天地。

〔6〕鲇鱼缘竹，缘，爬（成语"缘木求鱼"即用此义）；见欧阳修《归田录》第二论："梅圣俞以诗名三十年，不得一馆职。晚年与修《唐书》，书成未奏而卒，士大夫莫不叹息。其初受敕

255

修《唐书》，语其妻习氏曰：'吾之修书，可谓猢狲入布袋矣。'习氏曰'君于仕宦，何异鲇鱼上竹竿耶！'闻者皆以为善对。"鲇鱼上竹竿，喻极为困难之事，此为当时熟语。唐庚以此结尾，喻己仕进之绝难，隐含企盼杜蓬州引荐之意。

题所居

鼾睡失青春， 浑浑尚欠伸[1]。
素知行路难， 敢厌在家贫。
搜句工虽淡[2]， 看书味颇真。
檄来端不喜[3]， 毛义已无亲[4]。

点评：

此诗感岁月之蹉跎，叹官卑而俸薄。末句反用典故，寄托尤深。

注释：

〔1〕欠伸，打呵欠，极言时间之短暂。首二句谓浑浑噩噩之中，转瞬之间，前半生已然匆匆而过。叹岁月之蹉跎也。

〔2〕淡，浅薄。此处属谦词。

〔3〕檄，此处谓朝廷的征召。

〔4〕毛义无亲，见《后汉书·刘干等传》。毛义，庐江人，家贫，以孝行称。以老母在，出任守令。及母死，毅然辞官，后举贤良，公车征，皆不就。此句以毛义自拟，言双亲已不在，即使家贫，也不必介怀。此正话反说，见胸次之淡定也。

题春归亭

沙际春光又自归[1]，　　亭前景物故应奇。
绿杨雅与清江称[2]，　　残雪偏于碧峰宜。
流水无凭何处去，　　东风有准不吾欺[3]。
芳菲栏干无穷兴，　　消得新愁入鬓丝。

点评：

此诗抒写暮春而不落俗套，"绿杨""残雪"，正是暮春景象。
律诗难在虚字，"雅与""偏于"，尤见工致，读来蕴藉。

注释：

〔1〕沙际春归句，化用杜甫《阆水歌》："正怜日破江花出，
更复春从沙际归"之意。
〔2〕雅，素常。称，相匹配。
〔3〕不吾欺，"不欺吾"的倒装。

题史廷直郊居

黄金转手尽，　　郊居掩清昼[1]。
山容凉肺腑[2]，　　竹意净怀袖。

257

| 入门编简香^[3]，| 无复更铜臭。 |
| 君看道南阮^[4]，| 岂识元德秀^[5]。 |

点评：

明写史廷直别墅，实赞其澹泊人品也。"山容凉肺腑，竹意净怀袖"一联，用通感，新颖别致，不落前人窠臼，堪称全篇精警。

注释：

〔1〕掩清昼，谓白天闭门不出，犹言隐居。

〔2〕山容，即山色。凉，此处用通感。全句言苍翠的山色使人心旷神怡，格外清爽。下句"竹意"用法同。

〔3〕编简香，犹言书香（与下句铜臭对比）。

〔4〕道南阮，各版作"道南院"，从明刻本改。见《世说新语》："阮仲容步兵居道南，诸阮居道北。北阮皆富，南阮贫。七月七日，北阮盛晒衣，皆纱罗锦绮。仲容以竿挂大布犊鼻裈于中庭。人或怪之，答曰：'未能免俗，聊复尔耳。'"

〔5〕元德秀，唐·开元间进士，性纯朴，师古道。为官有惠政，晚年结庐而隐，读书为乐。人品为一时所称，此句以史廷直拟元德秀。

有所叹（一）

林中晏坐老沙门^[1]，	岂愿频年触垢氛^[2]。
正恐先生不得饱，	欲令后死与斯文。
近逃台鼎居东洛^[3]，	闻道衣冠满北军^[4]。

须信此涂天一握[5]，　　人间漫说有孤云[6]。

点评：

此诗作于国子博士任上，盖官卑俸薄，故借此以抒慨也。"先生""后死"一联，语带戏谑，述其困窘，颈联意涉讥讽，刺新贵焉。埋贬谪祸根，此实因由之一也。

注释：

〔1〕沙门，即僧徒。

〔2〕垢氛，佛家语，谓世俗染污一切行止。

〔3〕台鼎，旧称三公为台鼎，若星有三台，鼎有三足。《后汉书·陈球传》："公出自宗室，位登台鼎。"

〔4〕衣冠，本指士大夫。杜甫《秋兴八首》之四："王侯第宅皆新主，文武衣冠异昔时。"此处指新贵。北军，汉初绛侯周勃所领之军，为诛诸吕而安刘氏的中坚力量。此处指朝廷要津。

〔5〕天一握，天一，语出《庄子·大宗师》："安排而玄化，乃人于寥天一。"天一握，盖指命运之掌握。

〔6〕孤云，喻漂泊无定。陶潜《咏贫士七首》之一："万族各有托，孤云无所依。"

游仙云宫

出郭三竿日，横江一苇航[1]。
雀飞田有麦，蚕罢野无桑[2]。
下马危梯滑，开门古殿香。

雨余丹井溢，苔入醮台荒。

画老星辰动，碑残岁月亡[3]。

钟声落城市，符祝[4]走村乡。

野鸟啼巴蜀，山崖刻汉唐[5]。

临归更回首，惜此一襟凉。

点评：

此诗系郊游之作，写野景，纯用勾勒；状古寺，唯见荒凉；风格苍劲而笔意古奥，可谓深得韩退之《山寺》之余绪。"野鸟啼巴蜀，山崖刻汉唐。"颇见气象。

注释：

〔1〕一苇航，语出《诗经·卫风·河广》："谁谓河广，一苇航之。"形容船像一叶芦苇。

〔2〕有麦、无桑，谓时在初夏。

〔3〕岁月亡，亡，无；谓碑已残缺，找不到刻碑的年月。

〔4〕符祝，求福的符纸，见其香火之旺。

〔5〕刻汉唐，谓随处可见汉唐时之石刻，形容仙云宫历史之悠久。

率诸公饮开元寺，勉翁有诗，因次其韵

三伏光阴过，　　　初秋宇宙新。

一杯相马酒[1]，　　千古竹林人[2]。

山入永嘉屐[3]，　　蚁浮彭泽巾[4]。

悲歌送落日，　　　为我少停轮。

点评：

此诗叙出游晏饮，笔意畅达，风格潇洒，尽显闲散意态。"初秋宇宙新"一句，尤见俊朗。

注释：

〔1〕相马酒，汉制，学官给相马酒，此处泛指薄酒。

〔2〕竹林人，唐庚原注："坐上七人。"此句以竹林七贤拟座中七人。

〔3〕永嘉屐，即一种鞋底有齿的登山木鞋，上山则去其前齿，下山则去其后齿。谢灵运为永嘉太守时，常著此鞋畅游山水，故又称"谢公屐"。

〔4〕彭泽巾，指陶渊明滤酒所用头巾（陶曾作彭泽令，故又称陶彭泽）。彭泽巾，永嘉屐，形容出游宾客身份之高贵。

任满未闻除代

已愧千名佛[1]，　　何堪一卷师。

十年驹局促，　　万事燕差池[2]。

馆下诸生笑，　　门东稚子饥。

宾僚眼前换，　　岁月鬓边驰。

子舍行将去，　　吾车亦已脂[3]。

谓当鱼纵壑[4]，　　犹作鸟粘黐[5]。

宿有诗书债，　　非关造化儿。

岷峨吾故国，　　自合去迟迟。

点评：

任满候代，去留未定，志忐难安，此诗即此种心境之写照。"十年驹局促，万事燕差池"，叹岁月之蹉跎，仕途之蹇险；"谓当鱼纵壑，犹作鸟粘黐。"寓欲归而不能之苦闷，敢譬生动，寄意深沉。

注释：

〔1〕千名佛，盖"千佛名经"之倒置与省称。唐·封演《封氏闻见录·贡举》："进士张繟，……时初落弟，两手奉《进士登科记》顶戴之，曰：'此《千佛名经》也。'其企羡如此。"此处看似自谦，实为自嘲，谓自己有愧于进士及第之名。

〔2〕燕差池，《诗经·邶风·燕燕》："燕燕于飞，差池其羽。"朱熹注："差池，不齐之貌。"喻时运不济，机会总是错过。

〔3〕车已脂，古人将远行，涂油脂于车轴，使之滑润。此句谓整装待发。

〔4〕鱼纵壑，喻摆脱约束而得以自由，指辞官。

〔5〕鸟粘黐，黐，木胶，用以粘取鸟类。唐·韩愈《寄雀二十六立元》："敦敦凭书案，譬彼鸟粘黐。"喻欲归而不能之情状。

夜闻蜑户扣船，作《长江礧》，欣然乐之

殊觉有起予之兴，因念涪上所作《招渔父词》。
非是，更作此诗反之，示舍弟端孺。[1]

当年无奈气狂何，　　醉檄涪翁弃短蓑[2]。
晚落炎州[3]磨岁月，　　欲从诸蜑丐烟波[4]。
与君共作长江礧，　　况我能为南海歌。
身世即今良可见，　　不应老子尚婆娑[5]。

点评：

唐庚贬惠州后，曾短暂居船上。此诗抒写船居生活，借南国烟景谱写新的生命之歌，造语雄健，气格飞扬，尽显乐观向上。

注释：

〔1〕蜑户，亦作"蛋户"，古代南方水上居民。世世以船为居，自为婚姻，不得陆处。扣船，敲打船舷，以为节拍。

〔2〕涪翁，东汉人郭玉，常钓于涪水之上，因以水为号；又，黄庭坚贬涪州后，亦自号"涪翁"，此处未详何人。

〔3〕炎州，泛指岭南炎热之地。注释见前。

〔4〕丐烟波，丐，乞讨。谓追随蜑户在水上讨生活。

〔5〕老子，诗人自谓也。婆娑，即舞蹈。《诗经·陈风·东门之枌》："子仲之子，婆娑其下。"全句谓老年人本不该像年轻人一样妖娆纵兴，但老夫今天高兴，偏偏要随歌起舞，放纵情怀。

湖　上

佳月明作哲[1]，　　好风圣之清[2]。
湖边得二友[3]，　　夜语投三更。
烟露两相湿，　　水天参互明。
散衣芭蕉凉，　　曳杖桄榔轻[4]。
星走泡余光，　　山空答虚声[5]。
归矣不可留，　　过幽恐神惊。

点评：

惠州风物诗，抒写月白风清之妙。然前半清爽，后半幽晦，有佳句而无完篇。"星走""山空"一联，刻画入微，有晚唐余绪。

注释：

〔1〕明作哲，见《诗经·大雅·丞民》："既明且哲，以保其身。"此处形容月光之皎洁。

〔2〕圣之清，语出《孟子·万章下》，此处形容风之清爽可人。

〔3〕二友，指佳月清风。

〔4〕桄榔，树名，中空，故做手杖极轻。

〔5〕"星走""山空"二句，状深夜星空，刻画入微。

次郑太玉见寄韵

度外归期未要论，　　故山石笋自高蹲。
他时名誉牛心炙[1]，　　晚岁穷空犊鼻裈[2]。
君有诗书兼画绝，　　我无德爵但年尊。
音尘不继应相悉[3]，　　万事而今付默存。

点评：

此诗别无可称者，唯"牛心炙""犊鼻裈"一联，别开生面，绝妙！亏唐庚想得出来。

注释：

〔1〕牛心炙，即烤熟之牛心，魏晋时待客之上品。《晋书·王羲之传》："羲之幼讷于言，人未之奇。年十三，尝谒周𫖮，𫖮察而异之。时重牛心炙，坐客未噉，𫖮先割啖羲之。于是始知名，唐庚引此典，称自己年轻时才华出众，为士林青睐赏识。

〔2〕犊鼻裈，用司马相如卖酒故事。《史记·司马相如列传》："相如与之临邛，尽卖其车骑，买一酒舍沽酒，而令文君当垆，相如自著犊鼻裈，与佣保杂作，涤器于市中。"郭璞云："袴无踦者，即今之犊鼻裈也……即吾楚俗所谓围裙也。"按，或即今川人谓之围腰。此句极言今日之穷。

〔3〕音尘，此处指音讯。太白《忆秦娥》："咸阳古道音尘绝。"

大观四年春，吾与友人任景初、舍弟端孺自蜀来京师至长安

时方寒食，吾三人相与戎装，游九龙池，饮酒赋诗，乐甚。是岁吾迁岭表，明年景初亦谪江左，忽忽数岁，皆未得去。寒食无几，念之凄然。作诗寄任，因命舍弟同赋

居今行古任定祖[1]，　　底事迁延亦未归。

我坐力田伤地脉，　　君缘搜句漏天机[2]。

故都回首三寒食，　　新岁经心两湿衣[3]。

学道一生凡几化，　　不因到此始知非[4]。

点评：

先后遭贬，同病相怜，同为寒食，今昔形同天壤，焉得不伤？"故都回首三寒食，新岁经心两湿衣"读之凄然。

注释：

〔1〕任定祖，任景初字，唐庚同乡。

〔2〕坐，因为，下句"缘"，意同。

〔3〕两湿衣，谓人隔两地，皆泪落沾衣。此联用杜甫"丛菊两开他日泪，孤舟一系故园心"笔法。

〔4〕几化知非，见《庄子·寓言》："孔子行年六十而六十化，始时所是，卒而非之，未知今之所谓是，非五十九年之非也。"又《则阳》："蘧伯玉行年六十而六十化，未尝不始于是之而卒之以非也，未知今之所谓是，非五十九年之非也。"尾联即化用其意。

春日二首

（一）

更与何人共寂寥， 竹君时引到溪桥[1]。
是家更似东郭子[2]， 能使人之意也消。

（二）

尚有小桃凌姹女[3]， 岂无大朾饮衰翁[4]。
老来不复谈坚白[5]， 醉去犹能爱浅红。

点评：

写春日郊游，笔意畅快，风格潇洒，气韵飞扬，字里行间，
洋溢乐观向上，此类小诗，唐庚集中并不多见。

注释：

〔1〕竹君，《世说新语·任诞》："王子猷尝暂寄人空室住，
便令种竹，或问：'暂住何烦尔？'王啸咏良久，直指竹曰：'何
可一日无此君。'"此处称竹君，见诗人对竹之喜爱。

〔2〕是家，犹言这家人。是，指示代词，此处相当于"这"。
此句言郊游中造访一户人家。

〔3〕小桃凌姹女，凌，此处是胜过之意；姹女，美少女。

唐·张九龄《剪彩》："姹女矜容色，为花不让春。"全句谓桃花的娇艳胜过美少女。

〔4〕衰翁，诗人自谓。

〔5〕坚白，即坚白异同论，为战国时名家学派之论题。见《庄子·齐物论》，坚白之学其实是一种诡辩，故唐庚不屑去理会。

杂吟二十首之九

多事定何补， 寡言聊自温。
蟹黄嗔止酒[1]， 鸡白劝加飱[2]。
濯足楼船岸[3]， 高歌抱朴村[4]。
愧无魑可御[5]， 只宜负君恩。

点评：

此诗特以调侃谐谑之语气，将外在的压抑解构。"濯足楼船岸，高歌抱朴村。"尤见旷达，尾联故作反语，寄意深沉。

注释：

〔1〕止酒，用陶潜《止酒》意："平生不止酒，止酒情无喜。"

〔2〕加飱，犹言加餐。用古诗"弃捐勿复道，努力加餐饭"之意。

〔3〕楼船岸，指人口稠密之地，在此濯足，以示已之坦荡不惊。

〔4〕抱朴村，指居所民风淳朴，如世外桃源，故高歌以
畅怀。

〔5〕无魑可御，反用《左传·文公十八年》："投诸四裔，以
御魑魅"之意。全句谓朝廷将我投放到惠州，本意是要我来抵御
鬼魅的，可我滞留几载，何曾见过鬼魅，当然也就"无魑可御"
了，这岂不是有愧朝廷厚恩？

杂吟二十首之十

闹窄良难入，　　闲宽足见容。
竹根收白叠[1]，　　木杪得黄封[2]。
问学兼儒释[3]，　　交游半士农。
行歌村落晚，　　落日满携筇[4]。

点评：

此诗著力表现诗人随缘自适之心境，风格恬淡潇洒。"行歌
村落晚，落日满携筇。"画意极浓，一位悠闲散淡的老儒形象，
如在目前。

注释：
〔1〕白叠，唐庚原注：谓竹布。
〔2〕黄封，唐庚原注，谓椰酒。
〔3〕释，即释子，指佛家人士。
〔4〕筇，筇竹手杖。

杂吟二十首之十一

为农沙子步^{〔1〕}，　　附保水西乡^{〔2〕}。
隐几江天远^{〔3〕}，　　开门佛土香。
时情荒径草，　　野色淡渔梁。
欲纵高秋目，　　东偏短作墙^{〔4〕}。

点评：

此亦惠州风物诗，通篇纯用白描，淡远宁静，折射心境之澹泊。尾联"欲纵高秋目，东偏短作墙"有味。

注释：

〔1〕沙子步，唐庚贬惠时居所。

〔2〕水西乡，唐庚居所所属乡保。

〔3〕隐几，几，几案；谓埋头于几案，忙于著述。

〔4〕东偏句，谓东边一道矮墙，正好纵目远眺。短，矮也。

端孺籴米龙川，得粳米数十斛以归，作诗调之

倒拨孤舟入瘴烟[1]，　　归来百斛泻丰年[2]。
炊香未数神江白[3]，　　酿滑偏宜佛迹泉[4]。
饱去定知频梦与，　　醉中何至便逃禅。
凭君为比长安米[5]，　　看直公车牍几千[6]。

点评：

得米数十斛，一年口粮无忧也，焉能不喜？全篇笔意畅达，运笔挥洒而轻快，"炊香"一联，喜色溢于字端；尾联以调侃收笔，别有风味。

注释：

〔1〕入瘴烟，惠州本瘴疠之乡，谓深入到深山僻壤。

〔2〕泻丰年，此处用通感，全句谓以手抚摸观赏粳米，仿佛丰收的感觉在心头流淌。泻，流淌。

〔3〕神江白，唐庚原注：米名。

〔4〕佛迹泉，在惠州博罗县白水岩。全句谓若以佛迹泉之水煮饭，更香。

〔5〕长安米，见宋·尤袤《全唐诗话·白居易》事：白居易未冠时，以诗文谒顾况，况不知居易其人，乃曰："长安米贵，居大不易。"及读至"野火烧不尽，春风吹又生"，忙说："前言戏之耳！"此处以粳米之贵比拟长安米。

271

〔6〕公车牍几千，用东方朔公车上书受赏故事，此处盖指几月之薪俸。

悯　雨

老楚能令畏垒丰〔1〕，　　此身翻累越人穷。

到今无奈曾孙稼〔2〕，　　几度虚占少女风〔3〕。

兹事会须星有好，　　他时曾厌雨其濛。

山中自有茉粮足，　　不向诸侯托寓公〔5〕。

点评：

悯雨，企盼上天垂怜而降雨也，此诗善用事，"曾孙稼""少女风"妙对！篇末自我解嘲，寓意深长。

注释：

〔1〕老楚，见《庄子·庚桑楚》："老聃之役有庚桑楚者，偏得老聃之道，以北居畏垒之山。……居三年，畏垒大丰。"

〔2〕曾孙稼，见《诗经·小雅·甫田》："曾孙之稼，如茨如梁。曾孙之庾，如坻如京。"此言粮食丰收，仓廪满溢。

〔3〕少女风，《易》以兑为少女，为西方。故少女风为西风。《三国志·管辂传》引裴松之注："辂言，树上已有少女微风，树间又有阴鸟和鸣；又少男风起，众鸟和翔，其应至矣。"

〔5〕寓公，古代诸侯失国而寄寓他国者称"寓公"。后泛指寄寓他乡而又官吏身份之人。此唐庚自谓，言自己储粮甚足，暂忘寓公之身份，语带调侃也。

晚春寄友人（其一）

眼底春愁恼杀侬，　　扬州往事旋成空[1]。
风流自合称狂客[2]，　　衰飒何堪作病翁[3]。
水国春深梅子雨，　　江天日暮鲤鱼风[4]。
何时执手同樽酒，　　收拾清欢笑语中。

点评：

此诗名为寄友，实抒慨也。风流狂客，衰飒病翁，以贺知章、杜工部自比，颇见自负。梅子雨、鲤鱼风，抒写惠州风物，造语生动，可触可感，以意象取胜。

注释：

〔1〕扬州往事，语出《殷芸小说》："腰缠十万贯，骑鹤下扬州。"喻富贵成仙之梦。

〔2〕风流狂客，指贺知章，合，适宜。

〔3〕衰飒病翁，化用杜甫《登高》："万里悲秋常作客，百年多病独登台。"

〔4〕鲤鱼风，九月之风。李贺《江楼曲》："楼前流水江陵造，鲤鱼风起芙蓉老。"

赠谭微之

去年弦歌程水滨，　　甑中生尘范史云[1]。
今年讲学鹅城里，　　关西夫子杨伯起[2]。
昔人论士观心期[3]，　　时人论士看肉皮。
只知黄鹂矜嘴爪[4]，　　不识乌虞避生草[5]。

点评：

此诗褒谭微之学问人品、特立独行，慨当世只重皮毛而看轻内质的取士标准。篇末以黄鹂、乌虞设喻，寄意深沉而别开生面。

注释：

〔1〕范史云，见《后汉书·独行列传》："范冉，字子云，陈留外黄人。少为县小吏，年十八，奉檄迎督邮，冉耻之，乃遁去……冉好违时绝俗，为激诡之行……所以单陋，有时粮粒尽，穷居自若，言貌无改。闾里歌之曰：'甑中生尘范史云，釜中生鱼范莱芜。'"甑，蒸饭之器具，甑中至于生尘，可见穷困之极。

〔2〕杨伯起，指东汉杨震，字伯起，明经博览，无不穷究。时人称许为"关西孔子杨伯起"。唐庚以范史云、杨伯起比拟谭微之，称赞其特立独行与博学多才。

〔3〕关心期，心期，以心相许。《南史·向柳传》："我与士逊心期久矣。岂可一旦以势利处之。"关心期，谓关注其内在气质。

〔4〕矜，夸耀、炫耀。矜嘴爪，炫耀嘴爪之利。喻夸夸其谈。

〔5〕驺虞，《说文》：“白虎，黑纹，尾长于身，食自死之肉，名曰驺虞。有志信之德，不食人。”喻有才德之人。末两句以黄鹄、驺虞对比，意在批判当时崇高浮华，逞口舌之利的风气。

赠泸倅、丘明善二首（之二）

可曾为客到江阳[1]，塞上萧条断旅肠。
歌动竹枝终日楚[2]，笛吹梅蕊数声羌[3]。
仰天叹息输衔愤[4]，被发惊呼不为狂。
校尉自能青白眼[5]，肯教牛尾一般黄。

点评：

题为赠友，实抒慨也。“仰天太息”一联，引屈原自况，自负之情，溢于言表。“歌动竹枝终日楚，笛吹梅蕊数声羌。”颇近唐人气象，篇末用阮籍典，见其爱憎分明矣。

注释：

〔1〕江阳，今四川泸州，唐庚家室在此。

〔2〕竹枝，即竹枝词，湖北三巴一带流行。

〔3〕梅蕊，即梅花落曲调。盖泸、丘二人皆湖北人，故诗中以楚地羌族之歌谣曲调概括当地习俗。

〔4〕仰天太息，即仰天叹息，见屈原《离骚》：“长太息以掩涕兮，哀民生之多艰。”输，抒发。衔愤，填积于胸中之怨愤。

〔5〕青白眼，见《史记·阮籍传》："籍闻步兵营人善酒，有贮酒三百斛，乃求为步兵校尉。……籍又能为青白眼，见礼俗之人，以白眼对之。……（嵇）康闻之，乃携琴造焉，籍大喜，乃见青眼。"此处引阮故事，明言自己憎爱不随礼俗。

走城西别处厚、居正两宗兄，作此诗〔1〕

旧交零落半存亡，	晚岁荆州得二唐。
临别眼中无小谢〔2〕	再来天外有他杨〔3〕
预行后日诛茅地〔4〕，	要近先生避世墙。
会与幽人数朝夕〔5〕，	可能结客少年场〔6〕。

点评：

此亦赠别诗，小谢、他杨，极尽赞誉，诛茅卜居，足见意气相投也。"避世"一词，全篇诗眼。

注释：

〔1〕处厚、居正，唐庚遇赦北归至江陵时结识的二位唐姓朋友。宗兄，同宗兄弟。首联二唐即指此二人。

〔2〕小谢，指南齐著名诗人谢朓，其名句"余霞散成绮，澄江净如练"，大为太白称赏。

〔3〕他杨，未详，盖指荆襄地区杨姓文坛巨匠，一说指扬雄，但此"杨"非彼"扬"也。

〔4〕诛茅，谓芟除杂草以筑室。《梁书·沈约传·郊居赋》："或诛茅而剪棘，或既西而复东。"

〔5〕数晨夕，谓朝夕相处。

〔6〕结客少年场，谓愿与二唐结为意气相投的朋友。

别闽中许秀才

临歧长叹息[1]，　　此叹意深微。

浮世年年别，　　　初心事事违。

扪参蜀道远[2]，　　犯斗海槎归[3]。

故国有余乐，　　　黄鸡秋正肥[4]。

点评：

闽中地近惠州，许秀才离京归闽，自然引发诗人身世之叹。故寄意深曲，尾联以丰满的意象收笔，抒渴望归隐故园之愿，令人遐想。

注释：

〔1〕临歧，面临歧路，即将分手。开篇点题。

〔2〕扪参，因蜀之分野为参、井（星宿名），故古人称入蜀为"扪参历井"，李白《蜀道难》："扪参历井仰胁息，以手抚膺坐长叹。"

〔3〕犯斗，斗，牛斗星，此句用"海槎犯斗"之典（见张华《博物志》），类比自己贬谪海边及许秀才归闽。

〔4〕黄鸡秋正肥，用太白《南陵别儿童入京》句："白酒新熟山中归，黄鸡啄粒秋正肥。"

舟　中

去楚及梅落[1]，　　过夔逢麦秋。
既非就国者，　　判作贾胡留。
心力盘滩尽[2]，　　年光抛渡休[3]。
移书故山友[4]，　　慎勿厌锄耰[5]。

点评：

此诗作于辞官返乡途中，明言自己告别宦途，重操锄耰之心志。"心力盘滩尽，年光抛渡休"，即景抒情，曲尽其意。

注释：

〔1〕去楚，离开楚地；过夔，经过夔州。首联交代归程路线。

〔2〕盘滩，川江水急，旧时每逢急滩，便用绞盘绞船而上，称为"盘滩"。此句明写眼前之景，实则取譬，以盘滩喻仕途艰险，使人耗尽心力。

〔3〕抛渡，旧时川江渡船之一种。即用长缆绳将渡船系于江心，利用江水冲力，使渡船像钟摆一样来回摆动以渡行。此句亦即景抒情，谓自己余年将抛向泸南。

〔4〕移书，谓寄信。

〔5〕锄耰，古代之耕作工具。此句谓将重操农耕旧业。

字字吟来皆是血，十年拼却两肩霜

——《唐庚诗百首赏析》跋

说来惭愧，忝列丹棱户籍，但退休之前，我对"小东坡"唐庚却知之甚少。读过他的唯一诗作便是《醉眠》，还是见诸于友人的书法作品。对诗的前两联，"山静似太古，日长如小年。余花犹可醉，好鸟不妨眠。"颇有印象，觉得很有诗味，然亦仅此而已。

大约 2007 年底，我到教育局办事，骆志勤君邀我小坐，他其时受宣传部委托，正在编写《丹棱名人·名篇·名胜》，在他办公室里，我始读到唐庚的《春日郊外》，一下子被诗中的"山好更宜余积雪，水生渐欲倒垂柳。莺边日暖如人语，草际风来作药香"所倾倒。很惊讶丹棱竟有这样的人物，更有如此优美的诗篇。也就是从这时起，我萌生了要写写唐庚的念头。回过头想，今天能将这本拙作呈现在读者面前，首先得感谢骆志勤君。

从此我开始有意识地搜集唐庚诗作，民国版、乾隆版县志、钱锺书先生的《宋诗选注》等，先后汇集了三四十首。于是，从 2008 年开始，我开始动笔，写了《春日郊外》和《醉眠》两篇赏析，登在克方先生主持的《大雅艺苑》上，不久，又将之发表于新浪网自己的博客上。没想到两文竟先后为江苏教育出版社和四川教育出版社"高考题库"全文收录，这让我深受鼓舞。之后几年，又陆续在新浪网上发表了《讯囚》《张求》《白鹭》等十来篇赏析。

赏析过程中，由于手头资料奇缺，加之唐庚大半生沉浮下僚，诗中所涉及的人物、写作年代、背景，几乎是一张白纸，动起笔来，十分艰涩。每一首诗，从原作者的立意到主旨，从遣词到对仗，从意境到风格，往往须冥思苦想，历时数日，方敢下笔。有时一句诗、一个词，百思而不得其解，便一直困扰于胸，以致寝食难安。偶尔灵感袭来，哪怕是半夜，也必须马上披衣捉笔，生怕稍纵即逝。这比起我创作诗词来，自认不只难上十倍，虽不敢说呕心沥血，至少是搜肠刮肚吧。个中甘苦，如鱼饮水，冷暖自知。

即使是这样，当时我也仅仅是想将唐庚这部分作为我正在撰写的《丹棱先贤诗文赏析》中的一个单元，并没有单独成书的打算。

2013 年，我在网上购得了黄鹏先生的《唐庚集编年校注》，始得以窥见唐庚诗文之全貌，深为其儒家宗风和艺术造诣所折服，终于确定了独立成书的规划。为此，我几乎放下了我毕生钟爱的古典诗词创作，全身心沉浸到唐庚诗文中去，不敢稍有懈怠。真有点战战兢兢、如履薄冰的况味。

前后历经十载，《唐庚诗百首赏析》终于杀青，心底的一块大石头总算落地。遥想九百年前，唐庚在惠州面对前辈苏轼遗墨，曾慨叹道："老师补处吾何敢，正为宗风不敢谦。"今日面对巍巍大雅堂，余亦有同感焉。

撰写过程中，好友郭文元君一直关注此书的进展，提出不少宝贵意见，在此深表感谢。

最近十年来，克方先生的《大雅艺苑》为我提供了写作平台，让我的拙作屡屡露脸，这也成为我创作此书的动力之一。

刘小川先生不以我浅陋，放下自己手头的要务，为拙作写序，使我深受感动！当此付梓之际，专此特表谢忱！

"书到用时方恨少"，限于本人学识及史料的不足，谬误在所难免，尚祈方家正之。

丁酉仲春
蜀之鄮孙仲父跋于听雨轩